Edgar Rice Burroughs

TARZAN triumphiert

Edgar Rice Burroughs ist einer der populärsten Autoren der Welt. Ohne vorherige Erfahrung als Autor schrieb er im Jahre 1912 seinen ersten Roman „Die Prinzessin vom Mars“. In den folgenden 38 Jahren bis zu seinem Tode im Jahre 1950 schrieb Burroughs 91 Bücher und eine Unmenge Kurzgeschichten und Artikel. Obwohl am besten bekannt als Schöpfer des klassischen „Tarzan von den Affen“ und „John Carter vom Mars“, waren seiner rastlosen Vorstellungskraft keine Grenzen gesetzt. Burroughs produktive Feder bewegte sich vom Amerikanischen Westen zum primitiven Afrika und weiter zu romantischen Abenteuern auf dem Mond, den Planeten und sogar jenseits der fernsten Sterne.

Niemand weiß, wieviele Exemplare von Burroughs’ Büchern in der ganzen Welt veröffentlicht wurden. Vorsichtig geschätzt muß diese Anzahl, in über 50 bekannte Sprachen übersetzt, in hunderte Millionen gehen.

Hinzuzählen muß man noch die Vielzahl von Comics, Kino- und Fernsehfilmen, deren Grundlage die Romane Burroughs’ bilden.

Edgar Rice Burroughs

TARZAN triumphiert

KRANICHBORN VERLAG LEIPZIG

Aus dem Amerikanischen übersetzt von Ruprecht Willnow
Titel der Originalausgabe: TARZAN TRIUMPHANT

DEUTSCHE ERSTVERÖFFENTLICHUNG

1. Auflage

COVER ART by JOE JUSKO
LAYOUT by FRANK NEUBAUER
ISBN 3-930040-28-X

Prolog

Zeit ist eine Verwerfung des Wandteppichs, der das Leben darstellt. Sie ist ewig, beständig, unabänderlich. Doch das Gewebe wird von den vier Ecken der Erde und den achtundzwanzig Meeren, aus der Luft und in den Köpfen der Menschen durch den Meisterkünstler Schicksal zusammengehalten, und dieser webt das Muster, das nie vollendet wird.

Ein Faden von hier, ein Faden von dort und ein weiterer aus der Vergangenheit, der Jahre auf den Nachbarfaden gewartet hat, ohne den das Bild unvollkommen wäre.

Doch das Schicksal ist geduldig. Es wartet hundert oder tausend Jahre, um zwei Fadenstränge zusammenzubringen, deren Vereinigung für die Herstellung des Behanges, für die Zusammensetzung des Musters wichtig ist, das ohne Anfang war und ohne Ende ist.

Vor etwa eintausendachthundertfünfundsechzig Jahren (die Gelehrten konnten sich über das genaue Jahr nicht einigen) starb Paulus von Tarsus in Rom den Märtyrertod.

Daß eine so weit zurückliegende Tragödie die Lebenswege und Schicksale einer englischen Fliegerin und eines amerikanischen Geologieprofessors, die beide zu dem Zeitpunkt, da diese Erzählung beginnt - was noch nicht der Fall ist, da Paulus von Tarsus lediglich eine Art Prolog darstellt, - nichts voneinander wußten, ernsthaft beeinflussen sollte, mag uns merkwürdig erscheinen, nicht jedoch dem Schicksal, das die fast zweitausend Jahre geduldig auf eben diese Ereignisse wartete, die ich hier berichten werde.

Es gibt jedoch ein Verbindungsglied zwischen Paulus und diesen zwei jungen Leuten in Gestalt von Angustus dem Epheser. Dieser Mann, ein Neffe aus dem Hause des Onesiphorus, war als junger Mann Stimmungen und epileptischen Anfällen ausgesetzt. Er zählte zu den ersten Bekennern des neuen Glaubens, als Paulus von Tarsus die alte ionische Stadt Ephesus zum ersten Mal besuchte.

Seit frühester Kindheit ein Epileptiker, dem Fanatismus zugeneigt und den Apostel als den Vertreter des Herren der Erde betrachtend, ist es nicht verwunderlich, daß Angustus bei der Nachricht vom Märtyrertod des Paulus dermaßen erschüttert war, daß seine geistige Verfassung ernsthaft gefährdet wurde.

Vom Verfolgungswahn befallen, floh er aus Ephesus und ging zu

Schiff nach Alexandria. Hier an Deck des kleinen Fahrzeugs könnten wir ihn getrost lassen, in sein Gewand gehüllt, niedergedrückt, krank und verängstigt, wäre da nicht die Tatsache, daß er auf der Insel Rhodos, wo das Schiff anlegte, an Land ging und auf irgendeine Weise (ob durch Tausch oder Kauf, wissen wir nicht) eine blonde Sklavin aus einem Barbarenstamm im hohen Norden erwarb.

Hier verabschieden wir uns von Angustus und den Tagen der Cäsaren, und das nicht ohne Bedauern meinerseits, denn ich kann mir gut vorstellen, welches Abenteuer, wenn nicht gar Romantik in der Flucht des Angustus und des blonden Sklavenmädchens aus dem vielgerühmten Hafen von Alexandria durch Memphis und Theben nach Afrika, in das große Unbekannte, liegen könnte.

Das Aufnehmen der Fäden

Soviel ich weiß, hat der erste Earl of Whimsey gar nichts mit dieser Geschichte zu tun, so daß uns die Tatsache nicht sonderlich interessiert, daß es weniger die feine Qualität des von ihm hergestellten Whiskys war, die ihm den Adelstitel einbrachte, als vielmehr seine großzügige Spende an die Liberale Partei zu einer Zeit, als sie sich einige Jahren an der Macht befand.

Da ich lediglich ein einfacher Geschichtswissenschaftler und kein Prophet bin, kann ich nicht sagen, ob wir den Earl of Whimsey wiedersehen werden oder nicht. Falls wir den Earl jedoch nicht sonderlich interessant finden, kann ich versichern, daß dasselbe keineswegs für seine schöne Tochter, Lady Barbara Collis, zutrifft.

Die afrikanische Sonne war zwar noch keine Stunde hoch, vor dem Antlitz der Erde jedoch durch solide Wolkenbänke verborgen, die die höheren Felsenzinnen der geheimnisumwobenen, undurchdringlichen und gefahrvollen Ghenzibergkette umhüllten, welche drohend auf eintausend, dem Menschen weitgehend unbekannte Täler herabblicken.

Weit über dieser scheinbaren Einsamkeit und mitten aus den dicht zusammengeschobenen Wolken drang demjenigen, der es hätte hören können, ein seltsames und unheilvolles Brummen ans Ohr, das auf das Vorhandensein einer grotesken, riesigen Hummel hinzudeuten schien, die hoch über den zerklüfteten Gipfeln des Ghenzi kreiste. Manchmal nahm das Brummen an Lautstärke zu, bis es erschreckende Ausmaße erreichte. Dann wurde es wieder schwächer, bis nur noch die Andeutung eines Geräusches vorhanden war, um gleich darauf abermals anzuschwellen und erneut abzuebben.

Lange Zeit hatte dieses Wesen unsichtbar und geheimnisvoll tief im Wolkendunst, der es vor der Erde verbarg wie diese auch vor ihm, weite Kreise gezogen.

Lady Barbara Collis war besorgt. Ihr Treibstoff ging zur Neige. Im entscheidenden Moment hatte auch ihr Kompaß ausgesetzt, und nun flog sie blind durch die Wolken und hielt nach einer Lücke Ausschau, doch kam es ihr vor, als täte sie dies schon seit einer Ewigkeit.

Sie wußte, daß sie einen hoch aufragenden Gebirgszug überqueren mußte, und sie hatte deshalb über den Wolken eine beträchtliche

Höhe beibehalten. Gegenwärtig waren diese indes derart hoch aufgestiegen, daß sie sie nicht überfliegen konnte. Statt jedoch umzukehren und ihren vorgesehenen Nonstop-Flug von Kairo zum Kap aufzugeben, hatte sie törichterweise alles auf eine Karte gesetzt und wollte die Wolkendecke unbedingt durchdringen.

Eine Stunde lang frönte Lady Barbara einem äußerst intensiven Denkprozeß, der unterbrochen wurde von Bedauern darüber, daß sie nicht bereits vor dem Start etwas gründlicher nachzudenken begonnen hatte, zumal ihr Herr und Gebieter sich eindeutig gegen den Flug ausgesprochen hatte. Dennoch wäre es unrichtig zu behaupten, sie wäre in einem Maße verängstigt gewesen, das ihre Fähigkeiten wesentlich geschmälert hätte. Schließlich war sie ein Mädchen von hoher Intelligenz, mithin durchaus in der Lage, die große Gefahr ihrer Situation zu verstehen, und als plötzlich nahe der linken Tragflächenspitze ein steiler Granitfelsen aufragte, der sofort wieder in dem sie umgebenden Wolkendunst verschwand, sollte man ihren Mut nicht an der Tatsache messen, daß ihr der Atem stockte, sie unwillkürlich einen kleinen Schrei ausstieß und die Maschine gleichzeitig hochriß, bis ihr Höhenmesser eine Höhe anzeigte, die ihrer Erkenntnis nach weit höher über dem steilste Gipfel lag, der in irgendeinem Teil Afrikas aufragte.

In einer ausgreifenden Spirale aufsteigend, befand sie sich sehr bald meilenweit von der erschreckenden Bedrohung entfernt, die scheinbar aus den Wolken herausgesprungen war, um sie zu packen. Dennoch war ihre Situation nach wie vor aussichtslos, wie sie schlimmer nicht sein konnte. Der Treibstoff war praktisch erschöpft. Unter die Wolkendecke zu gehen, jetzt, da sie ganz genau wußte, daß sie sich inmitten steiler Berge befand, war heller Wahnsinn. Und so tat sie das einzige, was ihr übrigblieb.

Allein in den kalten, nassen Wolken, weit über einem unbekannten Land, flüsterte Lady Barbara Collis ein kurzes Gebet und stieg aus. Sie zählte sehr genau bis zehn, ehe sie die Reißleine des Fallschirms zog.

Im gleichen Augenblick langte das Schicksal nach anderen Fäden, weit entfernten Fäden, um sie für dieses winzige Stück seines Gewebes zu verknüpfen.

Viele Tagesmärsche südlich des Ghenzi-Gebirges kniete Kabariga, Häuptling des Bangalovolkes von Bungalo, vor Tarzan von den Affen.

In Moskau betrat Leon Stabutch das Arbeitszimmer von Stalin, dem Diktator des Roten Rußlands.

Ohne etwas von der Existenz Kabarigas, des schwarzen Häuptlings, Leon Stabutchs oder Lady Barbara Collis zu ahnen, ging Lafayette Smith, Magister der Philosophischen Fakultät, Dr.phil. Dr.sc., Professor für Geologie an der Phil Sheridan Militärakademie, im Hafen von New York an Bord eines Dampfschiffes.

Mr. Smith war ein ruhiger, bescheidener, gelehrt aussehender junger Mann mit Hornbrille, die er jedoch nicht wegen eingeschränkten Sehvermögens trug, sondern in dem Glauben, sie verleihe seiner Erscheinung eine gewisse Würde und ein höheres Alter. Daß die Brillengläser einfaches Fensterglas waren, wußte schließlich nur er selbst und der Optiker.

Der junge Mann hatte das College mit siebzehn Jahren abgeschlossen und vier Jahre auf den Erwerb weiterer wissenschaftlicher Grade hingearbeitet. Während dieser Zeit wartete er voller Optimismus darauf, daß seine Miene und die ganze Haltung von würdevoller Reife geprägt würden, denn zu seinem Entsetzen sah er mit einundzwanzig noch immer so jugendlich aus wie mit siebzehn.

Lafayette Smiths großes Handicap bei der unmittelbaren Befriedigung seines Ehrgeizes - den Erwerb des Lehrstuhls für Geologie an irgendeiner angesehenen Universität - lag darin, daß er über die ungewöhnliche Kombination von glänzendem Intellekt, hervorragendem Gedächtnis, robuster Gesundheit und ausgezeichnetem physischen Leistungsvermögen verfügte. Doch er konnte tun, was er wollte - er sah einfach nicht reif und gelehrt genug aus, um einen Hochschulausschuß zu beeindrucken. So versuchte er es mit einem Schnurrbart, doch das Ergebnis war deprimierend. Da kam ihm der Gedanke mit der Hornbrille, außerdem schaltete er seinen Ehrgeiz zeitweilig von der Universitätsebene zu einer privaten Oberschule herunter.

Ein Jahr war er nun schon Lektor an einer unscheinbaren Militärakademie im Westen und im Moment gerade im Begriff, ein weiteres heißersehntes Ziel zu erreichen - er ging nach Afrika, um die großen Senkungsgräben des Schwarzen Kontinents zu erforschen, über deren Herausbildung es so viele von anerkannten Autoritäten vorgelegte und beifällig aufgenommene Theorien gibt, daß der Laie den Eindruck gewinnt, eine grundsätzliche Voraussetzung für den Erfolg auf geologischem Gebiet entspreche der für Wetterprognosen erforderlichen.
Wie immer es sein mag, jedenfalls befand sich Lafayette Smith auf

dem Weg nach Afrika, wohlversehen mit der finanziellen Unterstützung eines wohlhabenden Vaters und jener umfassenden Erfahrung, die durch eine Anzahl von Wochenendexkursionen in die abgelegenen Weidegründe verständnisvoller Farmer gewonnen werden kann, zuzüglich beträchtlicher Erfahrung als Tennisspieler und Schwimmer.

Wir können ihn jetzt mitsamt seinen Notizbüchern und der Seekrankheit den Händen des Schicksals überlassen, das ihn unerbittlich in unheilvolle Situationen führt, aus denen ihn keine noch so umfassenden geologischen Kenntnisse oder die Fähigkeit zu schwimmen oder Tennis zu spielen heraushelfen können.

Wenn es in New York zehn Uhr vormittags ist, bleibt in Moskau bis zum Sonnenuntergang nur noch eine Stunde, und so kam es, daß Leon Stabutch, während Smith sich morgens einschiffte, im gleichen Moment spätnachmittags mit Stalin allein war.

„Das ist alles, verstehen Sie?“ fragte Stalin.

„Vollkommen“, erwiderte Stabutch. „Peter Zveri soll gerächt und das Hindernis zur Verwirklichung unserer Pläne in Afrika beseitigt werden“, erwiderte Stabutch.

„Letzteres ist am wichtigsten, doch unterschätzen Sie nicht die Fähigkeiten Ihres Gegners“, betonte Stalin. „Er mag nichts weiter als ein Affenmensch sein, wie Sie sagen, doch er hat eine gut organisierte Expedition radikal zerschlagen, die sonst außerordentlich viel in Abessinien und Ägypten zustande gebracht hätte, wäre er nicht dazwischengetreten.“ Dann fügte er hinzu: „Ich kann Ihnen auch sagen, daß wir noch einen weiteren Versuch in Erwägung ziehen, Genosse. Aber das wird erst geschehen, nachdem uns Ihr Bericht vorliegt, wonach das Hindernis beseitigt ist.“

„Habe ich jemals versagt?“ fragte Stabutch mit geschwollener Brust.

Stalin erhob sich und legte ihm die Hand auf die Schulter. „Das Rote Rußland erwartet von der GPU kein Versagen“, sagte er, doch nur seine Lippen lächelten, als er dies sagte.

Leon Stabutch verließ Moskau noch am selben Abend, unbemerkt und allein, wie er glaubte, doch das Schicksal saß im Abteil des Eisenbahnwagens neben ihm.

Als Lady Barbara Collis mitten in den Wolken über dem Ghenzigebirgszug absprang, Lafayette Smith über den Laufsteg an Bord des Schiffes ging und Stabutch vor Stalin stand, blickte Tarzan mit gerunzelten Brauen auf den Schwarzen, der vor ihm kniete. „Steh auf!“ befahl er, dann fragte er: „Wer bist du, und warum hast du nach Tarzan von den Affen gesucht?“

„Ich bin Kabariga, o Großer Bwana“, erwiderte der Schwarze. „Ich bin der Häuptling des Bangalovolkes von Bungalo und stehe hier vor dem Großen Bwana, weil mein Volk von großer Sorge und Angst erfüllt ist. Unsere Nachbarn, die mit den Gallas verwandt sind, haben uns berichtet, du seist ein Freund derjenigen, denen von bösen Menschen Unrecht zugefügt wird.“

„Und worin besteht dieses Unrecht?“ wollte Tarzan wissen. „Wer ist der Urheber?“

„Seit langem leben wir in Frieden mit allen Menschen“, erklärte Kabariga. „Nie haben wir unsere Nachbarn bekriegt. Wir wollten nur in Sicherheit pflanzen und ernten. Eines Tages kam jedoch eine Bande von Shiftas aus Abessinien in unser Land, die von ihrem eigenen Land vertrieben worden waren. Sie überfielen einige unserer Dörfer und stahlen unser Korn, unsere Ziegen und unsere Menschen, die sie in fernen Ländern in die Sklaverei verkauften.

Sie nehmen nicht alles, sie zerstören nichts, doch sie verlassen unser Land nicht. Sie bleiben in einem Dorf, das sie in einem unzugänglichen Gebirge errichtet haben, und wenn sie wieder Lebensmittel oder Sklaven brauchen, suchen sie erneut andere Dörfer meines Volkes heim.

So lassen sie uns weiterleben, pflanzen und ernten, damit sie fortwährend Tribut von uns einholen können.“

„Aber warum kommst du deshalb zu mir?“ fragte der Affenmensch. „Ich mische mich nicht in die Angelegenheiten von Stämmen jenseits der Grenzen meines eigenen Landes, es sei denn, sie verüben Anschläge gegen mein eigenes Volk.“

„Ich komme zu dir, Großer Bwana, weil du ein Weißer bist und die Shiftas von einem Weißen angeführt werden“, erwiderte der schwarze Häuptling. „Alle Menschen wissen, daß du ein Feind der bösen Weißen bist.“

„Das ist etwas anderes“, sagte Tarzan. „Dann komme ich mit dir in dein Land.“

So führte das Schicksal, indem es sich des schwarzen Häuptlings Kabariga bediente, Tarzan von den Affen aus seinem Heimatland gen Norden. Nicht viele seines Volkes wußten, wohin er gegangen war und warum - nicht einmal der kleine Nkima, der enge Freund und Vertraute des Affenmenschen.

Das Land Midian

Abraham, der Sohn des Abraham, stand am Fuße einer hoch aufragenden Felsenklippe, welche die Kraterwand eines mächtigen, längst erloschenen Vulkans darstellte. Hinter und über ihm befanden sich die Wohnungen seines Volkes, aus der weichen Vulkanasche herausgehauen, die sich vom Grund des Kraters ein Stück die Felsen ringsum hinaufzog, und um ihn drängten sich die Männer, Frauen und Kinder seines Stammes.

Alle standen mit gen Himmel gewandten Gesichtern, und alle Mienen spiegelten das seltsame Gefühl, welches das Ereignis hervorrief - Staunen, Fragen, Furcht und ein ständiges hingerissenes, gespanntes Lauschen, denn aus den tief herabhängenden Wolken, nur einige Hundert Fuß von dem Kraterrand entfernt, dessen Sohle bis zur anderen Seite volle fünf Meilen maß, tönte ein seltsames, unheildrohendes Brummen, wie keiner von ihnen je zuvor vernommen hatte.

Es nahm an Lautstärke zu, bis es über ihnen zu schweben schien und den ganzen Himmel mit seiner schrecklichen Drohung erfüllte. Dann schwächte es sich wieder ab, bis es nur noch die Andeutung eines Geräusches zu sein schien, nicht mehr als eine hartnäckige Erinnerung, die in ihren Köpfen rumorte, und als sie glaubten, es sei ganz verschwunden, schwoll es wieder dermaßen an, daß es abermals auf sie herabdonnerte, die sie voller Angst oder in Ekstase dastanden, während jeder die Bedeutung des Phänomens anders deutete.

Auf der anderen Kraterseite drängte sich eine ähnliche Gruppe, von ähnlichen Ängsten und Fragen erfüllt, um Elija, den Sohn Noahs.

In der ersten Gruppe wandte sich eine Frau an Abraham, den Sohn des Abraham. „Was ist das, Vater?“ fragte sie. „Es ängstigt mich.“

„Die auf den Herrn vertrauen, kennen keine Furcht“, erwiderte der Mann. „Du hast den Frevel deiner Ketzerei offenbart, Weib.“

Die Fragestellerin erbleichte und zitterte nun in der Tat. „O Vater, du weißt, daß ich keine Ketzerin bin!“ sagte sie in mitleiderregendem Ton.

„Schweig, Martha!“ befahl Abraham. „Vielleicht ist dies der Herr selbst, der da wiedergekehrt zur Erde, wie es in den Tagen von Paulus prophezeit wurde, um über uns alle zu richten.“ Seine Stimme klang hoch und schrill, und er bebte, als er das sagte.

Ein halbwüchsiges Kind am Rande der Versammlung fiel bei diesen Worten zu Boden und wandte sich in Krämpfen, mit Schaum vorm Mund. Eine Frau schrie auf und wurde ohnmächtig.

„O Herr, so du es wahrhaftig bist, dein auserwähltes Volk wartet, deinen Segen und deine Befehle zu empfangen“, betete Abraham. „Solltest du es jedoch nicht sein, so flehen wir dich an, daß du uns vor Unheil bewahrst.“

„Vielleicht ist es Gabriel!“ mutmaßte ein anderer der Männer mit den langen Bärten.

„Und das Geräusch ist seine Posaune“, wehklagte eine Frau. „Die Posaune des Jüngsten Gerichts!“

„Schweig!“ kreischte Abraham, und die Frau fuhr ängstlich zurück.

Ohne daß es jemand bemerkte, geriet ein Jüngling in Zuckungen und rang mit starren, wie gebrochenen Augen nach Atem. Er kämpfte in den Wehen der Todesangst. Ein weiterer taumelte, fiel, und auch er wand sich und hatte Schaum vorm Mund.

Nun fielen sie auf allen Seiten, manche mit konvulsivischen Zuckungen, andere in todesähnlicher Ohnmacht, bis ein Dutzend oder noch mehr am Boden lag, wobei ihr beklagenswerter Zustand bei ihren Mitmenschen keinerlei Beachtung hervorrief, es sei denn, ein Besessener fiel zufällig gegen seinen Nachbarn oder auf dessen Füße, worauf letzterer lediglich zur Seite trat, ohne den Ärmsten auch nur eines Blickes zu würdigen.

Von wenigen Ausnahmen abgesehen waren diejenigen, die diese heftigen Anfälle erlitten, zumeist Männer und Jungen, während die Frauen lediglich in Ohnmacht fielen; doch ob Mann, Frau oder Kind, ob sie sich in Krämpfen wandten oder still im Koma lagen, keiner schenkte ihnen die geringste Aufmerksamkeit, jedoch hätte nur eine nähere Bekanntschaft mit diesen seltsamen Menschen uns sagen können, ob diese offensichtliche Gleichgültigkeit gewohnheitsmäßig war oder durch die Aufregung und die Besorgnis des Moments herbeigeführt wurde, während ihre Augen, Ohren und Gemüter einzig und allein auf die Wolken über ihnen gerichtet waren.

Abermals schwoll der bedrohliche Lärm zu gräßlichen Proportionen an und fegte auf sie hernieder. Einen Augenblick schien er über ihnen zu verharren, dann -.

Aus den Wolken schwebte eine seltsame Erscheinung herab - ein furchteinflößendes Ding - oben groß und weiß, unten daran hin und her schwingend eine winzige Gestalt. Als sie sich sanft zu ihnen herabsenkte, brach ein weiteres Dutzend Zuschauer krampfend und mit Schaum vorm Mund zusammen.

Abraham, der Sohn des Abraham, fiel auf die Knie und hob die Hände flehentlich zum Himmel. Seine Leute, das heißt diejenigen, die noch auf beiden Beinen standen, folgten seinem Beispiel. Seinen Lippen entströmte ein Sturzbach seltsamer Laute - vielleicht war es ein Gebet, doch wenn, dann nicht in der Sprache, in der er zuvor zu seinem Volk gesprochen hatte, auch in keiner den Menschen bekannten, und während er betete, knieten seine Anhänger in verängstigtem Schweigen.

Immer näher schwebte die geheimnisvolle Erscheinung herab, bis die erwartungsvollen Augen schließlich in der Gestalt, die unter der kleinen, weißen Wolke hing, die Umrisse eines Menschen entdeckten.

Ein lauter Schrei brach aus den Kehlen, als sich diese Erkenntnis Bahn brach - halb ein von Angst erzeugtes Wehklagen, halb verzücktes Hosianna. Abraham erkannte die hin und her schwingende Gestalt ziemlich spät als das, was sie war, oder vielmehr war er der letzte, der dem Zeugnis seiner Augen traute. Daraufhin kippte er zu Boden, seine Muskeln zuckten und versetzten den ganzen Körper in ruckartige, gräßliche Verrenkungen. Seine Augen rollten nach oben und erstarrten wie im Tod, und sein Atem brach als schmerzliches Keuchen zwischen den schaumbedeckten Lippen hervor.

Abraham, der Sohn des Abraham, seit eh und je kein Adonis, bot in diesem Augenblick alles andere als einen reizvollen Anblick. Doch niemand schien ihm deshalb mehr Beachtung zu schenken als den vielen anderen Geschöpfen, deren Nerven den Aufregungen und Eindrücken der letzten halben Stunde nicht standgehalten hatten.

Etwa fünfhundert Menschen, Männer, Frauen und Kinder, von denen vielleicht dreißig reglos oder krampfartig zuckend auf dem Boden lagen, bildeten die Gruppe von Beobachtern, auf die Lady Barbara Collis sanft herabschwebte. Als sie in einer, um die Wahrheit zu sagen (und wir Historiker sind ja sprichwörtlich von Wahrheitsliebe durchdrungen, außer wenn wir über das Leben unserer Nationalhelden berichten, über das noch lebender Herrscher, deren Zugriff wir ausgesetzt sind, über feindliche Völker, mit denen sich unser Land im Kriegszustand befindet, oder bei anderen Gelegenheiten) - also, was ich vermelden wollte: Als Lady Barbara, höchst ungeschickt alle Gliedmaßen von sich streckend, etwa einhundert

Yards vor den Versammelten landete, fielen alle, die bisher noch gestanden hatten, auf die Knie.

Das Mädchen rappelte sich schnell auf, schnallte den Fallschirm ab und schaute sich verblüfft die Szenerie an, die sich ihr bot. Ein schneller Blick zeigte ihr die hoch aufragenden Klippen, die die trichterartigen Wände des gigantischen Kraters bildeten, obwohl sie zu dem Zeitpunkt noch keine Ahnung vom wahren Charakter des Tales hatte, das sich vor ihr ausbreitete. Die Menschen waren es, die sie überraschten und ihre Aufmerksamkeit erregten.

Sie waren weiß! Im Innersten von Afrika war sie mitten in einer Siedlung von Weißen gelandet. Dennoch vermochte sie dieser Gedanke nicht gänzlich zu trösten. Diesen ausgestreckt liegenden und knieenden Gestalten haftete etwas Seltsames und Unwirkliches an. Doch sie wirkten wenigstens nicht wild oder unfreundlich - ihre Haltung deutete eher auf das Gegenteil, auch sah sie nirgends irgendwelche Waffen.

Sie ging auf sie zu. Da begannen viele von ihnen, zu wehklagen und das Gesicht auf den Boden zu drücken, während andere flehentlich die Arme emporreckten - einige gen Himmel, andere zu ihr.

Sie war ihnen jetzt nahe genug, um die Gesichtszüge zu erkennen, und war doch sehr enttäuscht, denn sie hatte in ihrem ganzen Leben noch kein Dorf gesehen, dessen Einwohnerschaft ein so wenig einnehmendes Äußere zeigte, und Lady Barbara gehörte zu den Menschen, für die die äußere Erscheinung sehr wichtig ist.

Die Männer waren besonders abstoßend. Ihr langes Haar und die Bärte schienen Seife, Wasser und Kamm ebenso wenig zu kennen wie Schere und Rasiermesser.

Zwei charakteristische Merkmale berührte sie am stärksten und unangenehmsten - die großen Nasen und das fliehende Kinn von praktisch jedem einzelnen dieser Gruppe. Die Nasen waren so groß, daß sie als unförmig bezeichnet werden konnten, und viele der Menschen vor ihr hatten praktisch überhaupt kein Kinn.

Dann sah sie zwei Dinge, die eine völlig entgegengesetzte Wirkung auf sie ausübten - die Schar der Epileptiker, welche sich auf der Erde wanden, und ein einzigartig schönes, goldblondes Mädchen, das sich aus der ausgestreckt liegenden Schar erhoben hatte und nun mit einem fragenden Blick in den großen, grauen Augen langsam auf sie zukam.

Lady Barbara Collis sah ihr voll ins Gesicht und lächelte, und wenn

Lady Barbara lächelte, schmolzen Steine ob der Ausstrahlung ihres Antlitzes - jedenfalls hatte dies ein dichterisch veranlagter und hingerissener Bewunderer einmal in Hörweite von ihr festgestellt. Die Tatsache, daß er lispelte, hatte sie jedoch gegen seine Aussage eingenommen.

Das Mädchen erwiderte das Lächeln mit einem fast ebenso strahlenden, ließ es jedoch sofort wieder aus ihrem Gesicht verschwinden und blickte verstohlen um sich, als fürchte sie, jemand habe sie bei einem Vergehen ertappt. Als Lady Barbara ihr indes beide Hände entgegenstreckte, trat sie vor und legte die ihren in die der englischen Lady.

„Wo bin ich?“ fragte Lady Barbara. „Was ist das hier für ein Land? Wer sind diese Menschen?“

Das Mädchen schüttelte den Kopf. „Wer bist du?“ fragte sie. „Bist du ein Engel, den der Herr der Himmlischen Heerscharen seinem auserwählten Volk geschickt hat?“

Nun war es an Lady Barbara, den Kopf zu schütteln, um der anderen begreiflich zu machen, daß sie deren Sprache nicht verstand.

Ein alter Mann mit langem, weißen Bart stand auf und kam zu ihnen, nachdem er gesehen hatte, daß die himmlische Erscheinung das Mädchen ob ihrer Keckheit nicht tot zu Boden gestreckt hatte.

„Weiche von hinnen, Jezebel!“ sagte der Alte zu dem Mädchen. „Wie kannst du es wagen, diesen himmlischen Besucher anzusprechen?“

Das Mädchen trat mit gesenktem Kopf zurück, und obwohl Lady Barbara kein Wort von dem verstanden hatte, was der Mann von sich gegeben hatte, sagten ihr dennoch sein Ton und seine Haltung im Verein mit der Reaktion des Mädchens, was zwischen ihnen stattgefunden hatte.

Sie überlegte schnell. Ihr war klar, welchen Eindruck ihr wundersames Erscheinen auf diese offensichtlich unwissenden Menschen gemacht hatte, und sie vermutete, daß deren künftige Haltung ihr gegenüber wesentlich durch den Eindruck ihrer ersten Handlungen beeinflußt werden würde. Als Engländerin hielt sie an der englischen Tradition fest, tieferstehenden Menschen die Autorität ihrer Rasse begreiflich zu machen. Es ging einfach nicht an, zuzulassen, daß dieser ungepflegte Patriarch das Mädchen wegschickte, wenn sie es für richtig hielt, sie bei sich zu behalten. Nach einem kurzen Blick auf die Gesichter um sie herum war sie überzeugter denn je, daß sie diese blonde Schönheit wählen würde, müßte sie sich eine Gefährtin aussuchen.

Mit einer gebieterischen Geste, innerlich jedoch beklommen, trat sie vor und nahm das Mädchen beim Arm. Als dieses sie überrascht anblickte, zog sie es an ihre Seite.

„Bleib bei mir“, sagte sie, obwohl sie wußte, daß es ihre Worte nicht verstand.

„Was hat sie gesagt, Jezebel?“ fragte der Alte.

Das Mädchen war im Begriff zu erwidern, sie wisse es nicht, aber etwas hinderte sie daran. Vielleicht ließ die seltsame Art der Fragestellung sie zögern, denn der Alte mußte doch ebenfalls erkennen, daß die Fremde sich einer Sprache bediente, die er nicht kannte, die demzufolge niemand von ihnen kannte.

Sie überlegte schnell. Warum sollte er sie das fragen, wenn er die Möglichkeit in Betracht zog, sie könne die Fremde verstanden haben? Sie dachte an das Lächeln, das diese unwillkürlich bei ihr hervorgerufen hatte, und erinnerte sich, daß der Alte es gleichfalls bemerkt hatte.

Dieses Jezebel genannte Mädchen kannte den Preis eines Lächelns im Land Midian, wo jeder Ausdruck des Glücks ein Eingeständnis von Sünde war. Da sie jedoch das einzige kluge Mädchen inmitten eines Volkes war, wo nahezu einheitlich Dummheit vorherrschte, dachte sie sich schnell eine Antwort aus in der Hoffnung, dies könne sie vor der Strafe retten.

Sie blickte dem Alten gerade ins Auge. „Sie sagte, sie komme mit einer Botschaft an das auserwählte Volk vom Himmel und werde diese nur durch mich und keinen anderen übermitteln, Jobab“, erwiderte sie.

Jezebel hatte bei dieser Formulierung viel den Bemerkungen der Älteren und Apostel entnommen, während sie die seltsame Erscheinung aus den Wolken hatten herabschweben sehen und nach einer Erklärung für dieses Phänomen gesucht hatten. In der Tat hatte Jobab selbst den Kern dieser Theorie entwickelt und war deshalb um so bereiter, der Antwort des Mädchens Glauben zu schenken.

Lady Barbara hatte der goldblonden Jezebel den Arm um die zierliche Schulter gelegt und ließ einen entsetzten Blick über die Szene vor ihr schweifen - die entwürdigten, ungepflegten Menschen, die sich stumpf vor ihr zusammendrängten, die reglosen Gestalten der Ohnmächtigen und die sich in Zuckungen windenden Epileptiker.

Voller Abscheu betrachtete sie Jobabs Gesicht, sie sah die wässrigen Augen, die ungeheuer große Nase und den langen, schmutzigen Bart, der das fliehende Kinn nur halb verbarg. Mit Mühe unterdrückte sie den unwillkürlichen Schauder, die natürliche Reaktion ihrer Nerven auf den Anblick vor ihr.

Jobab starrte sie an, einen Ausdruck von Ehrfurcht auf dem stupiden, fast blöden Gesicht. Aus der Menge hinter ihm traten mehrere andere alte Männer näher und blieben fast furchtsam hinter ihm stehen. Jobab blickte nach hinten. „Wo ist Abraham, der Sohn des Abraham?“ fragte er.

„Er hält noch Zwiesprache mit Jehova“, erwiderte einer der Alten.

„Vielleicht offenbart ihm Jehova gerade jetzt den Zweck dieses Besuches“, bemerkte ein anderer hoffnungsvoll.

„Sie hat eine Botschaft gebracht und will sie nur durch dieses Mädchen, Jezebel genannt, übermitteln“, sagte Jobab. „Ich wünschte, Abraham, der Sohn des Abraham, habe seine Zwiesprache mit Jehova beendet“, fügte er hinzu. Doch Abraham, der Sohn des Abraham, wand sich noch, Schaum vorm Mund, am Boden.

„Wahr gesprochen“, sagte ein anderer Alter. „Wenn dies in der Tat ein Bote Jehovas ist, so wollen wir nicht länger müßig glotzen, auf daß wir nicht den Zorn Jehovas erregen, so daß er eine Plage über uns kommen läßt, seien es Fliegen oder Läuse.“

„Wahr gesprochen, Timotheus“, pflichtete Jobab bei, dann wandte er sich an die Menge hinter ihnen: „Weichet schnell von dannen und bringt Opfergaben, auf daß es Jehova wohlgefalle, ein jeder nach seinen Möglichkeiten.“

Stumpf machte die Versammlung kehrt und trottete zu den Höhlen und armseligen Hütten. Nur die kleine Gruppe der Alten blieb hier, Lady Barbara und der goldblonden Jezebel zugewandt, und auf dem Boden die von Anfällen Heimgesuchten, von denen bei einigen deutliche Anzeichen zu erkennen waren, daß sie sich von ihrer Besessenheit erholten.

Abermals wurde die englische Lady von einem Gefühl des Abscheus ergriffen, als sie die Gesichtszüge und die Körperhaltung der Dorfbewohner sah. Sie waren fast ausnahmslos durch riesige Nasen und so winzige und fliehende Kinne entstellt, daß man bei manchen Gesichtern den Eindruck hatte, sie seien kinnlos. Beim Gehen beugten sie sich gewöhnlich tief nach vorn, so daß man meinen konnte, sie würden jeden Augenblick vornüber kippen und lang hinschlagen.

Hier und da sah man in der Menge einzelne, deren Gesichtszüge auf eine viel höhere geistige Entwicklung deuteten als die der breiten Masse der Dorfbewohner. Sie hatten ausnahmslos blondes Haar, während alle anderen dunkelhaarig waren.

Dieses Phänomen war so auffallend, daß Lady Barbara gleich beim ersten kurzen Überblick über diese seltsamen Wesen darauf aufmerksam wurde, dennoch sollte sie nie eine unbestreitbare Erklärung dafür finden, weil einfach niemand da war, der ihr von Angustus und der blonden Sklavin aus dem Barbarenstamm des Nordens hätte erzählen können, niemand, der wußte, daß Angustus eine große Nase gehabt hatte, ein schwaches Kinn und Neigung zur Epilepsie, niemand, der eine Ahnung hatte von dem hellwachen Verstand und der blühenden Gesundheit der kleinen Sklavin, seit fast neunzehn Jahrhunderten nun schon tot, deren Blut jedoch selbst jetzt noch ab und an in dem gräßlichen Verfallsprozeß erkennbar war, der in all den langen Jahren erzwungener Inzucht solch ein Wesen wie Jezebel hervorgebracht hatte in einem allerdings fruchtlosen Bemühen, der allgemeinen Degenerierung entgegenzuwirken.

Lady Barbara wunderte sich nun, warum die Leute in ihre Behausungen gegangen waren - was bedeutete das? Sie blickte auf die Alten, die geblieben waren, doch ihre stumpfsinnigen, fast irren Gesichter verrieten nichts. Nun wandte sie sich an das Mädchen. Wie sehr wünschte sie sich, sie könnten einander verstehen. Sie war überzeugt, daß sie wirklich freundlich war, doch bei den anderen war sie dessen nicht so sicher. Alles an ihnen stieß sie ab, und sie konnte sich einfach nicht durchringen, ihren Absichten ihr gegenüber zu vertrauen.

Wie anders war doch dieses Mädchen! Zweifellos war auch sie eine Fremde unter ihnen. Diese Tatsache ließ die englische Lady hoffen, denn sie hatte nichts bemerkt, das darauf hindeutete, daß die Goldblonde bedroht oder mißhandelt wurde. Zumindest war sie lebendig und unversehrt. Indes gehörte sie bestimmt einer anderen Rasse an. Ihre schlichte und spärliche, offensichtlich aus Pflanzenfasern hergestellte Bekleidung war sauber, wie auch jene Teile ihres Körpers, die unbedeckt waren, während die Kleidungsstücke aller anderen, besonders der alten Männer, unglaublich schmutzig waren, gleichfalls ihr Haar, ihre Bärte und jeder Teil ihrer Körper, die nicht von den armseligen, ihre Blöße kaum verhüllenden Gewändern verborgen wurden.

Während die alten Männer miteinander flüsterten, ließ Lady Barbara ihren Blick bedächtig in die Runde schweifen. Sie sah, daß steil aufragende Felsenwände das kleine, kreisrunde Tal völlig abschlossen, nahe dessen Mittelpunkt ein See lag. Nirgends konnte sie einen Hinweis auf eine Lücke in den sie umgebenden Felsen entdecken, die Hunderte von Fuß über der Talsohle aufragten. Dennoch spürte sie, daß es einen Zugang von der Außenwelt geben müsse, denn wie hätten diese Leute sonst hierher gefunden?

Ihre Erkundung ergab, daß das Tal auf dem Grund eines lange erloschenen Vulkans liegen mußte. Wenn dies stimmte, mußte der Weg zur Außenwelt über den Rand dieser steilen Felswände führen. Soweit sie erkennen konnte, schienen diese jedoch völlig unerklimmbar zu sein. Doch wie ließ sich dann die Anwesenheit dieser Leute erklären? Das Problem beschäftigte sie, obgleich sie wußte, daß es ungelöst bleiben müsse, bis sie sich über die Haltung der Dorfbewohner im klaren war und herausgefunden hatte, ob sie Gast oder eine Gefangene war.

Die Dörfler kehrten nun zurück, und sie sah, daß viele etwas in den Händen hielten. Sie traten, von den Alten angetrieben, langsam und ängstlich zu ihr, um das, was sie trugen, zu ihren Füßen abzusetzen - Schüsseln mit gekochten Speisen, rohes Gemüse und Früchte, Fisch und Stücke von Pflanzenfasertuch gleich jenem, aus dem ihre primitiven Kleidungsstücke hergestellt waren - die schlichten Gaben eines einfachen Volkes.

Als sie sich ihr näherten, zeigten viele von ihnen Anzeichen großer nervlicher Anspannung, manche sanken zu Boden, Opfer krampfartiger Anfälle, die für die Besessenheit kennzeichnend waren, unter der so viele von ihnen offensichtlich litten.

Lady Barbara hatte den Eindruck, daß diese einfachen Leute ihr entweder Gaben darbrachten, die ihre Gastfreundschaft bezeugen sollten, oder der Fremden in ihrem Dorf Waren zum Tausch anboten. Den wahren Grund konnte sie zu diesem Zeitpunkt noch nicht erkennen - daß die Dorfbewohner in Wirklichkeit jemandem Opfergaben darbrachten, von dem sie glaubten, es handele sich um einen Boten Gottes oder vielleicht gar um eine Göttin persönlich. Als sie nach Ablegen ihrer Gaben sofort kehrt machten und davon eilten, spiegelten die schlichten Gesichter von einigen solche Furcht, daß Lady den Gedanken fallen ließ, die Waren würden ihr zum Verkauf angeboten. Vielmehr schlußfolgerte sie, wenn es sich hierbei nicht um Geschenke der Gastfreundschaft handelte, könnte man sie vielleicht eher als einen Tribut betrachten, mit dem man den Zorn eines möglichen Feindes besänftigen wollte.

Abraham, der Sohn des Abraham, hatte das Bewußtsein wiedererlangt. Er setzte sich bedächtig auf und blickte um sich. Noch war er sehr schwach. Das war er immer nach diesen Anfällen. Er brauchte eine oder zwei Minuten, ehe er seine fünf Sinne beisammen hatte und sich der Ereignisse erinnerte, die dem Anfall vorausgingen. Da sah er die letzten ihre Opfergaben Lady Barbara zu Füßen legen. Er erkannte die Fremde und erinnerte sich des seltsamen Brummens, das aus dem Himmel gekommen war, und jener Erscheinung, die zu ihnen geschwebt war.

Abraham, der Sohn des Abraham, erhob sich. Von den Alten bemerkte Jobab ihn als erster. „Halleluja!" rief er. „Abraham, der Sohn des Abraham, wandelt nicht länger mit Jehova. Er ist in unsere Mitte zurückgekehrt. Lasset uns beten!" Daraufhin sank die ganze Versammlung mit Ausnahme von Lady Barbara und dem Mädchen namens Jezebel auf die Knie. Abraham, der Sohn des Abraham, ging langsam wie in einem Trancezustand zwischen ihnen hindurch auf die Fremde zu, noch immer benommen von den Auswirkungen seiner Besessenheit. Um ihn herum brach ein seltsames, unheimliches Stimmengewirr aus, als die Alten jeder für sich und ohne Abstimmung laut beteten und zwischendurch immer wieder „Halleluja" und „Amen" riefen.

Langaufgeschossen und hager, der lange graue Bart noch befleckt vom Schaum und Speichel, das spärliche Gewand zerlumpt und schmutzig, bot Abraham, der Sohn des Abraham, der englischen Lady einen höchst abstoßenden Anblick, als er schließlich vor ihr stehenblieb.

Sein Verstand hellte sich jetzt sehr schnell auf, und als er dort stand, schien er die Anwesenheit des Mädchens Jezebel zum ersten Mal wahrzunehmen. „Was suchst du hier, Dirne?" fragte er. „Warum betest du nicht knieend gleich den anderen?"

Lady Barbara beobachtete die beiden scharf. Sie bemerkte die ernste und anklagende Haltung und Redeweise des Mannes und sah den flehentlichen Blick, den das Mädchen ihr zuwarf. Sofort legte sie einen Arm um deren Schultern. „Bleib hier!" sagte sie, denn sie fürchtete, der Mann werde dem Mädchen befehlen, sie zu verlassen.

Mochte Jezebel die Worte der fremden, himmlischen Besucherin auch nicht verstehen, sie konnte die sie aufhaltende Geste nicht mißdeuten. Außerdem hatte sie kein Verlangen, sich den anderen im Gebet anzuschließen. Vielleicht spielt hier auch nur ihr Wunsch eine Rolle, einige kurze Minuten länger jene bedeutsame Stellung einzunehmen, in die dieses Ereignis sie aus jener lebenslangen Erniedrigung und Verachtung erhoben hatte, zu denen das seltsame Erbteil der Schönheit sie verdammt hatte.

Unterstützt durch den Druck des Armes um ihre Schultern, blickte sie Abraham, dem Sohn des Abraham, entschlossen, wenngleich auch ein wenig ängstlich ins Gesicht, denn wer wußte besser als sie, was für ein schrecklicher Mann Abraham, der Sohn des Abraham, sein konnte, wenn jemand ihm zuwiderhandelte.

„Antworte mir, du...du..." Abraham, der Sohn des Abraham, suchte verzweifelt nach einem Schimpfwort, das dieser Situation gerecht wurde.

„Laß deinen Zorn dich nicht blind machen für den Willen Jehovas", warnte das Mädchen.

„Was meinst du?" fragte er.

„Kannst du nicht sehen, daß seine Botin mich auserwählt hat, ihr Sprachrohr zu sein?"

„Welch ungeheure Gotteslästerung ist das, Weib?"

„Ist es nicht", erwiderte sie entschlossen. „Es ist Jehovas Wille, und so du mir nicht glaubst, frage Jobab, den Apostel."

Abraham, der Sohn des Abraham, wandte sich dorthin, wo die Alten beteten. „Jobab!" rief er in einem Ton, der den Lärm des Gebets übertönte.

Sofort wurde die Andacht mit einem lauten „Amen!" Jobabs beendet. Die Alten erhoben sich, und alle Dorfbewohner, die von den epileptischen Anfällen nicht an die Erde gefesselt waren, folgten ihrem Beispiel. Jobab, der Apostel, trat zu den dreien, auf die jetzt alle Blicke gerichtet waren.

„Was ist geschehen, während ich mit Jehova wandelte?" fragte Abraham, der Sohn des Abraham.

„Diese Botin kam vom Himmel herabgeschwebt, und wir erwiesen ihr alle Ehren, und die Leute brachten ihr Opfergaben dar, jeder nach seinen Möglichkeiten, und legten sie ihr zu Füßen. Dies schien ihr nicht zu mißfallen, - aber es schien ihr auch nicht übermäßig zu gefallen", erwiderte Jobab. „Was wir weiter hätten tun sollen, wußten wir nicht."

„Aber diese Tochter des Satans!" sagte Abraham, der Sohn des Abraham, wütend. „Was ist mit ihr?"

„Fürwahr, ich sage dir, daß sie mit der Zunge Jehovas spricht", erwiderte Jobab. „Er hat sie auserwählt, das Sprachrohr seiner Botin zu sein."

„Jehova sei gepriesen", sagte Abraham, der Sohn des Abraham. „Die Wege des Allmächtigen sind unerforschlich." Er wandte sich wieder an Jezebel, doch diesmal klangen seine Worte anders, versöhnlicher, und vielleicht lag auch ein wenig Furcht in seinen Augen. „Bitte diese Botin, voller Gnade und Vergebung auf uns arme Diener Jehovas herabzublicken. Bitte sie, daß sie zu uns armen Sündern spreche, um uns ihre Wünsche zu offenbaren. Wir erwarten ihre Botschaft mit Zittern und Zagen in der Erkenntnis unserer Unwürdigkeit."

Jezebel wandte sich an Lady Barbara.

„Warte noch!" sagte Abraham, der Sohn des Abraham, als ein fragender Zweifel seinen schwachen Geist befiel. „Wie kannst du mit ihr verkehren? Du sprichst nur die Sprache des Landes Midian. Fürwahr, so du mit ihr reden kannst, warum vermag ich es nicht, der Prophet des Paulus, des Sohnes Jehovas?"

Jezebels Verstand war weit besser entwickelt als der des Propheten des Paulus, und sie nutzte diesen Vorteil, wenngleich, um die Wahrheit zu sagen, nicht ohne Bangen um den Ausgang ihrer übereilten Behauptung, denn wenn sie auch über einen wachen Verstand und großen Einfallsreichtum verfügte, war sie doch das unwissende Kind eines unwissenden und abergläubischen Volkes.

„Du besitzt eine Zunge, Prophet", sagte sie. „Rede also du zu der Botin Jehovas, und wenn sie dir in der Sprache des Landes Midian antwortet, kannst du sie ebenso gut verstehen wie ich."

„Das ist kaum weniger als eine Eingebung", sagte Abraham, der Sohn des Abraham.

„Ein Wunder!" rief Jobab. „Jehova muß ihr diese Worte in den Mund gelegt haben."

„Ich werde die Botin ansprechen", sagte der Prophet. „O Engel des Lichts!" sagte er, an Lady Barbara gewandt. „Blicke voll Mitleid auf einen alten Mann, auf Abraham, den Sohn des Abraham, den Propheten von Paulus, des Sohnes von Jehova, und geruhe, ihm die Wünsche dessen wissen zu lassen, der dich zu uns gesandt hat."

Lady Barbara schüttelte den Kopf. „Es gibt da etwas, das jemand tut, wenn er verlegen ist“, sagte sie. „Ich habe es wiederholt auf den Werbeseiten amerikanischer Zeitschriften gelesen, allerdings habe ich die Sorte nicht bei mir. Aber wenn’s drauf ankommt, spielt das keine Rolle.“ Damit holte sie ein goldenes Zigarettenetui aus der Tasche ihres Jacketts und zündete sich eine davon an.

„Was hat sie gesagt, Jezebel?“ fragte der Prophet. „Und - im Namen von Paulus, was für ein Wunder ist das? ‘Rauch stieg auf von seiner Nase’ heißt es von dem Behemoth der Heiligen Schrift. Was mag all dies bedeuten?“

„Es ist eine Warnung, weil du meine Worte bezweifeltest“, sagte Jezebel.

„Nein, nein“, rief Abraham, der Sohn des Abraham. „Ich hege keinen Zweifel. Erkläre ihr, daß ich dir keinen Zweifel entgegenbringe, und dann berichte mir, was sie gesagt hat.“

„Sie sagte, daß Jehova mit dir oder deinem Volk nicht zufrieden ist“, erwiderte Jezebel. „Er ist zornig, weil du Jezebel so übel behandelst. Sein Zorn ist schrecklich, da du sie über ihre Kräfte arbeiten läßt und ihr dennoch nicht das beste Essen gibst, und weil du sie strafst, wenn sie gern lachen und fröhlich sein möchte.“

„Sage ihr, wir wußten nicht, daß die Arbeit deine Kräfte überstieg“, sagte der Prophet. „Wir werden uns zum Guten ändern. Sage ihr, daß wir dich lieben, und du sollst künftig das beste Essen haben. Sprich zu ihr, o Jezebel, und frage sie, ob sie noch weitere Befehle für ihre armen Diener hat.“

Jezebel blickte der englischen Lady in die Augen, und ihr Antlitz spiegelte engelhafte Aufrichtigkeit, während ihren Lippen ein Schwall bedeutungsloser Laute entströmte, die für sie ebenso unverständlich waren wie für Lady Barbara oder die lauschenden Dorfbewohner des Landes Midian.

„Mein liebes Kind, was du sagst, ist mir ebenso unverständlich wie Kisuaheli, aber du bist sehr schön, und deine Stimme klingt melodisch. Tut mir leid, daß ich dich ebenso wenig verstehen kann wie du mich.“

„Was sagt sie?“ fragte Abraham, der Sohn von Abraham.

„Sie sagt, daß sie müde und hungrig ist, und daß die Gaben, die die Leute ihr dargeboten haben, in eine Höhle gebracht werden sollen, eine saubere Höhle, und daß ich sie begleiten soll. Sie will in Frieden gelassen werden, denn sie ist müde und möchte gern ruhen. Außerdem will sie niemanden außer Jezebel bei sich haben.“

Abraham, der Sohn des Abraham, wandte sich an Jobab. „Schicke Frauen, die Höhle neben der meinen zu säubern", befahl er. „Andere sollen die Opfergaben in die Höhle tragen sowie sauberes Gras für eine Bettstatt."

„Für zwei Betten", verbesserte ihn Jezebel.

„Ja, sogar für zwei Betten", stimmte der Prophet hastig zu.

So wurden Lady Barbara und Jezebel in einer sauber hergerichteten Höhle nahe dem Fuß der Felswand untergebracht und mit Nahrung versehen, die auch für eine wesentlich größere Gesellschaft gereicht hätte. Die englische Lady stand am Eingang zu ihrer seltsamen, neuen Behausung und blickte über das Tal, während sie sich den Kopf zerbrach, wie sie der Außenwelt eine Nachricht über ihr Schicksal und ihren derzeitigen Aufenthaltsort zukommen lassen könnte. Sie wußte, daß sich ihre Freunde und ihre Familie Sorgen machen würden, wenn weitere vierundzwanzig Stunden verstrichen, und bald würde so manches englische Flugzeug die Route vom Kap nach Kairo entlangdonnern und nach ihr suchen. Während sie über ihre unglückliche Lage nachdachte, lag das Mädchen namens Jezebel lässig hingestreckt auf ihrem Bett aus frischem Gras und aß von einem Berg Früchte an ihrem Kopfende, wobei ein glückliches Lächeln der Zufriedenheit ihr reizvolles Gesicht erhellte.

Schon fielen die Schatten der Nacht herab, und Lady Barbara ging wieder in die Höhle zurück, nachdem alles Nachdenken nur eine einzige praktische Idee gezeitigt hatte - daß sie Mittel und Wege finden mußte, sich mit diesen Leuten zu verständigen. Zwangsläufig gelangte sie zu der Überzeugung, dies könne nur durch Erlernen ihrer Sprache gelingen.

Als die Dunkelheit hereinbrach und die kühle Nachtluft die Hitze des Tages verdrängte, entfachte Jezebel am Höhleneingang ein Feuer. Die zwei Mädchen setzten sich auf weiche Graskissen daneben. Der Feuerschein spielte auf ihren Gesichtern, und nun machte sich Lady Barbara an das lange und mühsame Werk, eine neue Sprache zu erlernen. Der erste Schritt bestand darin, Jezebel begreiflich zu machen, was sie wollte, doch sie war angenehm überrascht, als sie bemerkte, wie schnell das Mädchen ihre Absicht erkannte. Nun wies sie auf die verschiedensten Gegenstände und nannte dabei die englische Bezeichnung. Jezebel wiederum sagte ihr, wie sie in der Sprache des Landes Midian genannt wurden.

Daraufhin wiederholte Lady Barbara das Wort in der Midian-Sprache mehrere Male, bis sie die Aussprache beherrschte. Sie bemerkte, daß Jezebel auf gleiche Weise mit den englischen Ausdrücken verfuhr. So erwarb Jezebel einen englischen Wortschatz, während sie ihrem Gast das Midianische lehrte.

Eine Stunde verstrich über dieser Beschäftigung. Das Dorf lag ruhig um sie herum. Aus dem fernen See klang gedämpftes Froschkonzert herüber. Ab und zu meckerte eine Ziege irgendwo in der Dunkelheit. Weit entfernt auf der anderen Talseite zuckten winzige Lichter - die Herdfeuer eines anderen Dorfes, vermutete Lady Barbara.

Aus einer nahegelegenen Höhle tauchte plötzlich ein Mann mit einer hell lodernden Fackel auf. Mit leiser, monotoner Stimme ließ er ein Lied ertönen. Ein anderer Mann ebenfalls mit Fackel schloß sich ihm an und stimmte in das Lied ein. Dann erschienen weitere, bis sich ein ganzer Zug zur Talsohle unter den Höhlen bewegte.

Allmählich klangen die Stimmen lauter. Ein Kind schrie. Lady Barbara sah es jetzt - ein kleines Kind, das von einem alten Mann gezogen wurde.

Nun trat die Prozession im Kreis um einen großen Felsblock und hielt an, doch der Gesang verstummte ebenso wenig wie das Geschrei des Kindes. Lady Barbara erkannte unter den anderen die große Gestalt des Mannes, der sie zuletzt befragt hatte. Abraham, der Sohn des Abraham, der Prophet, stand hinter dem Felsblock, der ihm bis zur Hüfte reichte. Er hob die offene Hand, und der Gesang verstummte. Das Kind weinte nicht mehr, doch sein stoßhaftes Schluchzen drang deutlich bis zu den zwei Mädchen.

Abraham, der Sohn des Abraham, hub an zu reden, die Augen gen Himmel gerichtet. Seine Stimme klang monoton über die kleine, dunkle Fläche. Die flackernden Fackeln beleuchteten seine grotesken Gesichtszüge ebenso wie die gleichermaßen abstoßenden Gesichter seiner Gemeinde.

Für die englische Lady hatte die ganze Szene etwas unerklärlich Bedrohliches an sich. Offensichtlich handelte es sich nur um den schlichten Gottesdienst eines einfachen Volkes, dennoch lag für Barbara Collis etwas Unheimliches darin, etwas, das nichts Gutes verhieß.

Sie blickte auf Jezebel. Das Mädchen saß mit gekreuzten Beinen, die Ellenbogen auf die Knie gestützt, das Kinn in den Händen, und starrte geradeaus. Das Lächeln war von ihren Lippen verschwunden.

Plötzlich zerriß ein kindlicher Angstschrei die Stille, er klang so grauenhaft, daß Lady Barbara wieder auf die Szene unter ihr blickte. Sie sah, wie das sich wehrende und um sich schlagende Kind auf den Felsblock gezerrt wurde. Sie sah, wie Abraham, der Sohn des Abraham, die Hand hoch über den Kopf hob. Sie sah, wie der Fackelschein ein Messer beleuchtete, dann wandte sie sich ab und verbarg das Gesicht in den Händen.

Die „Kanone"

Danny Patrick, die „Kanone", rekelte sich behaglich in seinem Liegestuhl. Er war in Frieden mit der Welt - zumindest teilweise. In seiner Kleidung hatte er 20 Riesen wohl verwahrt. Unter seiner linken Achsel, gleichfalls zuverlässig verborgen, schmiegte sich eine 45er in ein eigens dafür angefertigtes Halfter. Die „Kanone" Patrick rechnete fest damit, sie vielleicht sehr lange nicht benutzen zu müssen. Aber es war nicht schlecht, ständig vorbereitet zu sein. Er stammte aus Chicago, wo man in seinen Gesellschaftskreisen sehr darauf hält, vorbereitet zu sein.

Er war nie ein großer Gangsterboß gewesen, und wenn er sich damit zufrieden gegeben hätte, mehr oder weniger im Hintergrund zu bleiben, hätte er seinem Gewerbe gewiß noch einige Zeit nachgehen können, bis schließlich der Augenblick gekommen wäre, wo er wie viele seiner ehemaligen Freunde und Bekannten aufgerufen worden wäre, seine Ausschüttung von Maschinenpistolenkugeln abzubrechen. Doch Danny Patrick war ehrgeizig. Seit Jahren war er die rechte Hand sprich die Pistolenhand eines großen Bosses. Er hatte seinen Gönner reich werden sehen - „säuisch reich", nach seinen Begriffen -, und da hatte ihn der Neid gepackt.

Folglich hatte Danny den großen Boß hintergangen und war zur anderen Seite übergetreten, die sich beiläufig gesagt damit brüstete, ein noch größerer Boß und auch sonst viel besser zu sein und ihre Hand mit im Spiel hatte, als Patricks früherem Brötchengeber einige ihm gehörende Lastwagenladungen Schnaps geklaut wurden.

Unglücklicherweise hatte einer seiner früheren Kumpel im Dienst des Hintergangenen ihn beim Entwenden des letzten Lastwagens erkannt. Danny sah, daß er identifiziert worden war, und trachtete begreiflicherweise, den gefährlichen Zeugen zu eliminieren. Sein widerstrebendes Ziel entrann ihm jedoch, und ehe er seine ballistischen Fehlleistungen korrigieren konnte, kam die Polizei.

Wohl bildeten sie dankenswerterweise eine Eskorte, um den Lastwagen wohlbehalten ins Lagerhaus des größeren und besseren Bosses zu geleiten, doch der Zeuge für Dannys Treuebruch entkam.

Nun kannte Danny Patrick, die „Kanone", die Gemütsverfassung seines vormaligen Brötchengebers zur Genüge - wer wohl besser? Danny hatte viele der Feinde des großen Bosses und auch einige seiner Freunde hereingelegt, kannte die Macht des Bosses und fürchtete ihn. Er selbst hatte etwas dagegen, hereingelegt zu werden, wußte andererseits sehr wohl, daß sein weiterer Verbleib im lieben guten Chi ihn schließlich zwingen würde, viel früher den Weg aller guten Banditen zu gehen, als dies seinen eigenen Plänen entsprochen hätte.

So verschwand er klammheimlich mit den 20 Riesen, dem Lohn für seinen Verrat, aus der Stadt. Da er zu seiner Zeit und in seiner Generation als weise gelten konnte, stahl er sich ebenfalls klammheimlich außer Landes und stellte so einen weiteren Faden dar, der ins Gewebe des Schicksals eingearbeitet werden sollte.

Er wußte, daß der große Boß an Macht eingebüßt hatte (das war auch einer der Gründe gewesen, daß er ihn verließ); er wußte ferner, daß der Boß früher oder später ein großartiges Begräbnis mit Lastwagenladungen von Blumen und zumindest einem Zehntausend-Dollar-Sarg haben würde. Deshalb wollte Danny bis nach den Bestattungsfeierlichkeiten unter fremder Sonne weilen.

Wo genau, wußte er noch nicht, denn er scheute geographische Verlockungen. Fest stand für ihn nur, daß er zumindest bis England gehen würde, das seiner Kenntnis nach irgendwo in London liegen mußte.

So rekelte er sich jetzt in der Sonne, in Frieden mit der Welt, die ihn gegenwärtig umgab, oder vielmehr fast, denn in seinem jugendlichen Herzen regte sich Groll ob verschiedener Zurückweisungen, die ihm seitens der wenigen von ihm angesprochenen Mitreisenden zuteil geworden waren. Es wollte ihm einfach nicht in den Kopf, warum er als eine persona non grata galt. Schließlich sah er gut aus. Seine Anzüge waren von einem der exklusivsten Schneider Chicagos angefertigt worden - wirkten unaufdringlich und geschmackvoll. Das wußte er ganz genau, außerdem stand fest, daß niemand an Bord des Schiffes eine Ahnung von seinem Beruf hatte. Warum also verloren sie nach wenigen Minuten des Gesprächs unweigerlich das Interesse an ihm und übersahen ihn danach geflissentlich, als existierte er nicht? Die „Kanone“ war ebenso verwirrt wie verdrossen.

Am dritten Tag hatte er die Seereise bereits gründlich satt und wünschte sich zurück in sein Chicago, wo er wußte, daß er dort gleichgesonnene Geister finden würde, mit denen er sich zusammentun konnte. Diese Anwandlungen kamen jedoch nur sporadisch. Besser zeitweilige Isolation über Tage als eine andauernde in feuchter Erde.

Ein junger Mann, den er bis jetzt unter den Passagieren nicht bemerkt hatte, setzte sich in den Lehnstuhl neben ihn, blickte zu ihm herüber und lächelte. „Guten Morgen“, sagte er. „Schönes Wetter, das wir jetzt haben.“

Dannys kalte, blaue Augen musterten den Fremden. „Meinen Sie?“ erwiderte er in einem Ton, der so kühl wie sein Blick war. Dann nahm er seine frühere Beschäftigung wieder auf, über die Reling auf die unendliche Weite der wogenden See zu blicken.

Lafayette Smith lächelte, schlug ein Buch auf, rückte in seinem Lehnstuhl sich zurecht und fuhr fort, seinen unhöflichen Nachbarn wieder total zu vergessen.

Danny sah den jungen Mann später am Tag im Swimming-Pool und zeigte sich von einer der wenigen Eigenschaften beeindruckt, von denen er wirklich eine Ahnung hatte - von Leistung in einer Sportart. Der junge Mann übertraf die anderen Passagiere sowohl im Schwimmen als auch im Turmspringen, und sein von der Sonne gebräunter Körper bezeugte vielstündiges Tragen eines Badeanzugs.

Als Danny am nächsten Morgen an Deck kam, stellte er fest, daß der junge Mann schon zugegen war. „Guten Morgen“, sagte er höflich, als er sich in seinen Liegestuhl setzte. „Schöner Tag.“

Der junge Mann schaute von seinem Buch auf. „Meinen Sie?“ fragte er und vertiefte sich wieder in seine Lektion.

Danny lachte. „Jetzt hab'n Sie's mir heimgezahlt, was?“ rief er. „Wiss'n Sie, ich dachte erst, Sie wär'n so'n eingebildeter Fatzke. Dann hab ich Sie im Becken gesehen. Sie können wirklich schwimmen, Mann!“

Lafayette Smith, Magister der Wissenschaften, Dr. phil. Dr. habil., ließ langsam sein Buch sinken, wobei er den Kopf wandte, um seinen Nachbarn zu mustern. Dann stahl sich ein Lächeln in sein Gesicht - ein gutmütiges, freundschaftliches Lächeln. „Vielen Dank“, sagte er. „Das kommt, weil ich gern schwimme. Jemand, der so viel Zeit darauf verwendet hat wie ich, seit ich ein junger Spunt war, müßte schon ein ziemlicher Tolpatsch sein, wenn er es darin nicht einigermaßen zu etwas brächte.“

„Stimmt“, pflichtete Danny.bei „Das ist Ihr Ding, denke ich mir.“

Lafayette Smith suchte den Boden um seinen Lehnstuhl ab. Er glaubte zunächst, daß Danny einen Tennisschläger im Sinn hatte, da er auch ein leidenschaftlicher Tennisspieler war. Dann erfaßte er die beabsichtigte Bedeutung und lächelte. „Ich bin kein professioneller Schwimmer, wenn Sie das meinen“, sagte er.

„Also auf Vergnügungsreise?“ fragte Danny.

„Nun, ich hoffe, es wird ein Vergnügen, doch es ist eigentlich eher auch eine Geschäftsreise. Wissenschaftliche Forschungsaufgaben. Ich bin Geologe.“

„Ja? Ich hab' noch nie was von so 'nem Job gehört.“

„Es ist nicht eigentlich ein Job“, erklärte Smith. „Es steckt einfach nicht genug Geld darinnen, um es auf die Stufe und die Bedeutung eines Jobs zu erheben.“

„Ach wiss'n Sie, ich kenne ein'n Hauf'n kleinerer Jobs, die sich auszahl'n - besonders wenn jemand die Sache allein übernimmt und nicht mit einer Gang teilen muß. Geh'n Sie nach England?“

„Ich werde mich nur ein paar Tage in London aufhalten“, erwiderte Smith.

„Ich dachte, Sie gingen vielleicht nach England.“

Lafayette Smith sah etwas verwirrt drein. „Das tue ich ja“, sagte er.

„Ach, Sie gehen von dort nach London?“

Wollte der junge Mann ihn an der Nase herumführen? Sehr gut! „Ja, sofern ich von König George die Erlaubnis dazu kriege, werde ich England besuchen, während ich in London bin.“

„Sag'n Sie bloß, der Bursche lebt in England! Das ist doch der, dem Big Bill so richtig paar auf die Schnauze geb'n wollte. Meine Güte, das ist wirklich ein Riesensack voll heißer Wind.“

„Wer? König George?“

„Nein, den kenne ich nicht - ich meine Thompson.“

„Ich kenne keinen von beiden“, mußte Smith zugeben. „Doch ich habe von König George gehört.“

„Sie haben nie von Big Bill Thompson, dem Bürgermeister von Chicago, gehört?“

„O ja, doch es gibt so viele Thompsons - ich wußte nicht, welchen Sie meinten.“

„Müssen Sie unbedingt König George folgen, um nach England zu kommen?“ erkundigte sich Danny, und sein ernster Ton lieferte Smith den Beweis, daß der junge Mann sich nicht über ihn lustig machen wollte.

„Nein“, erwiderte er. „Wissen Sie, London ist die Hauptstadt von England. Wenn Sie in London sind, so sind Sie naturgemäß in England.“

„Da war ich aber auf'm Holzweg, eh!" rief Danny. „Aber wiss'n Sie, ich bin vorher auch nie groß aus Amerika 'rausgekomm'n."

„Fassen Sie einen ausgedehnteren Aufenthalt in England ins Auge?"

„Was im Auge?"

„Werden Sie eine Weile in England bleiben?"

„Kommt drauf an, wie es mir gefällt", erwiderte Danny.

„Ich denke mir, London wird Ihnen zusagen", sagte Smith.

„Ich muß nicht unbedingt dorthin", vertraute Danny ihm an. „Ich kann gehen, wohin ich will. Wohin verschlägt's Ihnen denn?"

„Nach Afrika."

„Was für 'ne Art Stadt is' das? Ich glaube nicht, daß mir dran liegen würde, von einem Haufen Wilder herumgeschubst zu werd'n, obwohl ein paar von ihnen ganz in Ordnung sind. Ich habe einige Neger bei der Polizei in Chi kennengelernt, die nie drauf aus waren, einen Kerl zu schikanieren."

„Wo ich hingehe, gibt es keine Polizisten, die Sie belästigen könnten", versicherte ihm Smith.

„Was Sie nicht sag'n! Bloß, daß Sie mich richtig versteh'n, Mister. Ich mach' mir keine Sorgen von wegen Polizei oder so, - die könn'n mir nichts anhab'n. Obwohl ich wirklich gern wohin geh'n würde, wo ich ihre widerlichen Fratz'n nie sehen müßte. Wiss'n Sie, Mister, ich mag einfach keine Bullen", fügte er vertraulich hinzu.

Der junge Mann verwirrte Lafayette Smith in ebenso großem Maße, wie er ihn amüsierte. Als Wissenschaftler hatte er in einer stillen Universitätsstadt einer entsprechenden Lebensweise gehuldigt. Seine höchst verschwommene Vorstellungen von der Unterwelt in Amerikas Großstädten gründeten sich zumeist auf flüchtiges und uninteressiertes Überfliegen von Artikeln der Tagespresse. So konnte er diese neue Bekanntschaft nicht anhand von Kenntnis aus erster Hand einordnen. Noch nie hatte er sich mit einem solchen Typ wie diesem unterhalten. Äußerlich betrachtet konnte der junge Mann durchaus der mißratene Sohn einer gebildeten Familie sein, doch wenn er redete, mußte man diesen ersten Eindruck revidieren.

„Hör'n Sie mal", sagte Danny nach kurzem Schweigen. „Ich weiß über Afrika da einigermaß'n Bescheid. Hab mir mal 'nen Film darüber angesehen - Löwen, Elefanten und 'n Haufen komisch aussehender Tiere mit albernen Nam'n. Dort also woll'n Sie hin? Zum Jagen, vermute ich richtig?"

„Ich bin nicht auf Tiere aus, sondern auf Gestein", erklärte Smith.

„Was denn! Wer macht nicht Jagd auf Steine?“ erkundigte sich Danny. „Ich kenne Burschen, die würden für einen Stein ihren besten Freund umlegen.“

„Ich meine nicht diese Sorte von Gestein“, versicherte ihm Smith.

„Sie denken nicht an Diamanten?“

„Nein, vielmehr an Gesteinsformationen, die mir mehr über die Struktur der Erde verraten können.“

„Und Sie können Sie nicht in klingende Münze umwandeln, nachdem Sie sie gefunden haben?“

„Nein.“

„Also das is' mir 'n komisches Gewerbe. Sie wissen eine Menge über Afrika, stimmt's?“

„Nur was ich aus Büchern erfahren habe“, erwiderte Smith.

„Ich hatte auch mal 'n Buch“, erklärte Danny in fast prahlerischem Ton.

„Ja?“ sagte Smith höflich. „Über Afrika?“

„Ich weiß nich'. Hab's nie gelesen. Wiss'n Sie, ich überlege grade, warum sollte ich nich' auch dorthin geh'n?“ fügte er hinzu. „Dem Film nach, den ich geseh'n habe, gibt's dort gar nicht so viele Leute, und ich möchte wirklich mal eine Weile keine Menschenseele sehen - die gehen mir auf den Geist. Ist Afrika ein großer Ort?“ fragte er.

„Fast viermal so groß wie die Vereinigten Staaten.“

„Meine Güte! Un' keine Bull'n?“

„Jedenfalls nicht dort, wohin ich gehen. Dort sind auch nicht sehr viel Menschen. Vielleicht sehe ich wochenlang überhaupt niemanden außer den Mitgliedern meiner Safari.“

„Safari?“

„Meine Leute - Träger, Soldaten, Hilfskräfte.“

„Ach so, Ihre Bande.“

„Durchaus möglich.“

„Wie wär's, wenn ich mit Ihn'n ginge, Mister? Ich hab' zwar keine Ahnung von Ihrem Job, möchte sie auch gar nicht hab'n und will mich durchaus nicht hineinhäng'n, was es auch ist. Wie die alte Dame, die immer zu Begräbnissen geht, möchte ich einfach so mitfahren - und natürlich zahle ich für mich selbst.“

Lafayette Smith überlegte. Der junge Mann hatte etwas an sich, das ihn für ihn einnahm, auf jeden Fall hielt er ihn für einen interessanten Typ. Es lag aber auch noch etwas Unbestimmbares in seinem Auftreten und in den kalten, blauen Augen, das darauf hindeutete, er könnte sich in einer Notlage als guter Kumpel erweisen. Des weiteren hatte sich Lafayette Smith kürzlich überlegt, daß sich die langen Wochen im Landesinneren ohne die Gesellschaft eines anderen Weißen als echte Belastung erweisen könnten. Dennoch zögerte er. Er wußte nichts über diesen Mann. Er entzog sich unter Umständen einer Strafverfolgung. Er konnte alles Mögliche sein. Ach was, na und? Er hatte sich schon entschieden.

„Wenn's die Kost'n sind, die Sie beunruhig'n, dann vergess'n Sie sie", sagte Danny, der bemerkte, daß der andere zögerte. „Ich zahle mein'n Anteil und dann noch etwas drauf, falls Sie es sag'n."

„Daran habe ich nicht gedacht, wenn die Reise auch teuer wird - aber nicht viel mehr für zwei als für einen."

„Wieviel?"

„Offen gestanden weiß ich es nicht, aber ich gehe von der Annahme aus, daß fünftausend Dollar alle Kosten decken sollten, obwohl ich mich vielleicht irre."

Danny Patrick langte in die Hosentasche und förderte eine große Rolle Banknoten heraus - 50er und 100er. Er zählte dreitausend Dollar ab. „Hier sind drei Ries'n, um die Sache perfekt zu machen", sagte er. „Aus der Quelle kommt noch mehr, falls nötig. Ich bin kein Geizhals, sondern zahle mein'n Anteil und ein'n Teil von Ihr'n dazu."

„Nein", sagte Smith und schob die angebotenen Geldscheine beiseite. „Das ist es nicht. Sehen Sie, wir wissen überhaupt nichts voneinander. Vielleicht kommen wir nicht miteinander aus."

„Sie wiss'n ebenso viel über mich wie ich über Sie", erwiderte Danny. „Und ich bin entschloss'n, das Risiko einzugeh'n. Je weniger wir voneinander wiss'n, desto besser ist es vielleicht. Jedenfalls will ich hinüber nach Afrika, und wenn Sie das auch vorhab'n, könnt'n wir ebenso gut zusamm'n geh'n. Das senkt die Kosten, und zwei Weiße hab'n eine bessere Chance als einer allein. Soll'n wir also zusammen bleiben, oder jeder für sich?"

Lafayette Smith lachte. Hier stand ihm vielleicht ein Abenteuer bevor, und in seinem Gelehrtenherz hegte er schon lange die stille Hoffnung, eines Tages Abenteuer bestehen zu müssen. „Wir tun uns zusammen", sagte er.

„Dann her mit allen fünfen!" rief „Kanone" Patrick und streckte ihm die Hand hin.

„Was für fünf?" fragte Lafayette Smith, Magister der Künste, Dr. phil. Dr. habil.

Das Aufnehmen der Fäden

Wochen verstrichen. Züge ratterten und schaukelten. Dampfer pflügten die See. Schwarze Füße patschten über gut ausgetretene Wege. Drei Safaris, von Weißen aus weit voneinander getrennten Erdteilen befehligt, bewegten sich langsam verschiedene Wege entlang, die zu den wilden Felsgraten der Ghenzis führten. Niemand hatte eine Ahnung von der Anwesenheit der anderen, auch standen ihre Missionen in keinerlei Bezug zueinander.

Von Westen kamen Lafayette Smith und Patrick, die „Kanone“, von Süden ein englischer Großwildjäger namens Lord Passmore, und von Osten marschierte Leon Stabutch heran.

Der Russe hatte Probleme mit seinen Leuten. Wohl hatten sie sich begeistert anwerben lassen, doch ihre Begierde, weiter zu machen, war allmählich geschwunden, als sie immer tiefer in das fremde und unbekannte Land eindringen mußten. Kürzlich hatten sie mit Leuten aus einem Dorf gesprochen, in dessen Nähe sie kampiert hatten. Die Dorfbewohner hatten ihnen schreckliche Geschichten über eine große Bande von Shiftas erzählt, die von einem Weißen angeführt wurde und das Land terrorisierte, in das sie wollten. Sie mordeten und vergewaltigten, während sie Sklaven zum Verkauf im Norden zusammentrieben.

Stabutch hatte an den Südhängen der Ausläufer des Ghenzhi-Gebirges haltgemacht, um eine Mittagspause einzulegen. Nach Norden zu erhoben sich die steilen Gipfel des eigentlichen Gebirgszuges. Im Süden unter ihnen konnten sie sehen, wie Wald und Dschungel sich in weite Ferne hinzogen. Um sie herum breitete sich welliges Hügelgelände mit spärlichem Baumbestand, und zwischen den Bergen und dem Wald lag offenes Grasland, wo man Antilopen- und Zebraherden weiden sah.

Der Russe rief seinen Anführer zu sich. „Was ist los mit den Burschen?“ fragte er und wies mit einem Kopfnicken auf die Träger, die in einem Kreis am Boden hockten und in gedämpftem Ton miteinander schnatterten.

„Sie fürchten sich, Bwana“, erwiderte der Schwarze.

„Wovor?“ fragte Stabutch, obwohl er es sehr wohl wußte.

„Vor den Shiftas, Bwana. Letzte Nacht sind wieder drei desertiert.“

„Wir brauchen sie sowieso nicht mehr, die Lasten werden allmählich leichter", gab Stabutch barsch zurück.

„Bestimmt laufen noch mehr davon", sagte der Anführer. „Sie haben alle Angst."

„Die sollten sie eher vor mir haben", schnaubte Stabutch. „Wenn noch mehr Leute desertieren, werde ich... werde ich..."

„Sie fürchten sich nicht vor dir, Bwana", erklärte der Anführer freimütig. „Sie fürchten sich vor den Shiftas und deren weißem Anführer, denn sie wollen nicht weit entfernt von der Heimat in die Sklaverei verkauft werden."

„Sage mir nicht, du glaubst diese Lügenmärchen, du schwarzer Schurke", fauchte Stabutch. „Das ist nur ein Vorwand zur Umkehr. Sie wollen wieder nach Hause, um dort herumzubummeln, die faulen Hunde. Und ich vermute, du bist genau so übel wie alle anderen. Wer hat überhaupt behauptet, du wärst ein Anführer? Wärst du auch nur eine Kopeke wert, so hättest du diese Burschen in kürzester Zeit zurechtgetrimmt, gäbe es auch kein Gerede über Umkehr mehr und auch keine weiteren Desertationen."

„Ja, Bwana", sagte der Schwarze, aber was er dachte, war seine Angelegenheit.

„Nun höre mir gut zu", brummte Stabutch, doch das, was sich der Anführer anhören sollte, wurde nie geäußert.

Die Störung erfolgte durch einen Träger, der plötzlich aufsprang und ihnen voller Entsetzen in gedämpftem Ton zuraunte. „Seht dort! Die Shiftas!" Er wies nach Westen.

Gegen den Himmel klar umrissen, war auf dem Gipfel eines niedrigen Berges eine Meile entfernt deutlich eine Gruppe Reiter zu sehen, die dort haltgemacht hatten. Die Entfernung war zu groß, als daß die aufgeregten Männer im Lager des Russen Einzelheiten erkennen konnten, doch schon das Auftauchen eines Reitertrupps war der Beweis, um den Schwarzen zu sagen, daß sie es mit einer Shifta-Bande zu tun hatten, über die sie beängstigende Gerüchte vernommen hatten. Dies hatte ihre schlichten Gemüter in den vergangenen Tagen mit ständig wachsendem Grauen erfüllt. Die weißen Gewänder, die auf dem Gipfel des fernen Berges im leichten Wind wehten, und die Gewehre und Speerschäfte, die selbst auf diese Entfernung beeindruckend genug die wahre Natur der Reiter zweifelsfrei bezeugten, bewirkten noch mehr, daß die Befürchtungen der Angehörigen von Stabutchs Safari konkrete

Gestalt annahmen und ihre Panik sich ins Maßlose steigerte.

Alle standen jetzt, und alle Blicke waren auf die Bedrohung gerichtet, die auf dem Berg zu erkennen war. Plötzlich stürzte einer der Männer zu den Lasten, die während der mittäglichen Rast abgeladen worden waren, und rief seinen Gefährten über die Schulter etwas zu. Im Nu begann ein Ansturm auf die Packen.

„Was tun sie?“ fragte Stabutch. „Halte sie auf!“

Der Anführer und die Askaris rannten schnell zu den Trägern, von denen viele ihre Lasten bereits aufgenommen hatten und sich auf den Rückweg machten. Der Anführer versuchte, sie zu stoppen, doch ein großer, kräftiger Bursche schlug ihn mit einem einzigen Hieb nieder. Ein anderer blickte nach Westen und rief mit schriller, entsetzter Stimme: „Seht dort, sie kommen!“

Diejenigen, die ihn hörten, wandten sich um und sahen, wie die Reiter in scharfem Galopp den Hang herab auf sie zugestürmt kamen, daß ihnen die Gewänder im leichten Wind nachflatterten.

Das genügte. Träger, Askaris und der Anführer machten wie ein Mann kehrt und flohen. Diejenigen, die die Lasten schon aufgenommen hatten, warfen sie wieder zu Boden, damit das Gewicht ihre eilige Flucht nicht behinderte.

Stabutch war allein. Einen Augenblick war er ebenfalls drauf und dran zu fliehen, sah jedoch rechtzeitig die Nutzlosigkeit eines solchen Versuches ein.

Mit lauten, gellenden Rufen preschten die Reiter zu seinem Lager. Als sie ihn allein dort stehen sahen, brachten sie die Pferde vor ihm zum Halten. Mit ihren harten Gesichtern und ihrem schurkischen Aussehen boten sie ein derart abstoßendes Bild, daß selbst der Beherzteste gezittert hätte.

Ihr Führer redete Stabutch in einer seltsamen Sprache an, doch seine ganze Haltung war so bedrohlich, daß der Russe die Worte des Sprechers gar nicht zu verstehen brauchte. Die Laute und die finstere Miene genügten, um die Drohung zu erkennen. Er unterdrückte jedoch seine Ängste und trat den Männern mit kühlem Gleichmut entgegen, der diese beeindruckte und glauben machte, dieser Fremde müsse sich seiner Macht ziemlich sicher sein. Vielleicht war er nur die Vorhut eines größeren Verbandes von Weißen!

Als einer der Shiftas diesen Gedanken äußerte, blickten alle unbehaglich um sich, denn sie kannten die Gemütsverfassung und Waffen der Weißen zur Genüge und fürchteten beides. Ungeachtet ihrer

Zweifel vermochten sie dennoch die Beute zu beurteilen, die das Lager ihnen bot, und warfen begierige, abschätzende Blicke auf die im Stich gelassenen Lasten der davongelaufenen Träger, von denen viele noch zu sehen waren, wie sie dem Dschungel zustrebten.

Da der Führer der Shiftas sich dem Weißen gegenüber nicht verständlich machen konnte, begann er eine hitzige Debatte mit einigen seiner Anhänger, und als einer, der Steigbügel an Steigbügel neben ihm stand, sein Gewehr anlegte und auf Stabutch zielte, schlug der Anführer die Waffe nach oben und wies seinen Kumpan zornig zurecht. Dann erteilte er mehrere Befehle mit dem Ergebnis, daß zwei von der Bande zur Bewachung von Stabutch dablieben, die andren jedoch absaßen und die Packen einigen der Pferde aufbürdeten.

Eine halbe Stunde später ritten die Shiftas unter Mitnahme aller Habseligkeiten des Russen und auch seiner selbst, nachdem er entwaffnet und zum Gefangenen erklärt worden war, in der Richtung zurück, aus der sie gekommen waren.

Während dies geschah, beobachteten scharfe, graue Augen sie aus der Deckung des dichten Dschungelgrüns - Augen, die jede Wendung der Ereignisse im Lager des Russen genauestens verfolgt hatten, seit dieser das Signal für die unheilvolle Mittagsrast erteilt hatte.

Trotz der beträchtlichen Entfernung vom Dschungel zum Lager war den scharfen Augen des Beobachters, der dort bequem zurückgelehnt in der Gabel eines großen Baumes genau am Rand der Ebene hockte, nichts entgangen. Was für geistige Reaktionen die Geschehnisse ausgelöst hatten, deren Zeuge er geworden war, hätte niemand dem ernsten, emotionslosen Gesichtsausdruck entnehmen können.

Er beobachtete die sich zurückziehenden Gestalten der Shiftas, bis sie aus seinem Blickfeld verschwunden waren. Dann sprang er behend auf die Füße und schwang sich in entgegengesetzter Richtung durch den Dschungel - den fliehenden Angehörigen von Stabutchs Safari nach.

Goloba, der Anführer, trottete ängstlich die dunklen Dschungelpfade entlang. Er hatte eine beträchtliche Anzahl anderer Leute von Stabutchs Safari bei sich, und alle befürchteten gleichermaßen, die Shiftas könnten sie verfolgen.

Die erste Panik des Schreckens hatte nachgelassen, und in dem Maße, wie die Minuten verstrichen, ohne daß von einer Verfolgung etwas zu erkennen war, faßten sie mehr Mut, wobei die ursprüngliche Furcht in Golobas Brust allmählich einer anderen wich - der des

Stellvertreters, dem sein Bwana vertraut hatte, und der desertiert war. Dafür würde er eines Tages geradestehen müssen, und so formulierte er bereits jetzt seine Entschuldigung.

„Sie ritten gegen uns an und feuerten ihre Gewehre ab", sagte er. „Es waren viele - mindestens einhundert." Niemand widersprach ihm. „Wir kämpften tapfer, um den Bwana zu schützen, doch wir waren nur wenige und konnten sie nicht zurückschlagen." Er hielt inne und blickte diejenigen an, die neben ihm gingen. Er sah sie zustimmend nicken. „Und dann sah ich den Bwana fallen, und so liefen wir davon, um nicht ergriffen und in die Sklaverei verkauft zu werden."

„Ja", sagte einer, der an seiner Seite ging. „Es ist genau so, wie Goloba gesagt hat. Ich selbst..." Doch er kam nicht weiter. Die Gestalt eines dunkelbraunen Weißen, der bis auf einen Lendenschurz nackt war, ließ sich etwa ein Dutzend Schritte vor ihnen aus dem Blattwerk der Bäume auf den Weg fallen. Wie ein Mann blieben sie stehen, und ihre Gesichter spiegelten Überraschung und Furcht.

„Wer ist euer Anführer?" fragte der Fremde in ihrem Heimatdialekt, und alle Blicke richteten sich auf Golòba.

„Ich bin das", erwiderte der Schwarze.

„Warum hast du deinen Bwana verlassen?"

Goloba war im Begriff zu antworten, als ihm der Gedanke kam, daß er es hier nur mit einem einzelnen, primitiv bewaffneten Weißen ohne Gefährten, ohne eine Safari zu tun hatte - in der Tat eine armselige Kreatur so mitten im Dschungel, noch unter dem gewöhnlichsten Schwarzen stehend.

„Wer bist du, daß du Goloba, den Anführer, so ausfragst?" erkundigte er sich spöttisch. „Geh mir aus dem Weg." Damit ging er weiter auf den Fremden zu.

Aber der Weiße bewegte sich nicht, sondern sagte nur mit leiser, ausgeglichener Stimme: „Goloba sollte es besser wissen, als so zu irgendeinem Weißen zu reden."

Der Schwarze zögerte. Er war sich nicht ganz sicher, erkühnte sich aber dennoch, auf seinem Standpunkt zu beharren. „Große Bwanas gehen nicht nackt und allein durch den Wald wie der niedrige Bagesu. Wo ist deine Safari?"

„Tarzan von den Affen benötigt keine", erwiderte der Weiße.

Goloba war wie vor den Kopf geschlagen. Er hatte Tarzan von den Affen nie gesehen, denn er kam aus einem Land, das von dessen

Herrschaftsgebiet ziemlich weit entfernt war. Indes hatte er über den großen Bwana reden hören, und es waren Berichte, die durch ihre Weitergabe nichts verloren hatten.

„Du bist Tarzan?“ fragte er.

Der Weiße nickte, und Goloba sank angsterfüllt auf die Knie. „Gnade, großer Bwana!“ flehte er. „Goloba hat es nicht gewußt.“

„Nun beantworte meine Frage“, sagte Tarzan. „Warum habt ihr euren Bwana verlassen?“

„Wir wurden von einer Bande Shiftas angegriffen“, erwiderte Goloba. „Sie ritten gegen uns an und feuerten auf uns. Es waren mindestens einhundert. Wir haben tapfer gekämpft...“

„Stopp!“ befahl Tarzan. „Ich habe alles mit angesehen, was geschehen ist. Geschossen wurde überhaupt nicht. Ihr seid davongelaufen, noch ehe ihr wußtet, ob die Reiter Freund oder Feind waren. Rede jetzt, aber sage die Wahrheit.“

„Wir wußten, daß es Feinde waren, denn die Bewohner eines Dorfes, in dessen Nähe wir unser Lager aufgeschlagen hatten, hatten uns gewarnt, diese Shiftas würden uns angreifen und jeden, den sie gefangennahmen, in die Sklaverei verkaufen.“

„Was haben die Dorfbewohner euch noch erzählt?“ fragte der Affenmensch.

„Daß die Shiftas von einem Weißen angeführt werden.“

„Genau das wollte ich wissen“, sagte Tarzan.

„Dürfen Goloba und seine Leute jetzt gehen?“ fragte der Schwarze. „Wir befürchten, die Shiftas könnten uns verfolgen.“

„Das ist nicht der Fall“, versicherte ihm Tarzan. „Ich sah sie nach Westen davonreiten, wobei sie euren Bwana mitnahmen. Über den würde ich gern mehr erfahren. Wer ist das? Was tut er hier?“

„Er kommt aus einem Land weit im Norden“, erwiderte Goloba. „Er nannte es Rußland.“

„Ja, ich kenne dieses Land“, sagte Tarzan. „Warum ist er hier?“

„Das weiß ich nicht“, erwiderte Goloba. „Jedenfalls nicht zum Jagen. Er ging niemals auf Jagd, außer zur Nahrungsbeschaffung.“

„Hat er jemals von Tarzan gesprochen?“ erkundigte sich der Affenmensch.

„O ja, er hat oft nach ihm gefragt. In jedem Dorf wollte er wissen, ob sie Tarzan gesehen hatten, und wo er sei. Aber niemand wußte es.“

„Das ist alles“, sagte der Affenmensch. „Ihr könnt gehen.“

Der Angriff des Löwen

Lord Passmore kampierte auf einer natürlichen Lichtung am Ufer eines kleinen Flusses wenige Meilen südlich des nördlichen Dschungelsaumes. Seine kräftigen Träger und Askaris hockten um ihre Herdfeuer und lachten und scherzten. Es war zwei Stunden nach Sonnenuntergang, und Lord Passmore, makellos zum Dinner gekleidet, aß zu Abend, während sein eingeborener Boy hinter seinem Stuhl stand, bereit, jedem Wunsch seines Herrn zuvorzukommen.

Ein großgewachsener, gutgebauter Neger näherte sich dem Zeltdach, unter dem man Lord Passmores Feldtisch aufgestellt hatte. „Sie haben nach mir gerufen, Bwana?" fragte er.

Lord Passmore blickte in die klugen Augen des gut aussehenden Schwarzen. Um die Mundwinkel des weißen Mannes spielte ein winziges Lächeln. „Hast du etwas zu berichten?" fragte er.

„Nein, Bwana", erwiderte der Schwarze. „Weder östlich noch westlich von uns gab es Anzeichen von Wild. Vielleicht hatte der Bwana mehr Glück."

„In der Tat", erwiderte Passmore. „Ich war besser dran. Nördlich entdeckte ich viele Spuren. Vielleicht haben wir morgen eine bessere Jagdausbeute. Morgen werde ich..." Er brach abrupt ab. Beide Männer lauschten gespannt auf ein schwaches Geräusch, das wenige Sekunden lang die nächtlichen Stimmen des Dschungels übertönte.

Der Schwarze blickte seinen Herrn fragend an. „Hat der Bwana es auch gehört?" fragte er. Der Weiße nickte. „Was war das, Bwana?"

„Es klang ganz wie ein Maschinengewehr", erwiderte Passmore. „Das Geräusch kam aus südlicher Richtung, aber wer zum Teufel ballert hier mit einem Maschinengewehr herum? Und warum zur Nachtzeit?"

„Ich weiß es nicht", sagte der Anführer der Schwarzen. „Soll ich mal aufbrechen und es herausfinden?"

„Nein", sagte der Engländer. „Vielleicht morgen. Wir werden sehen. Geh jetzt und leg dich schlafen."

„Ja, Bwana. Gute Nacht."

„Gute Nacht - und sage den Askaris, die Wache haben, sie sollen besonders aufpassen."

„Jawohl, Bwana." Der Schwarze verbeugte sich tief und trat, rückwärts gehend, unter dem Vordach hervor. Dann ging er lautlos weg, wobei der flackernde Schein der Herdfeuer sich auf seiner glatten brau-

nen Haut, unter der die mächtigen Muskeln eines Hünen spielten, golden widerspiegelte.
„Das nenne ich leb'n", bemerkte Patrick, die „Kanone". „Seit Wochen habe ich keinen Bull'n geseh'n."
Lafayette Smith lächelte. „Wenn Bullen das einzige sind, vor dem du Angst hast, Danny, dann kannst du dein Gemüt und deine Nerven für weitere Wochen beruhigen."
„Was bringt dich auf die Idee, ich hätte Angst vor Bull'n?" fragte Danny. „Den Bull'n möcht' ich sehen, vor dem ich Schiß hab. Die sin' nur 'ne Bande von Ganov'n. Jedenfalls könn'n sie mir nichts anhäng'n. Worauf so'n Junge wie ich dennoch aufpass'n muß, is', daß sie womöglich gegen ein'n was aushecken. Awer weiß Gott, hier braucht sich einer um so was kein'n Kopp zu mach'n." Er ließ sich bequem wieder in seinen Feldstuhl zurückfallen und stieß eine Wolke Zigarettenrauch aus, der träge spiralartig in der lauen Nachtluft des Dschungels aufstieg. „Weiß Gott, ich wußte nicht, daß man sich so unbehelligt fühl'n kann", sagte er nach kurzem Schweigen. „Kannst du dir vorstell'n, daß dies seit Jahren das erste Mal ist, daß ich keine Wumme trage?"
„Keine was?"
„Keine Wumme, keinen Ballermann, kein Schießeis'n - eben keine Pistole, weißt du."
„Warum hast du dich nicht gleich so ausgedrückt?" sagte Smith lachend.
„Warum versuchst du nicht ab und zu doch mal richtig Englisch zu red'n?"
„Mein Gott, du hast grade Grund, jemandem zu sag'n, er soll Englisch reden. Was war das, was du mir damals vorgesetzt hast, an dem Tag, als wir das gewellte Land durchquert'n? Ich hab's auswendig gelernt: ein Land niedrigen Reliefs in einem fortgeschrittenen Stadium reifer Dissektion - und du kommst mir hier mit richtig Englisch reden! Du mit deinen Überschiebungsfehlern und Landstufen, Kesseln und Solfataren - meine Fresse!"
„Du machst ja Fortschritte, Danny."
„Wobei? Jeder Job hat seine eigene Sprache. Welch'n Nutzen habe ich von deiner? Aber jeder Kerl muß wissen, was eine Wumme ist - sofern ihm was an seiner Gesundheit liegt."
„Nach allem, was mir Ogonyo sagte, könnte es jedoch ganz nützlich sein, daß du weiter eine trägst", sagte Smith.
„Wie kommst du darauf?"

„Er sagt, wir kommen jetzt in Löwenland. Vielleicht streichen sie sogar hier herum. Den Dschungel suchen sie zwar seltener auf, doch wir sind nur einen Tagesmarsch von offenerem Gelände entfernt.“

„Was auch immer das sein mag: Rede Englisch! Meine Fresse! Was war das?“ Eine Serie hustender Grunzlaute tönte irgendwo aus der soliden schwarzen Mauer des Dschungels, der das Lager umgab. Dann folgte ein donnerndes Gebrüll, daß die Erde bebte.

„Simba!“ rief einer der Schwarzen, und sofort beeilten sich ein halbes Dutzend Männer, die Feuer mit neuem Brennholz zu versorgen.

Patrick, die „Kanone“, sprang auf, rannte in sein Zelt, und einen Augenblick später tauchte er mit einer Thompson-Maschinenpistole wieder auf.

„Zur Hölle mit ‘ner Wumme“, sagte er. „Wenn ich es mit dem Baby da zu tun habe, is’ mir ‘ne Schreibmaschine lieber.“

„Willst du ihn vielleicht auf den Arm nehmen?“ fragte Lafayette Smith, dessen Bildung in den Wochen, die er mit Danny Patrick, der „Kanone“, verbracht hatte, bemerkenswerte Fortschritte gemacht hatte.

„Nein, es sei denn, er versucht, mir in die Quere zu komm’n“, räumte Danny ein.

Abermals erschütterte das donnernde Gebrüll des Löwen die Stille der nächtlichen Dunkelheit. Diesmal klang es so nahe, daß beide Männer nervös auffuhren.

„Er scheint wirklich mit dem Gedanken zu spielen“, bemerkte Smith.

„Mit welchem Gedanken?“

„Uns in die Quere zu kommen.“

„Die Schwarzen haben dieselbe Ahnung“, sagte Danny. „Guck sie dir an.“

Die Träger waren eindeutig verängstigt und drängten sich dicht bei den Feuern zusammen, während die Askaris den Finger am Abzug ihrer Gewehre hatten. Die „Kanone“ ging hinüber, wo sie standen und in die undurchdringliche Dunkelheit starrten.

„Wo ist er?“ fragte er Ogonyo, den Anführer. „Hast du ihn geseh’n?“

„Dort drüben“, antwortete Ogonyo. „Dort scheint sich was zu bewegen, Bwana.“

Danny blickte in die Dunkelheit. Er konnte nichts sehen, aber dann glaubte er, in den Blättern jenseits der Feuer ein Rascheln zu hören.

Er ließ sich auf ein Knie nieder und zielte in die Richtung des Geräuschs. Dann folgte ein Feuerstoß und das heftige Rat-a-tat-tat der Waffe, als er den Abzug betätigte. Einen Augenblick hatten die Beobachter nur ein Singen in den Ohren und hörten nichts weiter, dann reagierten ihr Gehör wieder normal, und diejenigen von ihnen, die am besten hören konnten, vernahmen ein Prasseln in den Büschen, das in der Ferne leiser wurde.

„Ich glaube, ich hab' ihn erwischt", sagte Danny zu Smith, der herübergekommen war und hinter ihm stand.

„Du hast ihn nicht getötet, sondern nur verwundet", sagte Smith.

„Simba ist nicht verwundet, Bwana", erklärte Ogonyo.

„Woher willst du das wiss'n?" fragte Danny. „Man kann da draußen doch nichts erkenn'n."

„Hättest du ihn verwundet, so hätte er angegriffen", erklärte der Anführer. „Er lief weg. Der Lärm hat ihn abgeschreckt."

„Glaubst du, er kommt zurück?" fragte Smith.

„Das weiß ich nicht, Bwana", erwiderte der Neger. „Niemand weiß, was Simba tun wird."

„Der kommt bestimmt nicht wieder", sagte Danny. „Die alte Schreibmaschine hat ihm einen Mordsschrecken eingejagt. Ich hau' mich jetzt hin."

Numa, der Löwe, war alt und hungrig. Er hatte im offenen Land gejagt, und seine Muskeln waren zwar noch kräftig, jedoch nicht mehr das, was sie in seiner Blütezeit gewesen waren. Wenn er sich aufrichtete, um Pacco, das Zebra, oder Wappi, die Antilope, zu packen, war er stets ein bißchen langsamer als früher. So entrann ihm die Beute. Daher hatte sich Numa, der Löwe, in den Dschungel begeben, wo die Witterung von Menschen ihn zum Lager geführt hatte. Die abschreckenden Feuer der Schwarzen blendeten ihn, doch dahinter waren Fleisch und Blut zu haben, das sagte ihm sein noch scharfes Witterungsvermögen, und Numa, der Löwe, war heißhungrig.

Langsam verdrängte der Hunger die ihm innewohnende Neigung, die Menschwesen zu meiden. Immer näher zog es ihn zu den verhaßten Feuern. Fast auf dem Bauch kriechend, schob er sich jedesmal einige Zoll vorwärts. Gleich würde er angreifen - aber da erfolgte der plötzliche Feuerstoß, das Rattern der Maschinenpistole und das Pfeifen der Kugeln über seinem Kopf.

Der unerwartete Tumult störte das furchtbeladene Schweigen des Lagers und Dschungels so unvermittelt und plötzlich, daß die angespannten Nerven der großen Katze nicht standhielten, und ihre Reaktion war ebenso natürlich wie unwillkürlich. Sie machte auf der Stelle kehrt und schoß zurück in den Wald.

Die Ohren Numas, des Löwen, waren nicht die einzigen im Dschungel, die der Mißklang der „Schreibmaschine“ von Patrick aufstörte, denn die scheinbare Einsamkeit der undurchdringlichen Dunkelheit barg Myriaden von Leben. Einen Augenblick verharrte alles, regungslos, zur Starrheit erschreckt. Dann setzte es die vielfachen Beschäftigungen seiner mannigfaltigen Daseinsformen fort. Einige zogen sich, beunruhigt durch die Fremdartigkeit des Lärms, etwas weiter aus der Nachbarschaft der Menschwesen zurück, aber es gab zumindest einen, den die Neugier zu näherer Erkundung anstachelte.

Allmählich rüstete sich das Lager zur Nachtruhe. Die beiden Bwanas zogen sich in ihr Zelt zurück. Die Träger hatten ihre Ängste einigermaßen überwunden, und die meisten von ihnen legten sich schlafen. Einige unterhielten die lodernden Feuer, neben denen zwei Askaris Wache standen, einer an jeder Seite des Lagers.

Numa stand kopfhängend dort draußen irgendwo in der Nacht. Das Rasseln der Maschinenpistole hatte seinen Appetit nicht gezügelt, seine nervöse Gereiztheit vielmehr noch gesteigert - und auch seine Vorsicht. Nicht länger gab er seinem Protest ob des leeren Magens durch dumpfes Husten Ausdruck, während er die Flammen der Lagerfeuer beobachtete, die die Wogen seines Zorns nun steigerten, bis dieser die Ängste verdrängte.

Und während das Lager allmählich in den Schlaf sank, strich der dunkelbraune Räuber langsam näher an den tanzenden Lichtkreis der Feuer heran. Die gelbgrünen Augen starrten wild auf einen ahnungslosen Askari, der sich schläfrig auf sein Gewehr stützte.

Der Mann gähnte und veränderte seine Haltung. Er kontrollierte den Zustand des Feuers. Es bedurfte neuen Brennstoffs, also wandte er sich nach dem Stapel von Ästen und totem Holz um, der hinter ihm lag. Als er sich bückte, um die erforderliche Menge aufzusammeln, und dem Dschungel den Rücken zukehrte, griff Numa an.

Der große Löwe wollte schnell und lautlos zuschlagen, doch etwas in ihm, Erbgut von Generationen angreifender Vorfahren, denen er entstammte, ließ in seinem Schlund ein dumpfes, unheilvolles Knurren aufsteigen.

Das Opfer hörte es und auch Patrick, die „Kanone“, der schlaflos auf seinem Feldbett lag. Als der Askari auf den warnenden, bedrohlichen Laut hin herumfuhr, sprang die „Kanone“ auf die Beine, packte die Thompson und stürmte im gleichen Augenblick ins Freie, als Numa sich aufrichtete und den Schwarzen überragte. Der todgeweihte Mann stieß einen entsetzten Schrei aus, als sich die Löwenkrallen in seine Schultern bohrten. Dann schloß sich der riesige Rachen über seinem Gesicht.

Der von äußerster Hoffnungslosigkeit geprägte Angstschrei weckte das Lager. Die Männer wurden sich jählings des Grauens bewußt und sprangen auf die Füße, die meisten noch rechtzeitig, um zu sehen, wie Numa, das Opfer halb tragend, halb mit sich schleifend, in der Dunkelheit verschwand.

Die „Kanone“ war der erste, der all dies mit ansah, und der einzige, der handelte. Ohne sich erst hinzuknien, hob er die Maschinenpistole an die Schulter. Daß seine Kugeln zweifellos auch den Menschen treffen mußten, wenn sie den Löwen erreichten, hatte für Danny Patrick, der mit dem plötzlichen, unbarmherzigen Tod wohl vertraut war, keine Bedeutung. Wahrscheinlich hätte er entgegengehalten, daß der Mann bereits tot sei. Er vergeudete jedoch keinen Gedanken an eine Möglichkeit, die jedenfalls keine Konsequenzen hatte. So verzerren das soziale Umfeld und die Gewohnheit die Empfindsamkeit des Menschen oder stumpfen sie ab.

Der Löwe war in der Dunkelheit noch zu erkennen, als Danny den Abzug seiner geliebten „Schreibmaschine“ betätigte, und diesmal schoß er nicht fehl - vielleicht unglücklicherweise, denn ein verwundeter Löwe ist eine dermaßen gefährliche Vernichtungsmaschine, wie die allwissende Vorsehung nur hervorbringen kann.

Aufgeschreckt durch den betäubenden Lärm der Waffe, ergrimmt über die Wunde, die eine einzige, in seinen Körper gedrungene Kugel ihm bereitete, und in der Befürchtung, seiner Beute beraubt zu werden, ließ Numa, auf eine schnelle und wilde Vergeltung bedacht, den Askari fallen, fuhr herum und stürmte geradewegs auf Danny Patrick los.

Die „Kanone“ kniete jetzt, um besser zielen zu können. Lafayette Smith stand gleich hinter ihm, nur mit einem vernickelten 32er Revolver bewaffnet, den ein Freund ihm vor Jahren vermacht hatte. Ein großer Baum breitete seine Zweige über den beiden Männern aus - eine Zuflucht, die Lafayette Smith zumindest hätte in Betracht ziehen können, doch er gedachte nicht zu fliehen. In Wahrheit beseelte ihn nämlich nicht die Furcht um das eigene Wohlergehen oder das seines Begleiters. Er war aufgeregt, aber nicht ängstlich, da er sich nicht vorstellen konnte, daß jemandem eine Gefahr drohen könnte, sei es von einem Menschen oder einem Tier, der unter dem Schutz von Danny Patrick und seiner Maschinenpistole stand. Selbst wenn der höchst unwahrscheinliche Fall eintreten sollte, daß beide versagten - war nicht auch er angemessen bewaffnet? Er packte den Kolben seines blitzenden Spielzeugs mit einem gewachsenen Empfinden von Sicherheit noch fester.

Die Träger drängte sich in kleinen Gruppen zusammen und erwarteten mit weit aufgerissenen Augen den Ausgang des Geschehens, das innerhalb weniger Sekunden nach dem Augenblick, da eine von Dannys Kugeln das fliehende Raubtier ereilt hatte, ablief.

Als der Löwe nun nicht in Sprüngen, sondern unglaublich schnell in tief geduckter Haltung gleitend auf ihn zukam, ereigneten sich verschiedene Dinge, verblüffende Dinge, fast gleichzeitig. Und wenn darin ein Element der Überraschung lag, so zumindest für Danny auch ein Grund für Verlegenheit.

Als der Löwe herumfuhr, betätigte er abermals den Abzug. Die Waffe war auf Dauerfeuer eingestellt, solange er abdrückte und von den einhundert Kugeln noch welche in der Trommel waren. Es erfolgte jedoch nur ein kurzer Feuerstoß, dann kam es zu einer Ladehemmung.

Wie kann jemand in sich langsam bewegenden Worten die Gedanken und Geschehnisse einer Sekunde wiedergeben und der Erzählung auch nur die Andeutung der Geschwindigkeit und des Handlungsablaufes eines Moments vermitteln?

Vcrsuchtc dic „Kanonc“ ficbcrhaft dic lccrc Patroncnhülsc auszustoßen, die die Ladehemmung verursachte? Packte ihn auf einmal die Angst, so daß seine Finger zitterten und nicht mehr gehorchten? Was unternahm Lafayette Smith? Oder vielmehr, was zog er in Betracht zu tun, da er doch überhaupt nichts anderes unternehmen konnte als dazustehen, ein stiller Beobachter der Ereignisse? Ich weiß es nicht.

Noch ehe beide einen Plan fassen konnte, wie sie auf die Umstände reagieren konnten, ließ sich ein dunkelgebräunter Weißer, der bis auf einen Lendenschurz nackt war, aus den Zweigen des Baumes über ihnen direkt in die Bahn des angreifenden Löwen fallen. Er hielt einen schweren Speer in der Hand, und als er lautlos auf dem weichen Humusboden landete, war er bereits gewappnet, den Aufprall des angreifenden Löwen mit der Spitze dieser Waffe aufzufangen.

Die Wucht von Numas gewichtigem Körper hätte einen kleineren Menschen zu Boden geschleudert. Dieser hier blieb jedoch stehen, und der gut angesetzte Stoß trieb den Speer dem Raubtier volle zwei Fuß in die Brust, während der Mann im selben Moment zur Seite trat. Numa, dergestalt abgefangen, noch ehe er seinen Angriff vollenden konnte, hatte sich noch nicht aufgerichtet, um das ins Auge gefaßte Opfer zu packen. Nun war er einen Augenblick völlig außer Fassung, nachdem dieser neue Feind ihn überrumpelt und sein Vorhaben abermals durchkreuzt hatte, während der andere fast schon in seinen Krallen lag. In diesem kurzen Augenblick sprang das fremde Menschwesen ihm auf den Rücken. Ein hünenhafter Arm legte sich um seine Kehle, Beine von Stahl verklammerten sich um seine eingefallenen Flanken, und eine solide Klinge wurde ihm ins Herz gestoßen.

Smith, Patrick und die Männer standen wie gebannt und schauten ungläubig zu. Sie sahen, wie Numa sich schnell drehte, um seinen Peiniger zu packen. Sie sahen ihn springen, umherschnellen und sich zu Boden werfen im Bemühen, den Gegner abzuschütteln. Sie sahen, wie die freie Hand des Mannes die Klinge dem rasenden Löwen mehrfach in die dunkelbraune Flanke stieß.

Der wirren Masse von Mensch und Löwen entfuhr gräßliches Knurren und Brummen, und für die zwei Reisenden lag das Grauenvollste in der Entdeckung, daß diese tierischen Laute nicht nur dem wilden Schlund des Löwen entstammten, sondern auch dem des Menschen.

Der Kampf war kurz, denn dem bereits schwerverwundeten Tier war der Speer direkt ins Herz gedrungen, und nur sein bemerkenswerter Lebenswille hatte ihm erlaubt, noch die wenigen Sekunden zu leben, die zwischen dem tödlichen Stoß und dem Zusammenbruch lagen.

Als Numa plötzlich zur Seite kippte, sprang der Mensch von ihm weg. Er verfolgte einen Moment die Todeszuckungen des besiegten Feindes, während Smith und Patrick in ehrfürchtiger Betrachtung der wilden, urzeitlichen Szene verharrten. Dann trat der Fremde näher, setzte einen Fuß auf den getöteten Feind, hob das Antlitz gen Himmel und stieß einen so grauenvollen Schrei aus, daß die Neger entsetzt zu Boden sanken, während die zwei Weißen spürten, daß ihnen die Haare zu Berge standen.

Abermals versank der Dschungel in tiefes Schweigen und die Lähmung momentanen Entsetzens. Dann folgte ganz schwach aus weiter Ferne ein Antwortruf. Irgendwo dort draußen in der schwarzen Leere der Nacht war ein Affenmännchen erwacht und beantwortete den Siegesschrei seines Artgenossen. Noch schwächer und aus noch weiterer Ferne erfolgte dumpfes Löwengebrüll.

Der Fremde bückte sich und packte den Speer. Dann stemmte er den Fuß gegen Numas Schulter und zog die Waffe heraus. Nun wandte er sich den beiden Weißen zu. Das war der erste Hinweis darauf, daß er von ihrer Anwesenheit Kenntnis hatte.

„Meine Güte!" rief Patrick, die „Kanone", doch zu weiteren Bemerkungen fehlten ihm die Worte.

Der Fremde musterte sie kühl. „Wer sind Sie?" fragte er. „Was tun Sie hier?"

Lafayette Smith war über die Tatsache, daß er Englisch sprach, ebenso überrascht wie erleichtert. Plötzlich kam ihm der Mann weniger erschreckend vor. „Ich bin Geologe", erklärte er. „Mein Name ist Smith, Lafayette Smith, und mein Begleiter ist Mr. Patrick. Ich bin hier, um einige Felduntersuchungen durchzuführen - es handelt sich um eine rein wissenschaftliche Expedition."

Der Fremde wies auf die Maschinenpistole. „Gehört die zur regulären Feldausrüstung eines Geologen?" fragte er.

„Keineswegs", erwiderte Smith. „Und ich weiß wirklich nicht, warum Mr. Patrick darauf bestand, das Ding mitzunehmen."

„Ich wollte in einem Land voll seltsamer Typen einfach kein Risiko eingeh'n", sagte die „Kanone." Hör'n Sie mal, ein Kerl, den ich auf 'm Schiff getroffen hab, hat mir erzählt, paar von den Lümmeln hier essen Menschen."

„Sie ist vielleicht auch sehr nützlich zum Jagen", bemerkte der Fremde. „Eine Antilopenherde wäre ein ideales Ziel für eine derartige Waffe."

„Heh, Mister, was glaub'n Sie, was ich bin, ein Fleischer?" rief die „Kanone". „Ich trage sie nur zu meiner Sicherheit. Obwohl sie vorhin nicht g'rade auf der Höhe war", fügte er angewidert hinzu. „Hatte Ladehemmung, als ich sie gerade am nötigsten brauchte. Aber Sie war'n einmalig. Das muß ich Ihn'n lassen. Sie sind wirklich in Ordnung, Mister, und wenn ich es Ihn'n jemals vergelten kann..." Er machte eine Handbewegung, die den Satz vollendete und alles versprach, was selbst der Anspruchsvollste von einem dankbaren Wesen

erwarten konnte.
Der Hüne nickte. „Benutzen Sie sie nie zum Jagen“, sagte er und fragte dann, an Smith gewandt: „Wo werden Sie ihre Untersuchungen durchführen?“

Plötzlich leuchteten die Augen der „Kanone“ verständnisvoll auf, und ein gequälter Ausdruck trat in sein Gesicht. „Meine Fresse!“ sagte er angewidert zu Smith. „Ich hätt' 's wiss'n müss'n. Wäre zu schön gewesen, um wahr zu sein.“

„Was?“ fragte Lafayette.

„Meine Bemerkung, wonach es hier keine Bull'n gibt.“

„Wohin wollen Sie?“ fragte der Fremde abermals.

„Wir marschieren jetzt ins Ghenzi-Gebirge“, erwiderte Smith.

„Sagen Sie mal, wer zum Teufel sind Sie eigentlich?“ fragte „Kanone“ nun. „Und was geht Sie das überhaupt an, wohin wir wollen?“

Der Fremde beachtete ihn überhaupt nicht und wandte sich wieder an Smith. „Passen Sie im Ghenziland gut auf sich auf“, sagte er. „Zur Zeit treibt dort eine Bande von Sklavenjägern ihr Unwesen, soviel ich gehört habe. Wenn Ihre Leute davon erfahren, laufen Sie Ihnen womöglich davon.“

„Vielen Dank“, erwiderte Smith. „Es ist sehr freundlich von Ihnen, uns zu warnen. Ich würde gern wissen, wem wir verpflichtet sind.“ Doch der Fremde war verschwunden.

So rätselhaft und lautlos, wie er aufgetaucht war, hatte er sich wieder in den Baum über ihnen geschwungen. Die zwei Weißen schauten sich verdattert an.

„Das is' ja 'n Ding“, sagte Danny.

„Ich kann deine Feststellung nur bekräftigen“, sagte Smith.

„Hör mal, Ogonyo, wer war dieser Bozo eigentlich?“ erkundigte sich „Kanone“. „Kennst du ihn oder einer deiner Männer?“

„Ja, Bwana“, erwiderte der Anführer. „Das war Tarzan von den Affen.“

Die Wasser des Chinnereth

Lady Barbara Collis ging langsam den staubigen Weg entlang, der von dem midianischen Dorf hinunter zum See führte. Dieser lag auf dem Grund des alten Kraters, der das Tal des Landes von Midian bildete. Zu ihrer Rechten ging Abraham, Sohn des Abraham, und zu ihrer Linken Jezebel mit den goldenen Haaren. Ihnen folgten die Apostel, die sich um ein junges Mädchen scharten, dessen bedrückte Miene gelegentlich durch ängstliche Blicke auf die alten Männer, ihre Eskorte oder Wache, belebt wurde. Hinter den Aposteln kamen die übrigen Dorfbewohner, angeführt von den Ältesten. Abgesehen von dieser allgemeinen Einteilung ihres Gefolges, die ohnedies nur flüchtig beachtet wurde, war kein Versuch zu erkennen, etwas aufrechtzuerhalten, das an eine ordentliche Marschformation erinnerte. Sie bewegten sich wie Schafe, drängten bald dicht zusammen und verstreuten sich dann wieder über die Eingrenzungen des schmalen Pfades beiderseits weit hinaus. Einige stürmten einige Yards voraus, nur um dann wieder zurückzufallen.

Lady Barbara war besorgt. Sie hatte in den langen Wochen, in denen sie praktisch die Gefangene dieser seltsamen religiösen Sekte war, viel gelernt, darunter die Sprache. Deren Beherrschung hatte ihrem forschenden Geist viele Wege der Information erschlossen, die ihr zuvor nicht zu Gebote standen. Nun spürte sie, oder glaubte zu ahnen, daß Abraham, der Sohn des Abraham, in seiner Brust einen wachsenden Zweifel an ihrer göttlichen Herkunft nährte.

In der ersten Nacht in Midian hatte sie eine Einführung in die grausamen Bräuche und Riten dieser degenerierten Nachkommen der frühesten christlichen Kirche erfahren, und da sie eine brauchbare Kenntnis der Sprache des Landes erworben und erkannt hatte, welch erhabene Herkunft die Führer dieses Volkes ihr zuschrieben zuzüglich zu ihrer Stellung als Sprecherin für ihren Gott, hatte sie ihren Einfluß genutzt, um einige allzu gräßliche und erniedrigende Praktiken ihrer Religion einzudämmen oder gar zu verbieten.

Solange die Erinnerung an die übernatürlichen Aspekte ihres Herniedersteigens aus den Wolken dem schwachen Verstand von Abraham, Sohn des Abraham, klar vor Augen stand, hatte Lady Barbara ihre Kampagne gegen die Brutalität erfolgreich durchführen können. Der tägliche Umgang mit der himmlischen Besucherin hatte die Ehrfurcht allmählich abgeschwächt, die den Propheten von Paulus, Sohn des Jehova, anfangs überwältigt hatte. Die Gebote seines himmlischen Gastes liefen durchweg den Wünschen von Abraham, Sohn des Abraham, zuwider, gleichermaßen dem Wort von Jehova, wie es seit Menschengedenken von den Propheten interpretiert wurde. Dies alles bildete die Grundlage für den wachsenden Argwohn des Propheten. Der englischen Lady wiederum entging die sich verändernde Haltung des alten Mannes ihr gegenüber ebenfalls nicht.

Heute hatte er sie einfach ignoriert und sogar gezwungen, sie zu begleiten und den Beweis seiner Apostasie mit anzusehen. Was würde als nächstes kommen? Sie hatte den fanatischen Blutdurst des schrecklichen Alten nicht nur mit eigenen Augen gesehen, sondern aus dem Mund Jezebels auch stundenlang ausführlichen Beschreibungen von Orgien des Entsetzens gelauscht. Jawohl, Lady Barbara Collis war beunruhigt, und nicht ohne Grund. Nun entschloß sie sich zu einer letzte Anstrengung, um ihre schwindende Autorität wiederherzustellen.

„Denke an den Zorn Jehovas, Abraham, Sohn des Abraham, wenn er sieht, daß du ihm den Gehorsam verweigerst", sagte sie zu dem Mann, der neben ihr ging.

„Ich beschreite den Pfad der Propheten", erwiderte der Alte. „Wir haben stets diejenigen bestraft, die sich den Gesetzen Jehovas widersetzten, und Jehova hat uns belohnt. Warum sollte er uns jetzt zürnen? Das Mädchen muß den Preis für ihre Ungeheuerlichkeit bezahlen."

„Sie hat doch nur gelächelt", wandte Lady Barbara ein.

„Eine Sünde in den Augen Jehovas", erwiderte Abraham, der Sohn des Abraham. „Gelächter ist fleischlich, und Lächeln führt zu Gelächter, das Vergnügen bereitet. Jegliche Vergnügungen sind Verlockungen des Teufels. Sie sind böse."

„Sag nichts mehr", bemerkte Jezebel auf englisch. „Du erzürnst ihn nur, und er ist schrecklich in seinem Zorn."

„Was redest du da, Weib?" forschte Abraham, der Sohn des Abraham.

„Ich habe in der Sprache des Himmels zu Jehova gebetet", erwiderte das Mädchen.

Der Prophet musterte sie mit düsterem Blick. „Du tust gut daran zu beten, Weib. Jehova blickt nicht mit Vergnügen auf dich herab."

„Dann werde ich weiter beten", erwiderte sie demütig, und zu Lady

Barbara auf englisch: „Der alte Teufel sinnt schon über meine Bestrafung nach. Er haßt mich seit eh und je, wie sie uns arme Geschöpfe schon immer gehaßt haben, die wir äußerlich nicht ebenso beschaffen sind wie sie."

Jezebels äußere Erscheinung und ihre Denkweise, die sie von den anderen Midianern unterschied, war ein unerklärbares Phänomen, das Lady Barbara ständig beschäftigte und auch weiterhin beschäftigen würde, da sie nichts von dem kleinen, blonden Sklavenmädchen wissen konnte, dessen kraftvolle Persönlichkeit über ein neunhundert Jahre altes Grab hinaus noch immer zum Ausdruck kam. Wie sehr Jezebels Verstandeskräfte diejenigen ihrer geisteskranken Stammesgenossen übertrafen, hatte Lady Barbara an der überraschenden Leichtigkeit gesehen, mit der sie gelernt hatte, Englisch zu sprechen, während sie Lady Barbara die Sprache der Midianer lehrte. Wie oft und wie aufrichtig hatte sie einer gütigen Vorsehung für Jezebel schon gedankt!

Der Zug hatte nun den Rand des Sees erreicht, der der Legende nach bodenlos sein sollte, und machte dort halt, wo einige flache Lavafelsen beträchtlicher Größe über das Wasser hingen. Die Apostel nahmen ihre Plätze ein, wobei Abraham, der Sohn des Abraham, sich auf einen der Felsen setzte und das Mädchen in ihrer Mitte Platz nahm. Auf ein Signal von Jobab traten ein halbes Dutzend jüngere Männer vor. Einer von ihnen trug ein Netz aus Pflanzenfasern, zwei andere brachten ein schweres Lavastück herangeschleppt. Blitzschnell warfen sie das Netz über das nun verängstigte und schreiende Mädchen und befestigten den Lavablock daran.

Abraham, der Sohn des Abraham, hob die Hände über den Kopf, und auf dieses Zeichen hin knieten alle nieder. Er begann in dem Bar bara nun schon vertrauten Kauderwelsch zu beten, das weder Midianisch noch, nach Jezebel, irgendeine andere Sprache war, denn sie behaupteten steif und fest, daß der Prophet und die Apostel, denen allein sie zur Anwendung vorbehalten blieb, sie selbst nicht verstehen konnten. Das knieende Mädchen weinte nun leise und unterdrückte ab und zu ein Schluchzen, während die jungen Männer das Netz gut festhielten.

Plötzlich ließ Abraham, der Sohn des Abraham, den feierlichen Singsang fallen und fuhr in der Sprache seines Volkes fort. „Denn da sie gesündigt hat, soll sie leiden", sagte er. „Es ist der Wille Jehovas in seiner unendlichen Gnade, daß sie nicht von Feuer verzehrt, sondern dreimal in das Wasser des Chinnereth getaucht werde, auf daß ihre Sünden von ihr gewaschen werden. Laßt uns beten, daß diese nicht zu schwer sind, da sie sonst nicht überleben wird." Er nickte den sechs jungen Männern zu, die mit ihrer Rolle wohlvertraut zu sein schienen.

Vier von ihnen packten das Netz und hoben es zwischen sich an, während die restlichen zwei die Enden der daran befestigten langen Faserstricke festhielten. Als die vier begannen, den Körper des Mädchens wie ein Pendel zwischen sich hin und her zu schwingen, hallte ihr Geschrei und ihr Flehen um Gnade laut über die stillen Wasser des Chinnereth als Ausdruck des Schreckens, mit dem sich das Kreischen und Stöhnen derjenigen vermischte, deren Ekstase ihr Nervensystem zu sehr belastete, und die deshalb in epileptischen Anfällen zu Boden sanken.

Mit zunehmender Schnelligkeit schwangen die jungen Männer ihre Last in religiösem Wahn hin und her. Plötzlich brach einer von ihnen zusammen und sank zuckend und mit Schaum vorm Mund auf den großen Lavablock, auf dem sie standen. Dabei ließ er den zarten Körper des Mädchens schwer auf die harten Felsen fallen. Als Jobab einem anderen junge Mann ein Zeichen gab, seinen Platz einzunehmen, schrie ein Apostel auf und fiel auf der Stelle um.

Niemand kümmerte sich jedoch um diejenigen, die diese Anfälle erlitten, und einen Augenblick später schwang das Mädchen wieder hin und her, über die Wasser des Chinnereth und zurück über die harte Oberfläche der Lava.

„Im Namen Jehovas! Im Namen Jehovas!" tönte der Singsang Abrahams, des Sohnes von Abraham, zum Rhythmus des hin und her pendelnden Netzes. „Im Namen Jehovas! Im Namen seines Sohnes..." Hier trat eine kurze Pause ein, und als der Körper des Mädchens sich wieder über dem Wasser befand: „Paulus!"

Das war das Signal. Die vier jungen Männer ließen das Netz los, und der Körper des Mädchens schoß hinab zur dunklen Fläche des Sees. Ein Platschen erfolgte. Das Schreien hörte auf. Das Wasser schlug über dem Opfer dieses grausamen Fanatismus zusammen, man sah nur einen sich erweiternden Kreis auseinanderstrebender kleiner Wellen und die zwei Faserstricke, die sich zum Altar der Züchtigung hinaufspannten.

Einige Sekunden herrschte Stille und Regloskeit, sieht man von dem Stöhnen und den Zuckungen der nun stark angewachsenen Zahl von Opfern der Nemesis der Midianer ab. Dann sprach Abraham, Sohn des Abraham, abermals zu den sechs Vollzugsleuten, die sofort die zwei Seile ergriffen und das Mädchen nach oben zogen, bis es tropfend und nach Luft schnappend dicht über der Wasseroberfläche hin und her schwang.

Sie hielten sie nur eine kurze Zeitspanne und ließen sie auf ein Wort des Propheten dann wieder ins Wasser gleiten.

„Du Mörder!“ rief Lady Barbara, nicht länger imstande, ihren Zorn zurückzuhalten. „Befiehl sofort, daß das arme Geschöpf an Land gezogen wird, ehe es ertrinkt.“

Abraham, der Sohn des Abraham, blickte die englische Lady mit Augen an, die sie vor Grauen fast lähmten - den wilden, starren Augen eines Wahnsinnigen, die Pupillen weiß umrandet. „Schweig, Gotteslästerin!“ schrie der Mann. „Vergangene Nacht bin ich mit Jehova gewandelt, und er hat mir gesagt, du wirst die Nächste sein.“

„Bitte nicht“, flüsterte Jezebel und zupfte Lady Barbara am Ärmel. „Erzürne ihn nicht noch mehr, oder du bist verloren.“

Der Prophet wandte sich wieder den sechs jungen Männern zu, und abermals wurde das Opfer auf seinen Befehl hin über die Oberfläche des Sees gezogen. Wie gefesselt von der Situation, war Lady Barbara an die Kante des Felsens getreten, und als sie hinunterblickte, sah sie das arme Geschöpf schlaff, aber noch bebend im Bemühen, erneut Luft zu schöpfen. Sie war noch nicht tot, doch ein weiteres Eintauchen würde ganz gewiß unheilvoll enden.

„O bitte, im Namen des gnädigen Gottes, laß sie sie nicht noch einmal eintauchen!“ flehte sie den Propheten an.

Abraham, der Sohn des Abraham, gab ohne ein Wort der Erwiderung das Signal, und zum dritten Mal wurde das nun schon bewußtlose Mädchen in den See getaucht. Die englische Lady sank in einer Gebetshaltung auf die Knie, hob die Augen gen Himmel und flehte ihren Schöpfer inbrünstig an, das Herz Abrahams, des Sohnes Abrahams, zu rühren, auf daß er Mitleid empfinde, oder aus der Fülle seiner eigenen Liebe das Opfer dieser irregeleiteten Kreaturen vor dem nun gewissen Tod zu retten. Sie betete eine volle Minute, und noch immer wurde das Mädchen untergetaucht gehalten. Dann befahl der Prophet, es solle hochgezogen werden.

„Sollte sie jetzt vor den Augen Jehovas rein sein, so wird sie lebendig auftauchen“, sagte er. „Ist sie tot, so ist es Jehovas Wille. Ich habe nur die Pfade der Propheten beschritten.“

Die sechs jungen Männer hoben das triefende Netz zur Felsenplatte hoch, wo sie die schlaffe Gestalt des Mädchens aus den Maschen befreiten, so daß sie dicht vor Lady Barabara rollte, die noch immer betend kniete. Jetzt erst schien der Prophet die Haltung und die flehentliche Stimme der englischen Lady zu bemerken.

„Was tust du da?“ erkundigte er sich.

„Ich bete zu Gott, dessen Macht und Gnade über dein Verständnis hinausgehen“, erwiderte sie. „Ich bete um das Leben dieses armen Kindes.“

„Das ist die Antwort auf dein Gebet“, höhnte der Prophet verächtlich und wies auf den reglosen Körper des Mädchens. „Sie ist tot, und Jehova hat allen, die vielleicht gezweifelt haben, offenbart, daß Abraham, der Sohn des Abraham, sein Prophet ist, und daß du eine Betrügerin bist.“

„Wir sind verloren“, raunte Jezebel.

Lady Barbara dachte ebenso, aber sie dachte schnell, denn die Situation war äußerst kritisch. Sie erhob sich und blickte den Propheten an. „Gewiß, sie ist tot“, erwiderte sie, „aber Jehova kann sie wieder zum Leben erwecken.“

„Er kann es, will es jedoch nicht“, sagte Abraham, der Sohn des Abraham.

„Nicht für dich, denn er ist ergrimmt über denjenigen, der da wagt, sich als sein Prophet zu bezeichnen und dennoch seine Gebote mißachtet.“ Schnell trat sie neben den leblosen Körper. „Für mich wird er sie jedoch zu neuem Leben erwecken. Komm, Jezebel, und hilf mir!“

Lady Barbara war wie die meisten modernen, sportlich gesonnenen jungen Frauen mit den üblichen Methoden der Wiederbelebung Ertrunkener vertraut. Sie ging an dem Opfer der wahnsinnigen Mordlust des Propheten mit einem nicht nur aus Mitleid entstandenen Willen zu Werke, sondern auch aus eigener bitterer Notwendigkeit. Von Zeit zu Zeit erteilte sie Jezebel kurze Befehle, Befehle, die ihren ständigen Strom von Worten zwar unterbrachen, jedoch nicht beendeten, und die sie in einer Art Singsang von sich gab. Den Anfang machte der „Angriff der Leichten Brigade“: Sie erinnerte sich jedoch nur noch an die ersten zwei Strophen, so daß sie zu „Mutter Gans“ Zuflucht nehmen mußte und zu Fetzen des Gedichts aus „Alice im Wunderland“. Dann folgten Kipling, „Omar Khayyam“, und als das Mädchen nach zehn Minuten ungeheuerer Anstrengung anfing,

Lebenszeichen von sich zu geben, schloß Lady Barbara mit Auszügen aus Lincolns Rede in Gettysburg.

Der Prophet, die Apostel, die Ältesten und die sechs Henkersknechte drängten sich um die beiden, während hinter ihnen diejenigen Dorfbewohner trachteten, möglichst nahe heranzukommen, die wagten, sich das Wunder mit anzusehen, falls ein solches vonstatten gehen sollte.

„'Und daß die Herrschaft des Volkes durch das Volk und für das Volk nicht von der Erde verschwinden soll'", sang Lady Barbara und stand auf. „Legt das Kind ins Netz und tragt es behutsam zurück zur Höhle ihrer Eltern", befahl sie, an die jungen Männer gewandt, die das Mädchen in den See geworfen hatten und es jetzt mit großen Augen anstarrten. „Komm, Jezebel!" Abraham, den Sohn des Abraham, würdigte sie jedoch keines Blickes.

Am Abend saßen die zwei Frauen am Eingang zu ihrer Höhle und blickten über das auf keiner Landkarte verzeichnete Tal von Midian. Ein Vollmond goß silbernen Schein auf die steile Felskante des nördlichen Kraterrandes. In der Mitte dieser Strecke lag die stille Wasserfläche des Chinnereth wie ein polierter Schild.

„Ist das schön!" sagte Jezebel seufzend.

„Doch wie grauenhaft wegen des Menschen", erwiderte Lady Barbara und erschauerte.

„Wenn ich abends allein bin und nur die schönen Dinge sehe, versuche ich, den Menschen zu vergessen", sagte das goldhaarige Mädchen. „Gibt es in dem Land, aus dem du herkommst, auch so viel Grausamkeit und Heimtücke, Barbara?"

„Die gibt es überall, wo Menschen sind. Nur ist es in meinem Land nicht so schlimm wie hier, wo dic orthodoxen Regeln und die Grausamkeit das einzige Bestreben der Kirche ausmachen."

„Sie sagen, die Menschen dort drüben sind sehr grausam", erklärte Jezebel und wies über das Tal. „Aber sie sind schön - nicht wie unsere Leute."

„Hast du sie gesehen?"

„Ja. Manchmal kommen sie auf der Suche nach verirrten Ziegen hierher, doch nicht sehr oft. Dann jagen sie uns in unsere Höhlen, und wir wälzen Felsen auf sie herab, um sie zu hindern, zu uns heraufzukommen und uns zu töten. Bei dieser Gelegenheit stehlen sie unsere Ziegen, und wenn sie irgendeinen von unseren Leuten fangen, töten sie ihn auch. Wäre ich allein, so würde ich mich gern von ihnen gefangennehmen lassen, denn sie sind sehr schön, und ich glaube nicht, daß sie mich töten würden. Ich denke vielmehr, sie würden mich gern haben."

„Das bezweifle ich nicht", pflichtete Lady Barbara bei. „Ich würde mich an deiner Stelle jedoch nicht fangen lassen."

„Warum nicht? Was habe ich hier zu erhoffen? Vielleicht ertappt man mich eines Tages beim Lächeln oder Singen. Dann wird man mich töten, und du kennst noch nicht alle Methoden, mit denen der Prophet Sünder vernichten kann. Werde ich nicht getötet, so nimmt mich gewiß irgendein gräßlicher Alter in seine Höhle. Dort bin ich dann Zeit meines Lebens seine Sklavin und die seiner anderen Frauen, und die alten Frauen sind zu so einer wie mir sogar noch grausamer als die Männer. Nein, würde mich nicht abschrecken, was mir unterwegs zustoßen könnte, so würde ich davonlaufen und ins Land der Nordmidianer gehen."

„Vielleicht verläuft dein Leben hier jetzt glücklicher und bist du sicherer, da ich bei dir bin und wir Abraham, dem Sohn des Abraham, gezeigt haben, daß wir mächtiger sind als er. Und wenn die Zeit kommt, da meine Leute mich finden, oder wenn ich eine Fluchtmöglichkeit finde, gehst du mit mir weg, Jezebel. Allerdings weiß ich nicht, ob du in England sicherer bist als hier."

„Warum?" fragte das Mädchen.

„Du bist zu schön, als daß du jemals vollkommen sicher oder glücklich sein könntest."

„Du hältst mich für schön? Das habe ich bisher auch gedacht. Ich schaute mich an, wenn ich in den See blickte oder in ein Gefäß mit Wasser. Dann glaubte ich, schön zu sein, obwohl ich nicht wie die anderen Mädchen aus dem Land von Midian aussehe. Du aber bist schön, und ich sehe nicht so wie du aus. Bist du niemals sicher oder glücklich gewesen, Barbara?"

Das englische Lady lachte. „So schön bin ich nun auch wieder nicht, Jezebel", erklärte sie.

Auf einmal hörten sie Schritte auf dem steilen Pfad, der zu ihrer Höhle führte, und lauschten gespannt. „Da kommt jemand", sagte Jezebel.

„Es ist spät", sagte Lady Barbara. „Um die Zeit dürfte eigentlich niemand mehr zu uns kommen."

„Vielleicht ist es ein Mann aus Nordmidian", mutmaßte Jezebel. „Ist mein Haar in Ordnung?"

„Wir sollten besser einen Felsen bereitrücken als an unser Haar denken", sagte Lady Barbara und lachte kurz.

„Ja, aber es sind so schöne Männer!" antwortete Jezebel seufzend.

Lady Barbara zog ein kleines Messer aus der Tasche und klappte es auf. „Ich mag 'schöne' Männer nicht", erklärte sie.

Die Schritte kamen näher, doch die im Eingang zu ihrer Höhle sitzenden zwei jungen Frauen konnten den steilen Pfad nicht überblicken, auf dem der nächtliche Besucher heraufstieg. Da fiel ein Schatten auf ihre Schwelle, und einen Augenblick später trat ein großgewachsener alter Mann in ihr Blickfeld. Es war Abraham, der Sohn des Abraham.

Lady Barbara stand auf. „Was führt dich zu dieser nächtlichen Stunde in meine Höhle?" fragte sie. „Was ist so wichtig, daß es nicht bis morgen Zeit hat? Warum störst du mich jetzt?"

Der alte Mann funkelte sie lange grimmig an. „Ich bin im Mondschein mit Jehova gewandelt, und Jehova hat Abraham, dem Sohn des Abraham, dem Propheten des Paulus, Sohn Jehovas, etwas ins Ohr geflüstert", sagte er daraufhin.

„Und nun bist du hier, um mit mir Frieden zu schließen, wie Jehova es dich geheißen hat?"

„Das sind nicht die Gebote Jehovas", erwiderte der Prophet. „Vielmehr ist er ergrimmt über dich, die du trachtest, den Propheten seines Sohnes zu täuschen."

„Du mußt mit jemand anderem gewandelt sein", gab Lady Barbara kurz zurück.

„Nein. Ich wandelte mit Jehova", entgegnete Abraham, der Sohn des Abraham, starrsinnig. „Du hast mich getäuscht. Mit üblen Tricks, vielleicht sogar mit Hilfe von Zauberkraft hast du diejenige wiedererweckt, die nach Jehovas Willen bereits tot war. Nun ist Jehova erzürnt."

„Du hast meine Gebete gehört, hast das Wunder der Wiederauferstehung sogar mit angesehen", erinnerte ihn Lady Barbara. „Glaubst du vielleicht, ich sei mächtiger als Jehova? Er war es, der das tote Kind aufstehen hieß."

„Du redest sogar, wie Jehova weissagte", erwiderte der Pro phet. „Und er hat in mein Ohr geflüstert und mir befohlen, deine Falschheit allen zu beweisen, damit die Menschen deine Ungeheuerlichkeit erkennen."

„Interessant, sofern es wahr wäre“, bemerkte Lady Barbara. „Ist es aber nicht!“

„Du erdreistest dich, das Wort des Propheten in Frage zu stellen?“ sagte der Alte zornig. „Morgen sollst du die Gelegenheit haben, deine Prahlereien zu beweisen. Morgen wird Jehova dich aburteilen. Morgen sollst du in einem beschwerten Netz in das Wasser des Chinnereth geworfen werden, auch werden Seile daran befestigt werden, womit man es über die Wasseroberfläche ziehen kann.“

Der Sklavenräuber

Leon Stabutch saß hinter einem seiner Entführer, ritt einem ungewissen Schicksal entgegen und war zweifellos beunruhigt. Mit knapper Not war er dem Tod entronnen, und aus ihrem Äußeren und ihrer ganzen Haltung ihm gegenüber war es für ihn unschwer zu erraten, daß sie nur des geringsten Vorwands bedurften, um sich seiner zu entledigen.

Welche Absichten sie verfolgten, ließ sich absolut nicht vorhersehen, wobei er sich kaum einen Grund vorstellen konnte, der Kreaturen wie sie veranlassen könnte, ihn zu schonen. Ging es ihnen um Lösegeld, so war ihm ein Rätsel, auf welche Weise diese Halbwilden mit seinen Freunden oder Vorgesetzten in Rußland in Verbindung treten wollten. Er war zu der bitteren Einsicht gekommen, daß seine Aussichten höchst düster waren.

Die Shiftas kamen wegen der schweren Lasten, die sie ihren Pferden seit der Ausplünderung des russischen Lagers aufgebürdet hatten, nur langsam vorwärts. Allerdings hätten sie auf dem Weg, den sie nach der Gefangennahme von Stabutch eingeschlagen hatten, auch unter anderen Umständen schwerlich sehr viel schneller reiten können.

Nach seiner Einmündung in einen schmalen, felsigen Cañon wand er sich steil nach oben, um schließlich zu einer kleinen Hochebene zu gelangen, an deren oberem Ende Stabutch in einiger Entfernung etwas Ähnliches wie ein von Palisaden umgebenes Dorf entdeckte, das dicht unter einer die Hochebene in dieser Richtung begrenzenden Felsenbarriere sich befand.

Offensichtlich war dies das Ziel seiner Entführer, die bestimmt Angehörige eben jener Bande waren, über die die Gerüchte in Umlauf waren, welche seinen Leuten soviel Angst eingejagt hatten. Stabutch bedauerte nur, daß ein Detail dieser Geschichte, wonach die Bande von einem Weißen angeführt wurde, offensichtlich nicht stimmte. Er sagte sich nämlich, daß es ihm weniger Schwierigkeiten bereitet hätte, mit einem Europäer über die Bedingungen und der Übermittlung des Lösegeldes zu verhandeln als mit diesen unwissenden Wilden.

Als sie sich dem Dorf näherten, entdeckte er, daß ihr Anmarsch von Wachposten verfolgt wurde, die hinter den Palisaden standen, und deren Schultern und Köpfe nun deutlich über dem grob zusammengezimmerten, doch soliden Schutzwall zu erkennen waren.

Nun riefen die Posten den Angehörigen der zurückkehrenden Bande auch schon Grußworte und Fragen zu, während das große Tor sich langsam öffnete und die wilden Reiter mit ihrem Gefangenen ins Dorf einritten. Letzterer war sehr bald Mittelpunkt einer neugierigen Menge von Männern, Frauen und Kindern, eines wilden Gedränges ungehobelterer Schwarzer, die alle möglichen Fragen stellten.

Obwohl die Haltung dieser Wilden nicht ausgesprochen bedrohlich wirkte, bekundete ihr Auftreten dennoch eindeutig eine unfreundliche Haltung. Dies verstärkte die Beklommenheit des ohnedies arg besorgten Russen noch mehr, und als die Kavalkade den zentralen Platz erreicht hatte, um den die Behausungen gruppiert waren, erfüllte ihn äußerste Hoffnungslosigkeit.

In diesem Augenblick sah er einen kleinen, bärtigen Weißen aus einer der schmutzigen Hütten auftauchen, so daß die depressive Stimmung, die sich seiner bemächtigt hatte, zumindest teilweise schwand.

Die Shiftas saßen ab, und auch er wurde grob von dem Pferd gezerrt, das ihn von seinem Lager hierher getragen hatte, und ohne Umstände auf den Weißen zugestoßen, der noch immer in der Tür stand, von wo aus er den Gefangenen düster musterte, während er den Bericht des Anführers der zurückgekehrten Bande entgegennahm.

Der Bärtige lächelte nicht, als er sich nun an Stabutch wandte, nachdem der schwarze Shifta geendet hatte. Der Russe erkannte die Sprache des Fremden als Italienisch, das er weder sprechen noch verstehen konnte, und dies machte er dem anderen in Russisch klar. Der Bärtige zuckte jedoch nur die Schultern und schüttelte den Kopf. Nun versuchte es Stabutch mit Englisch.

„Schon besser“, sagte der andere gebrochen. „Das verstehe ich einigermaßen. Wer sind Sie? In welcher Sprache haben Sie mich zuerst angeredet? Aus welchem Land kommen Sie?“

„Ich bin Wissenschaftler und habe Sie auf Russisch angeredet.“

„Ist das Ihr Vaterland?“

„Ja.“

Der Mann musterte ihn eine Weile scharf, als wolle er seine geheimste Gedanken lesen, ehe er weitersprach. Der Russe bemerkten den gedrungenen, muskulösen Körperbau des Fremden, die grausamen Lippen, die von dem dichten, schwarzen Bart nur teilweise verborgen wurden, die harten, listigen Augen und sagte sich, daß er mit dem Fremden nicht viel besser dran war als mit den Schwarzen.

„Sie sagen, Sie sind Russe. Ein roter oder weißer?“ fragte der Mann.

Stabutch überlegte fieberhaft, wie er diese Frage beantworten sollte. Er wußte, daß die Roten bei allen Völkern unbeliebt waren und daß die meisten Italiener zum Haß auf sie erzogen waren. Dennoch haftete der Persönlichkeit dieses Fremden etwas an, was ihm sagte, er werde einem Roten gegenüber vielleicht mehr Sympathie entgegenbringen als einem Weißen. Des weiteren würde das Eingeständnis, er sei ein Roter, dem anderen vielleicht größere Gewißheit geben, ein Lösegeld zu erhalten, als bei einem Weißen, da deren Organisationen bekanntermaßen schwach und finanziell in großen Nöten waren. Also beschloß er, die Wahrheit zu sagen.

„Ich bin ein Roter“, sagte er.

Der andere musterte ihn eine Weile eingehend und ohne etwas zu sagen, dann machte er eine Geste, die jedem anderen außer einem Kommunisten entgangen wäre. Leon Stabutch atmete im stillen erleichtert auf, doch seiner Miene war nicht abzulesen, daß er dieses Geheimzeichen erkannt hatte, als er in Übereinstimmung mit dem Ritual seiner Organisation antwortete, von dem anderen scharf beobachtet.

„Dein Name, Genosse?“ fragte der Bärtige in verändertem Ton.

„Leon Stabutch“, erwiderte der Russe. „Und deiner, Genosse?“

„Dominic Capietro. Komm, wir reden drinnen weiter. Ich habe dort eine Flasche, mit der wir auf unsere Sache anstoßen und uns besser kennenlernen können.“

„Dann vorwärts, Genosse“, sagte Stabutch. „Ich habe das dringende Bedürfnis nach etwas, das meine Nerven beruhigt. Schließlich habe ich ein paar üble Stunden hinter mir.“

„Ich entschuldige mich für die Behandlung, der meine Männer dich unterzogen haben“, erwiderte Capietro und trat vor ihm in die Hütte. „Aber das wird sofort ausgebügelt. Nimm Platz. Wie du siehst, führe ich ein einfaches Leben. Aber welcher kaiserliche Thron kann sich in seiner Größe mit dem Busen von Mutter Erde vergleichen?“

„Keiner, Genosse“, pflichtete Stabutch bei, vermerkte jedoch das völlige Fehlen von Stühlen oder auch nur Schemeln, auf das der andere bereits verwiesen hatte. „Besonders, wenn man sich dessen unter dem Dach eines Freundes erfreut."

Capietro stöberte in einem alten Seesack herum und förderte schließlich eine Flasche zu Tage, die er entkorkte und Stabutch reichte. „Goldene Pokale sind für königliche Tyrannen, Genosse Stabutch, nicht für unsereins, stimmt's?"

Stabutch setzte die Flasche an den Mund und nahm einen langen Zug von der brennenden Flüssigkeit, und als sie ihren Weg in seinen Magen nahm, und der Alkohol ihm in den Kopf stieg, schwanden die letzten Befürchtungen und Zweifel. „Nun erzähle mir einmal, warum ich gefangen wurde, wer du bist und was aus mir werden soll", sagte er, als er die Flasche seinem Gastgeber zurückgegeben hatte.

„Der Anführer meiner Leute sagte mir, er hätte dich allein vorgefunden, von deiner Safari im Stich gelassen, und da er nicht wußte, ob du Freund oder Feind warst, hat er dich hierher gebracht. Du kannst von Glück reden, Genosse, daß ausgerechnet Dongo den heutigen Erkundungstrupp angeführt hat. Ein anderer hätte dich vielleicht zuerst umgelegt und dann ausgefragt. Sie sind eine Bande von Mördern und Dieben, diese meine guten Leute. Von grausamen Herren unterdrückt, spürten sie die Ferse des Tyrannen in ihrem Nacken und erheben die Hand gegen alle Menschen. Man kann es ihnen nicht verdenken.

Die Leute sind jedoch in Ordnung. Sie leisten mir gute Dienste. Sie sind die menschliche Kraft, ich bin das Gehirn, und so haben wir den Gewinn unserer Operationen gleich aufgeteilt - eine Hälfte der physischen Kraft, die andere dem Gehirn." Dabei grinste er.

„Und deine Operationen?" fragte Stabutch.

Capietro setzte erst eine finstere Miene auf, doch dann erhellte sie sich wieder. „Du bist zwar Genosse, doch ich muß dir sagen, daß es nicht immer ratsam ist, zu viel zu fragen."

Stabutch zuckte die Schultern. „Dann erzähle mir nichts, das macht mir auch nichts aus", sagte er. „Es geht mich schließlich nichts an."

„Gut", sagte der Italiener. „Und warum du hier in Afrika bist, geht wiederum mich nichts an, es sei denn, du möchtest mir davon erzählen. Na, trinken wir noch einen."

Während der nun folgenden Unterhaltung, die immer wieder durch einen Schluck aus der Flasche unterbrochen wurde, vermieden sie sorgfältig persönliche Dinge, wobei jeden der beiden wohl in erster Linie interessierte, welcher Beschäftigung der andere nachging, und als die natürlichen Auswirkungen des Branntweins das Mißtrauen bei beiden abbauten und zu einem vertraulichen Zwiegespräch führten, regte der Alkohol gleichermaßen ihre Neugier an, zumal beide jetzt stark angetrunken waren.

Capietro war der erste, der die Spannung seiner überwältigenden Neugier nicht mehr ertrug. Beide saßen nebeneinander auf einem unaussprechlich schmutzigen Teppich, zwei leere Flaschen und eine eben erst geöffnete vor sich. „Genosse, ich mag dich“, sagte er und legte dem Russen zutraulich einen Arm um die Schultern. „Dominic Capietro mag nicht viele Leute. Das ist sein Motto: Nur wenige Männer zu mögen und alle Frauen zu lieben.“ Dabei lachte er laut.

„Darauf wollen wir trinken“, schlug Stabutch vor und stimmte in das Gelächter ein. „‘Nur wenige Männer zu mögen und alle Frauen zu lieben.’ Ein genialer Gedanke!“

„In der Minute, da ich dich sah, war mir klar, daß du ein Mann nach meinem Geschmack bist, Genosse“, fuhr Capietro fort. „Warum sollte es zwischen Genossen Geheimnisse geben?“

„In der Tat, warum eigentlich?“ pflichtete Stabutch bei.

„Dann will ich dir mal erzählen, warum ich mit dieser schmutzigen Bande von Dieben und Halsabschneidern hier bin. Ich war Soldat in der italienischen Armee. Mein Regiment war in Eritrea stationiert. Als guter Kommunist habe ich Unruhe gestiftet und Aufruhr angezettelt. Da hat mich ein Hund von Faschist dem kommandierenden Offizier gemeldet, und ich wurde festgenommen. Bestimmt hätten sie mich erschossen, doch ich konnte flüchten und kam nach Abessinien, wo man die Italiener zwar überhaupt nicht mag, doch als sich herumgesprochen hatte, ich sei ein Deserteur, hat man mich gut behandelt.

Nach einer Weile beauftragte mich ein einflußreicher Ras mit der Ausbildung seiner Soldaten nach europäischem Vorbild. Dabei erlernte ich auch das Amharische, die offizielle Sprache des Landes, und konnte auch bald die der Gallas sprechen, die die Mehrheit der Bevölkerung des Herrschaftsbereichs jenes Ras darstellte, für den ich arbeitete. Als Gegner jeglicher Form anarchistischer Regierung begann ich natürlich sofort, den Dienern des alten Ras die erhabenen Ideale des Kommunismus zu vermitteln, doch abermals machte ein Informant meine Bemühungen zunichte, und ich konnte nur um Haaresbreite dem sicheren Tod entrinnen.

Diesmal glückte es mir jedoch, eine Anzahl von Männern zu überreden, mit mir zu fliehen. Wir stahlen dem Ras Pferde und Waffen und ritten nach Süden, wo wir uns einer Bande von Shiftas anschlossen, aber ich sollte wohl besser sagen, daß ich sie absorbierte.

Diese organisierte Truppe von Räubern und Dieben stellten eine ausgezeichnete Streitmacht dar, um von zufälligen Reisenden und Karawanen Tribut einzutreiben, doch die Einkünfte waren gering, und so verlegten wir unsere Tätigkeit in dieses ferne Land der Ghenzi, wo wir einen einträglichen Handel mit schwarzem Elfenbein betreiben können."

„Schwarzes Elfenbein? Ich habe nie von so etwas gehört."

Capietro lachte. „Zweibeiniges Elfenbein", erläuterte er.

Stabutch pfiff vor sich hin. „Oh, ich glaube, ich kapiere. Du bist ein Sklavenräuber. Aber wo gibt es denn hier einen Sklavenmarkt? Doch wohl höchstens den für Lohnsklaven kapitalistischer Länder."

„Du wärst überrascht, Genosse. Es gibt noch viele Märkte, selbst in den Mandatsgebieten und Protektoraten mehrerer hochzivilisierter Unterzeichnerstaaten weltweiter Konventionen, die auf die Abschaffung der Sklaverei abzielen. Jawohl, ich bin ein Sklavenhändler - ein bemerkenswerter Beruf für einen Hochschulabsolventen und ehemaligen Herausgeber einer erfolgreichen Zeitung."

„Und das gefällt dir?"

„Ich habe keine andere Wahl, und schließlich muß ich leben. Zumindest glaube ich, daß ich leben muß - eine höchst alltägliche Form von Rationalisierung. Weißt du, meine Zeitung war antifaschistisch. Und nun zu dir, Genosse - was für 'wissenschaftliche Forschungen' betreibt die sowjetische Regierung denn in Afrika?"

„Sagen wir mal anthropologische" erwiderte Stabutch. „Ich suche nach einem Mann."

„Männer gibt es viele in Afrika und viel mehr in Küstennähe als im Ghenzi-Land. Du bist weit ins Land gereist, um nach einem Mann zu suchen."

„Den, den ich meine, gedachte ich irgendwo südlich der Ghenzies zu finden", entgegnete Stabutch.

„Vielleicht kann ich dir helfen. Ich kenne viele Männer in diesem Teil der Welt, zumindest dem Namen und ihrem Ruf nach", erbot sich der Italiener.

Wäre Stabutch völlig nüchtern gewesen, hätte er vielleicht gezögert, diese Information einem gänzlich Fremden zu liefern, doch Alkohol führt zu gedankenloser Vertraulichkeit. „Ich suche nach einem

Engländer, den man als Tarzan von den Affen kennt", erklärte er.

Capietros Augen verengten sich. „Ein Freund von dir?" fragte er.

„Ich wüßte von keinem, den ich hier gern sehen würde", antwortete Stabutch.

„Du sagst, er ist hier im Ghenzi-Land?"

„Ich weiß nicht. Keiner der Eingeborenen, die ich ausgefragt habe, kannte seinen Aufenthalt."

„Sein Land liegt weit südlich der Ghenzies", erklärte Capietro.

„Demnach weißt du über ihn Bescheid?"

„Ja. Wer nicht? Doch was hast du mit Tarzan von den Affen zu schaffen?"

„Ich bin aus Moskau hergekommen, um ihn zu töten", plapperte Stabutch aus und bedauerte im selben Augenblick das übereilte Eingeständnis.

Capietro atmete auf. „Ich bin erleichtert", sagte er.

„Warum?" erkundigte sich der Russe.

„Ich befürchtete, er wäre ein Freund von dir", erklärte der Italiener. „In dem Fall wären wir nämlich keine Freunde mehr. Doch wenn du hergekommen bist, um ihn zu töten, kannst du meiner besten Wünsche und meiner Solidarität sicher sein."

Stabutchs Erleichterung kannte keine Grenzen, so groß und echt war sie. „Du hast also auch noch ein Hühnchen mit ihm zu rupfen?" fragte er.

„Er stellte eine ständige Bedrohung meiner Aktivitäten in Bezug auf schwarzes Elfenbein dar", erwiderte Capietro. „Ich würde mich viel sicherer fühlen, wäre er aus dem Weg geschafft."

„Dann wirst du mir vielleicht helfen, Genosse?" fragte Stabutch begierig.

„Ich habe keinen Affenmenschen verloren, und wenn er mich unbehelligt läßt, werde ich nicht nach ihm suchen. Dieses Abenteuer wirst du wohl ohne mich durchzustehen haben, Genosse."

„Du hast mir aber die Möglichkeiten genommen, meine Pläne auszuführen. Ich kann Tarzan nicht ohne eine Safari aufspüren", beklagte sich Stabutch.

„Das stimmt", räumte der Sklavenräuber ein. „Doch der Fehlgriff meiner Männer läßt sich vielleicht bereinigen. Deine Ausrüstung und die Fracht sind in Sicherheit. Du erhältst sie zurück, und was die Leute betrifft: Wer könnte sie dir besser beschaffen als Dominic Capietro, der mit Menschen handelt?"

Die Safari Lord Passmores zog nordwärts die westlichen Ausläufer des Ghenzi-Gebirges entlang. Seine kräftigen Träger marschierten fast mit der Präzision ausgebildeter Soldaten, zumindest in der Hinsicht, daß der richtige Abstand eingehalten wurde und keiner zurückblieb. Drei Askaris gingen einhundert Yards voraus, dahinter folgten Lord Passmore, sein Gewehrträger und der Anführer seiner Safari. An der Spitze und am Ende der Trägerkolonne befand sich eine Gruppe Askaris - gut bewaffnete Männer, die einen tüchtigen Eindruck machten. Der ganze Zug deutete auf eine durchdachte Organisation und erfahrene Aufsicht. Anzeichen einer bereitwillig auf sich genommenen Disziplin waren deutlich zu erkennen, einer Disziplin, die von allen beachtet wurde, wobei Isaza, Lord Passmores Boy, der auch sein Koch war, eine gewisse Ausnahme bildete.

Isaza marschierte dort, wo es ihm seine Phantasie eingab, und er lachte und scherzte bald mit diesem, bald mit einem anderen Angehörigen der Safari - eine Verkörperung der guten Laune, die für die ganze Gruppe typisch war und ständig durch das Gelächter und den Gesang der Männer bezeugt wurde. Man sah deutlich, daß Lord Passmore ein erfahrener Afrikareisender war und wußte, wie er seine Mitarbeiter behandeln mußte.

Wie sehr unterschied sich hingegen diese wohlgeordnete Safari von jener anderen, die einige Meilen weiter östlich die steilen Hänge der Ghenzies erklomm. Diese Kolonne war über eine volle Meile auseinandergezogen, die Askaris schleppten sich inmitten der Träger dahin, während die zwei Weißen, deren Begleitung sie bildeten, mit einem einzigen Boy und einem Gewehrträger weit voraus stapften.

„Meine Güte! Da hast du dir wirklich einen lausigen Job ausgesucht“, bemerkte die „Kanone“. „Da hätt’ ich ebenso gut zu Hause bleib’n und die Vorderfront des Sherman-Hotels erklimm’n könn’n, wenn ich Lust zum Klettern gehabt hätte, un’ das stets in Reichweite von Ess’n un’ Trink’n.“

„Von wegen!“ bemerkte Lafayette Smith.

„Warum nich’? Wer hätte ‘s mir verbiet’n soll’n?“

„Deine Freunde, die Bullen.“

„Stimmt! Doch nenn’ sie nich’ meine Freunde - das lausige Pack. Aber wohin glaubst du zu marschier’n?“

„Ich glaube, in diesen Bergen Hinweise auf einen Aufwärtsschub durch horizontale Kompression zu erkennen“, erwiderte Lafayette Smith. „Nun will ich mir die Oberflächenmerkmale genauer ansehen, als es aus der Ferne möglich ist. Deshalb müssen wir zu diesen Bergen marschieren, da sie nicht zu uns kommen."

„Un' was hast du davon?" erkundigte sich Patrick. „Keinen Dollar. Ein mieser Job."

Lafayette Smith lachte gutmütig. Sie durchquerten Grasland, durch das sich ein Gebirgsfluß wand. Ringsum war Wald. „Hier wäre ein guter Lagerplatz, von dem aus ich einige Tage arbeiten könnte", sagte er. „Du kannst jagen, und ich sehe mir die Formationen in der Umgebung an. Dann marschieren wir weiter."

„Geht in Ordnung. Ich hab' sowieso die Schnauze voll mit Klettern."

„Am besten, du bleibst mit der Safari hier und baust das Lager auf, da könnte ich mit dem Boy noch ein Stück weitergehen und sehen, was ich sehen kann. Es ist noch früh am Tage."

„O.k.", willigte „Kanone" ein. „Ich werde die Fuhre dort bei den Bäumen parken. Paß auf, daß du nich' verlor'n gehst, vielleicht solltest du besser meinen Personenschutz mitnehmen", fügte er hinzu und wies mit einem Kopfnicken auf seinen Gewehrträger.

„Ich will nicht jagen", erwiderte Smith. „Ich brauche ihn nicht."

„Dann nimm wenigstens meine Wumme." Die „Kanone" machte Anstalten, den Pistolengurt abzuschnallen. „Vielleicht brauchst du sie."

„Danke, ich hab' eine", erwiderte Smith und klopfte auf seine 32er.

„Meine Güte! So was nennst du 'ne Wumme?" fragte die „Kanone" geringschätzig.

„Das ist alles, was ich brauche. Ich suche nach Felsen und keinen Streit. Komm, Obambi." Damit gab er seinem Boy ein Zeichen, ihm zu folgen, während er sich den Hang zu den höheren Bergen hinauf auf den Weg machte.

„Meine Güte", murmelte die „Kanone". „Ich hab' Typen gesehen, die nich' halb so dusslig waren wie der da. Dabei is' er wirklich in Ordnung. Man muß ihn einfach gern ham'." Dann widmete er sich der Auswahl des geeigneten Lagerplatzes.

Lafayette Smith drang jenseits des Graslandes in den Wald. Hier war das Weiterkommen schwieriger, denn das Gelände stieg schnell an, und das Unterholz wuchs dicht. Er kämpfte sich nach oben. Obambi folgte ihm dicht auf den Fersen. Schließlich erreichte er eine größere Erhebung, wo der Baumbewuchs infolge des felsigen Bodens und einer dünneren Humusschicht spärlicher war. Er hielt inne, um die Formation zu untersuchen, ging aber sehr bald weiter, diesmal im rechten Winkel zu seiner ursprünglichen Richtung.

So bewegte er sich planlos bergauf und blieb nur dann und wann stehen, um den Boden zu untersuchen, bis er schließlich den Gipfel eines Berggrats erreicht hatte, von dem er einen guten Blick auf Meilen zerklüfteter Berge in der Ferne hatte. Der vor ihm liegende Cañon, der ihn von dem nächsten Berggrat trennte, erregte sein Interesse. Er gelangte zu dem Schluß, daß die gegenüberliegende Felswand einer genaueren Untersuchung wert war.

Obambi hatte sich zu Boden fallen lassen, als Smith stehenblieb. Er schien erschöpft zu sein. Doch das war nicht der Fall. Ihm war dies alles nur zuwider. Seiner Meinung nach war der Bwana verrückt, schlichtweg verrückt. Anders konnte sich Obambi das sinnlose Bergsteigen mit gelegentlichen Pausen, um Felsen zu untersuchen, nicht erklären. Obambi war überzeugt, daß sie Dutzende von Felsen schon am Fuße der Berge hätten finden können, hätten sie nur danach gesucht. Außerdem jagte dieser Bwana nicht. Obambis Ansicht nach kamen alle Bwanas nach Afrika, um zu jagen. Der hier war so grundverschieden - er mußte verrückt sein.

Smith blickte auf den Boy. Im Grunde war es nicht schön, Obambi all dieses Klettern unnötigerweise zuzumuten, gab es doch kaum eine Möglichkeit, daß Obambi ihm behilflich sein konnte. Ihn ständig in einem Zustand der Erschöpfung zu sehen belastete Smith. Da war es weit besser, er war allein. Also sagte er zu dem Boy: „Geh zurück ins Lager, Obambi. Ich brauche dich hier nicht."

Obambi blickte ihn überrascht an. Nun war ihm völlig klar, daß dieser Bwana nicht bei Verstand war. Andererseits war es im Lager viel angenehmer, als wenn er weiter in diesen Bergen umherkletterte. Er stand auf. „Der Bwana braucht mich nicht?" fragte er. „Vielleicht später?" Ihn plagte doch das Gewissen, denn er wußte, daß er seinen Bwana nicht allein lassen durfte.

„Nein, ich brauche dich nicht, Obambi", versicherte ihm Smith. „Lauf zurück ins Lager. Ich komme bald nach."

„Gut, Bwana", antwortete der Boy und stieg den Berg hinunter.

Lafayette Smith kletterte in den Cañon hinab, der tiefer war, als er vermutet hatte. Dann stieg er auf der anderen Seite weiter hinauf. Dabei stellte er fest, daß sie noch steiler war, als es vom Gipfel der Bergkette aus den Anschein gehabt hatte. Andererseits fand er so viel Interessantes, daß es der Mühe wohl wert war. Er war so in seine

Untersuchungen vertieft, daß er überhaupt nicht darauf achtete, wie die Zeit verging.

Erst als er oben auf der anderen Seite des Cañons angelangt war, bemerkte er an dem schwindenden Tageslicht, daß die Nacht bald hereinbrach. Doch selbst dies beunruhigte ihn nicht sonderlich. Wohl erkannte er, daß es völlig dunkel sein würde, ehe er hoffen konnte, den Cañon wieder zu durchqueren. Ihm kam die Idee, daß er, dem Bergrücken folgend, auf dem er stand, vielleicht das Ende des Cañons erreichen konnte, wo dieser an den Gebirgszug stieß, von dem aus er den Abstieg bewältigt hatte. Dadurch konnte er sich langes, mühseliges Klettern ersparen und Zeit gewinnen, wenn nicht gar abkürzen, um ins Lager zurückzugelangen.

Die Nacht brach herein, als er sich den Kamm entlang weiterschleppte. Doch er strebte weiter, obwohl er sich jetzt nur mehr langsam vorwärtstasten konnte. Es dauerte mehrere Stunden, ehe er sich bewußt wurde, daß er sich hoffnungslos verirrt hatte.

Die Paviane

Ein neuer Tag brach an, und Afrika begrüßte das Jahrtausende alte Wunder von Kudu, der Sonne, die sich von ihrer Lagerstatt hinter den östlichen Bergen erhob und lächelte. Mit Ausnahme einiger Nachzügler waren die Geschöpfe der Nacht verschwunden und hatten die Welt denen des Tages übergeben.

Tongani, der Pavian, thronte auf seinem Wachfelsen und blickte vielleicht nicht ohne Bewunderung für die Schönheit in die Runde. Denn wer sind wir, um zu behaupten, Gott habe unzähligen seiner Schöpfungen Schönheit verliehen, jedoch nur einem die Fähigkeit, sie zu würdigen?

Unter dem Ausguck suchte der Stamm Zugashs, des Königs, nach Futter: wilde Tonganiweibchen, deren Balus sich an ihre Rücken klammerten, wenn sie noch sehr klein waren, während andere ringsum spielten und ihre Eltern bei ihrer ständigen Nahrungssuche nachahmten; mürrische, bösartige Männchen und der alte Zugash selbst, der Mürrischste und Bösartigste.

Die scharfen, engstehenden Augen des Wachpostens, die ständig in Windrichtung Ausschau hielten, entdeckten etwas, das sich zwischen den kleinen Bergen unter ihm bewegte. Es war der Scheitel eines Menschen. Dann kam der ganze Kopf in Sicht. Der Wachposten sah, daß er zu einem Tarmangani gehörte, schlug jedoch noch keinen Alarm, denn dieser war noch ein weites Stück entfernt und bewegte sich vielleicht gar nicht in Richtung Stamm. Er wollte noch eine Weile beobachten und sicher gehen. Schließlich war es unsinnig, die Futtersuche des Stammes zu stören, wenn keine Gefahr drohte.

Nun war der Tarmangani gut zu sehen. Tongani wünschte, ihm stünde außer dem Zeugnis seiner Augen noch das seines scharfen Geruchssinns zur Verfügung. Dann konnte es keinen Zweifel geben. Wie viele Tiere sahen auch die Tonganis es lieber, sich zunächst auf das Zeugnis ihres scharfen Geruchssinns zu verlassen, ehe sie akzeptierten, was ihnen die Augen übermittelten. Der Wind wehte jedoch in die falsche Richtung.

Vielleicht war der Tongani auch etwas verwirrt, da er einen solchen Tarmangani nie zuvor gesehen hatte - einen, der fast ebenso nackt war wie er selbst. Wäre die weiße Haut nicht gewesen, so hätte er für einen Gomangani gelten können. Da der Wachposten es jedoch mit einem Tarmangani zu tun hatte, suchte er gespannt nach dem gefürchteten Donnerstock. Indes war keiner zu entdecken. Also wartete er noch, ehe er Alarm schlug. Dann sah er jedoch, daß das Wesen geradewegs auf den Stamm zukam.

Der Tarmangani wußte schon lange, daß die Paviane in der Nähe waren, da der Wind ihm ihre scharfe Witterung zutrug. Auch hatte er den Posten fast im gleichen Augenblick entdeckt, als dieser ihn bemerkt hatte. Dennoch kam er weiter bergan in einer federnden, leichten Gangart, die an die Macht und wilde Unabhängigkeit von Numa, dem Löwen, erinnerte.

Plötzlich sprang Tongani, der Pavian, auf die Füße und stieß ein scharfes Bellen aus. Sofort war der Stamm in Bewegung und schwärmte über die niedrigen Felsenklippen, an deren Basis sie nach Nahrung gesucht hatten. Hier wandten sie sich zu dem Eindringling und bellten herausfordernd, während sie aufgeregt hin und her rannten.

Als sie sahen, daß das Wesen allein war und keinen Donnerstock trug, verdrängte der Ingrimm die Furcht, und sie keiften laut über die Störung ihrer Nahrungssuche. Zugash und einige andere größere Männchen kletterten sogar die Felsenklippe ein Stück hinab, um ihn zu verscheuchen. Die Folge war jedoch nur, daß ihr Ingrimm wuchs, denn der Tarmangani kam weiter zu ihnen heraufgestiegen.

Zugash, der König, war nun außer sich vor Zorn. Er wütete und tobte. „Geh weg!" bellte er. „Ich bin Zugash. Ich töte!"

Der Fremde blieb nun am Fuß der Felsenklippe stehen und musterte ihn. „Ich bin Tarzan von den Affen", sagte er. „Tarzan sucht das Gebiet der Tonganis nicht auf, um zu töten. Er kommt als ein Freund."

Stille setzte ein im Stamm von Zugash, die Stille verblüffter Überraschung. Nie zuvor hatten sie einen Tarmangani oder Gomangani in der Sprache des Affenvolkes reden hören. Nie hatten sie von Tarzan von den Affen gehört, dessen Land weit im Süden lag. Dennoch waren sie von seiner Fähigkeit beeindruckt, sie zu verstehen und zu ihnen zu reden. Gleichwohl - er war ein Fremder, und so hieß Zugash ihn sich trollen.

„Tarzan möchte gar nicht bei den Tonganis bleiben, er will nur in Frieden zwischen ihnen hindurchgehen", erwiderte der Affenmensch.

„Geh fort!" knurrte Zugash. „Ich töte. Ich bin Zugash."

Tarzan schwang sich ebenso leichtfüßig die Felsenklippen hinauf wie die Paviane. Das war seine Antwort auf Zugashs, des Königs, Drohung. Niemand kannte die Stärke, den Mut und die Wildheit besser als er. Er wußte jedoch auch, daß er sich vielleicht einige Zeit in diesem Land aufhalten würde. Wollte er überleben, mußte er dafür sorgen, daß niedere Lebewesen ihn endgültig als jemanden in Erinnerung behielten, der ohne Furcht daherkam und den man besser in Ruhe ließ.

Die Paviane zogen sich wütend bellend zurück, und Tarzan erreichte den Gipfel der Felsenklippe, wo er sah, daß die Weibchen und Jungen sich zerstreut hatten und viele weiter in die Berge hinaufgingen, während die erwachsenen Männchen blieben, um ihm am Weitergehen zu hindern.

Als er kurz hinter dem Gipfel der Felsenklippe stehenblieb, sah er sich inmitten eines Kreises knurrender Männchen, gegen deren vereinte Kraft und Kühnheit er nichts ausrichten konnte. Ein anderer als er hätte in dieser gefährlichen Situation vielleicht allen Mut verloren, doch er kannte die wilden Völker dieser urtümlichen Welt zu gut, als daß er mit einem unprovozierten Angriff oder mit einem Töten um des Tötens willen rechnen mußte, zu dem von allen Geschöpfen der Welt gewöhnlich nur der Mensch fähig ist. Doch war er sich der Gefährlichkeit seiner Lage voll bewußt, sollte ein Männchen, das etwas aufgeregter und mißtrauischer war als seine Artgenossen, Tarzans Absichten oder irgendeine triviale Handlung oder Geste falsch deuten und die Sicherheit des Stammes bedroht sehen.

Er wußte jedoch, daß nur ein Zufall einen Angriff auslösen konnte, und wenn er ihnen keinen Anlaß dafür gab, würden sie ihn nur zu bereitwillig unbehelligt seiner Wege ziehen lassen. Er hatte jedoch gehofft, zu freundschaftlichen Beziehungen mit ihnen zu gelangen, da ihre Kenntnis des Landes und seiner Bewohner von ihm von unschätzbarem Wert sein konnte. Auch war es besser, den Stamm Zugashs als Verbündeten an seiner Seite zu wissen denn als Feind. So unternahm er einen weiteren Versuch, ihr Vertrauen zu gewinnen.

„Sage mir, Zugash, ob es viele Tarmanganis in deinem Land gibt", sagte er, an den erbosten Königspavian gewandt. „Tarzan macht auf einen bösen Tarmangani Jagd, der viele Gomanganis in seiner Begleitung hat. Sie alle sind böse Menschen. Sie töten. Sie töten mit

Donnerstöcken. Sie werden die Tonganis töten. Tarzan ist gekommen, sie von eurem Land zu vertreiben."
Zugash knurrte jedoch nur und setzte den Hinterkopf herausfordernd auf den Boden. Die anderen Männchen bewegten sich ruhelos zur Seite, die Schultern hochgezogen, die Schwänze hakenartig gekrümmt. Nun setzten auch einige der jüngeren Männchen ihren Hinterkopf auf den Boden und ahmten die herausfordernde Haltung ihres Königs nach.

Zugash schnitt Tarzan eine Grimasse, hob und senkte die Brauen schnell und ließ die weiße Haut um seine Augen zutage treten. Auf diese Weise wollte der wilde alte König den Mut seines Gegners zunichte machen, indem er eine furchteinflößende Miene aufsetzte. Tarzan aber zuckte gleichgültig die Schultern und ging wieder weiter, als sei er überzeugt, die Paviane wollten seine freundschaftliche Offerte nicht annehmen.

Er ging geradewegs, ohne Eile und scheinbar gleichgültig auf die ihm drohenden Männchen zu, die genau auf seinem Weg standen, doch seine Augen waren verengt und blickten scharf, jeder seiner Sinne höchst angespannt. Ein Männchen rückte steifbeinig und hochmütig grollend beiseite. Ein anderes blieb jedoch, wo es war. Hier würde er die echte Probe zu bestehen haben, die über den Ausgang entscheiden würde, das wußte er genau.

Die beiden waren nur noch wenig voneinander entfernt und blickten sich an, als plötzlich ein wildes Knurren dem Menschwesen über die Lippen kam, gleichzeitig griff er an. Mit einem ebensolchen Knurren und einem katzenartigen Sprung schnellte der Pavian zur Seite. Nun befand sich Tarzan jenseits des Kreises, Sieger dieses vorgetäuschten Kräftemessens, wie es jede Gattung von Lebewesen betreibt, die auf der Stufenleiter der Intelligenz weit genug vorangeschritten ist, um Vorstellungsvermögen zu besitzen.

Als die Männchen sahen, daß das Menschwesen den Weibchen und Jungen nicht bergan nachsetzte, beschränkten sie sich darauf, ihm Schmähworte nachzubellen und der sich zurückziehenden Gestalt wenig einschmeichelnde Gesten nachzuschicken. Doch waren dies keine Handlungen, die seine Sicherheit bedrohten. Also ignorierte der Affenmensch sie.

Er hatte sich bewußt von den Weibchen und Jungen abgewandt und gedachte, sie zu umgehen, statt einen wirklichen Angriff heraufzubeschwören, indem er den Eindruck erweckte, daß er sie bedrohte. So gelangte er an den Rand einer schmalen Schlucht, in die eine junge Mutter mit ihrem winzigen Balu geflüchtet war, ohne daß er oder die Tongani eine Ahnung hatten.

Tarzan befand sich noch im Blickfeld von Zugashs Stamm, doch nur er konnte in die Schlucht blicken, als plötzlich drei Ereignisse stattfanden, die den Frieden zunichte machten, der scheinbar wieder über der ganzen Szenerie herrschte. Ein flüchtiger Lufthauch trug aus dem dichten Grün unter ihm die Witterung von Sheeta, dem Panther, zu ihm herauf. Ein Pavian stieß einen Schreckensschrei aus, und als der Affenmensch hinunterblickte, sah er das junge Weibchen zu ihm stürzen, wobei ihr Balu sich an ihren Rücken klammerte. Ihr auf den Fersen stürmte Sheeta, der Panther, in wilder Verfolgung.

Als Tarzan, der Notwendigkeit des Augenblicks gehorchend, sofort reagierte und mit zurückgeworfener Speerhand nach unten sprang, stürmten die Männchen von Zugash als Antwort auf den Schreckensschrei des jungen Muttertieres vorwärts.

Der Affenmensch konnte aus seiner Position über den Akteuren dieser plötzlichen Tragödie der Wildnis den Panther über dem Kopf des Pavians sehen. In der Erkenntnis, daß die Bestie ihr Opfer erreichen würde, bevor Hilfe eintreffen würde, warf er den Speer in der vergeblichen Hoffnung, das Raubtier aufzuhalten, und sei es nur für einen Augenblick.

Nur eine erfahrene Hand konnte diesen Wurf wagen, denn die Gefahr für den Pavian war fast ebenso groß wie die, die dem Affenmenschen drohte, sollte er sein Ziel verfehlen.

Zugash und seine Männchen torkelten in einem linkischen Galopp heran und erreichten den Rand der Schlucht gerade noch, um zu sehen, wie der schwere Speer nur wenige Zoll am Kopf des Weibchens vorbei flog und Sheeta tief in die Brust drang. Dann waren sie auch schon den Abhang hinabgesprungen, eine knurrende, beißende Bande, und mit ihnen ein englischer Vicomte, um über einen völlig überraschten, vor Schmerzen tollwütigen Panther herzufallen.

Die Paviane verbissen sich in ihren Erzfeind, sprangen wieder zurück, und das Menschentier, das ebenso schnell und behend wie sie war, sprang herbei und stieß mit seinem Jagdmesser zu, während die wutschnaubende Katze hierhin und dorthin taumelte, erst gegen den einen Peiniger, dann gegen einen anderen.

Zweimal erreichten die kräftigen, reißenden Krallen ihr Ziel, und zwei Männchen lagen zerrissen und blutig am Boden. Doch die dunkelbraune Haut des Affenmenschen entwischte immer wieder dem Zorn der verwundeten Katze.

Kurz war der grimmige Kampf, wild das Knurren und Fauchen der Kämpfer, gewaltig die Sprünge und das Umherschnellen der aufgeregten Weibchen, die im Hintergrund warteten. Dann richtete sich Sheeta auf den Hinterpranken auf, schlug wild nach Tarzan und stürzte im gleichen Augenblick tot zu Boden, nachdem die Speerspitze sein Herz durchstoßen hatte.

Sofort sprang der große Tarmangani, der einst König der großen Affen gewesen war, herbei, setzte einen Fuß auf den getöteten Panther und erhob sein Antlitz zu Kudu, der Sonne. Aus seiner Brust brach der grauenerregende Siegesruf des Affenmännchens, das getötet hatte.

Einen Augenblick herrschte Stille im Wald, auf dem Berg und im Dschungel. Vor Ehrfurcht wie erstarrt, hielten die Paviane in ihrer ruhelosen Bewegung und ihrem Lärm inne. Tarzan bückte sich und zog den Speer aus Sheetas zuckendem Körper, während die Tonganis ihn mit neuem Interesse beobachteten.

Dann trat Zugash näher. Diesmal drückte er keineswegs den Hinterkopf herausfordernd gegen die Erde. „Die Männchen des Stammes von Zugash sind die Freunde Tarzans von den Affen“, erklärte er.

„Tarzan ist der Freund der Männchen des Stammes von Zugash“, antwortete der Affenmensch.

„Wir haben einen Tarmangani gesehen“, berichtete Zugash. „Er hat viele Gomanganis bei sich. Es gibt viele Donnerstöcke unter ihnen. Sie sind schlecht. Vielleicht sind sie es, nach denen Tarzan sucht.“

„Vielleicht“, räumte der Panthertöter ein. „Wo sind sie?“

„Sie lagerten dort, wo die Felsen auf dem Berghang sitzen, so wie hier.“ Er wies auf die Felsenklippe.

„Wo?“ fragte Tarzan abermals, und diesmal bewegte sich Zugash die Ausläufer des Berges entlang nach Süden.

Der große Felsspalt

Die Morgensonne schien auf die Wasserfläche des Chinnereth, und ihr Schein wurde durch die vom Wind erzeugten kleinen Wellen zurückgeworfen, die wie riesige Kolonnen von Kriegern bei einer Parade über die spiegelnde Fläche rückten, wobei ihre zahllosen Speere im Sonnenlicht gleißten - ein berückendes Bild von seltener Schönheit.

Für Lady Barbara Collis beschwor es jedoch etwas ganz anderes herauf - einen oberflächlichen Glanz, der gefährliche und tückische Tiefen verbarg, den echten Chinnereth. Sie schauderte, als sie sich, umgeben von den Aposteln, dem Ufer näherte. Vor ihr ging Abraham, der Sohn des Abraham, und hinter ihr schritten die Ältesten und die Dorfbewohner. Sie wußte, daß irgendwo darunter die sechs mit ihrem großen Netz und den Faserseilen waren.

Wie sehr ähnelten sie, die sie ihre Grausamkeit und Heimtücke unter einer dünnen Lackschicht von Frömmigkeit verbargen, dem Chinnereth! Aber damit hörte die Ähnlichkeit auch schon auf, denn der Chinnereth war prachtvoll. Sie blickte auf die Gesichter der Männer neben ihr, und abermals erschauderte sie. 'Und Gott schuf den Menschen nach seinem Ebenbild', dachte sie. Wer hatte dann diese hier geschaffen?

Während der langen Wochen, die das Schicksal sie im Land Midian festgehalten hatte, hatte sie oft nach einer Erklärung für den Ursprung dieser seltsamen Rasse gesucht, und die Schlußfolgerungen ihres hellwachen Verstandes wichen nicht allzu sehr von der Wahrheit ab. Angesichts der übertriebenen Rassenmerkmale des Gesichts und der Gestalt, die diese hier von allen anderen Völkern unterschieden, welche sie gesehen hatte, und eingedenk der hier verbreiteten Neigung zur Epilepsie gelangte sie zu dem Schluß, daß sie von Inzucht gezeichnete Abkömmlinge eines gemeinsamen Vorfahrens waren, der selbst geistesgestört und ein Epileptiker war.

Diese Theorie erklärte vieles, nicht jedoch Jezebel, die beharrlich erklärte, sie sei das Kind zwei dieser Geschöpfe, und ihres Wissens sei kein neuer Zustrom von Blut in die Adern der Midianer erfolgt, etwa dadurch, daß sie sich mit anderen Völkern vermischten. Lady Barbara sagte sich jedoch, daß dies der Fall gewesen sein mußte, obwohl sie weder die Wahrheit noch den Zeitpunkt ahnen konnte, dessen Geheimnis im Grab eines kleinen Sklavenmädchens zu finden war.

Und ihre Religion! Abermals erschauderte sie. Welch gräßliche Verzerrung der Lehren Christi! Es war ein verworrenes Durcheinander frühesten Christentums und noch älteren Judaismus' durch mündliche Überlieferung von einem halb geisteskranken Volk weitergeführt, das über keine geschriebene Sprache verfügte. Ein Volk, das Paulus den Apostel mit Christus, dem Meister, verwechselte und den Wesenskern der Lehren des letzteren völlig verloren hatte, während es gräßliches Barbarentum eigener Erfindung hinzufügte. Manchmal glaubte sie, in dieser übertriebenen Abweichung Parallelen zu anderen sogenannten christlichen Sekten der zivilisierten Außenwelt zu erkennen.

Jetzt wurde ihr Gedankengang jedoch durch das Eintreffen des Zuges am Seeufer unterbrochen. Dort war der Lavafelsen mit der flachen Oberfläche, der solche grimmige Bedeutung hatte und grauenvolle Erinnerungen weckte. Wie lange schien es her zu sein, seit sie beobachtet hatte, wie die sechs Männer ihr schreiendes Opfer von der abgewetzten Oberfläche hinabgeschleudert hatten. Ihr war, als sei dies erst gestern geschehen. Nun war sie an der Reihe. Der Prophet und die Apostel stimmten ihr unsinniges Gestammel an, mit dem sie die Dorfbewohner beeindrucken wollten, um die eigentliche Leere ihres Gehirns mit dem Mantel der Gelehrsamkeit zu verhüllen, eine Praxis, die zivilisierteren Sekten nicht unbekannt ist.

Man hieß sie auf der glatten Lavafläche stehenbleiben, die in unzähligen Jahren, in denen diese grausamen Riten an den Ufern des Chinnereth vollzogen worden waren, durch weiche Sandalen und nackte Füße blankpoliert wurde. Abermals hörte sie die Schreie der Opfer von gestern. Doch Lady Barbara Collis hatte nicht geschrien, sie würde es auch nicht. Zumindest diese Befriedigung würde sie den Peinigern verweigern.

Abraham, der Sohn des Abraham, winkte den sechsen vorzutreten. Sie kamen mit ihrem Netz und den Stricken. Zur ihren Füßen lag das Lavastück zur Beschwerung des Netzes und seines Inhalts. Der Prophet hob die Hände über den Kopf, und die Leute knieten nieder. In der vordersten Reihe erblickte sie die goldblonde Jezebel und war ganz gerührt, denn sie sah Zorn in dem reizvollen Gesicht und Tränen in den schönen Augen. Hier war zumindest eine, die Liebe und Mitgefühl aufbringen konnte.

„Ich bin mit Jehova gewandelt", sagte Abraham, der Sohn des Abraham, und Lady Barbara fragte sich, ob er nicht schon Blasen an den Füßen habe, da er so oft mit Jehova wandelte. Die leichtfertige Vorstellung ließ sie unfreiwillig lächeln, und der Prophet bemerkte es. „Du lächelst", sagte er zornig. „Du lächelst, wo du doch schreien und um Gnade flehen solltest wie die anderen es tun. Warum lächelst du?"

„Weil ich mich nicht fürchte" erwiderte Lady Barbara, obwohl sie große Angst hatte.

„Und warum fürchtest du dich nicht, Weib?" fragte der Alte.

„Auch ich bin mit Jehova gewandelt, und er hat mir gesagt, ich solle mich nicht fürchten, weil du ein falscher Prophet bist und..." Weiter kam sie nicht.

„Schweig!" donnerte Abraham, der Sohn des Abraham. „Du sollst nicht länger Gott lästern. Gleich wird Jehova über dich zu Gericht sitzen." Er wandte sich an die sechs. „Ins Netz mit ihr!"

Sie führten den Befehl schnell aus, und als sie damit begannen, ihren Körper im Netz hin und her zu schwingen, um für den Augenblick Schwung zu bekommen, da sie loslassen und sie in den tiefen See werfen würden, hörte sie den Propheten ihre frevelhafte Behauptung zitieren, Jehova werde auf seine eigene Weise urteilen. Seine Rede wurde durch das Geschrei und Stöhnen derjenigen Zuschauer unterbrochen, die wieder von den üblichen Anfällen gepackt wurden, an die sich Lady Barbara schon derart gewöhnt hatte, daß sie davon fast ebenso unberührt blieb wie die Midianer.

Sie zog das kleine Federmesser aus der Tasche, das ihre einzige Waffe war, und hielt es fest in einer Hand, die Klinge aufgeklappt und bereit für das, was sie zu tun gedachte. Und um welche Tätigkeit handelte es sich? Gewiß, sie konnte nicht darauf rechnen, sich mit dieser unangemessenen Waffe selbst auf der Stelle den Tod zu bereiten! Doch im letzten Stadium der Furcht, die von äußerster Hoffnungslosigkeit und Hilflosigkeit herrührt, versucht so mancher alles, selbst das Unmögliche.

Jetzt schwangen sie sie weit hinaus über den Chinnereth. Die Apostel und die Ältesten stimmten ihren unheimlichen Singsang mit Stimmen an, die durch Barbaras bevorstehenden Tod vor religiöser Inbrunst bebten, natürlich nur diejenigen, die sich nicht in Krämpfen auf der felsigen Oberfläche des Altars wanden.

Plötzlich ließ Abraham, der Sohn des Abraham, sich wieder vernehmen. Lady Barbara hielt den Atem an in einem letzten, angsterfüllten Seufzer. Die sechs Männer ließen los. Ein lauter Schrei erhob sich aus den geduckt hockenden Dorfbewohnern - der Schrei einer Frau - und als Lady Barbara in die dunklen Wasser des Sees stürzte, wußte sie, daß es die Stimme von Jezebel war, die ihren Zorn und ihre Trauer hinausschrie. Dann schlug der geheimnisvolle Chinnereth über dem Kopf der Lady zusammen.

Genau in diesem Augenblick stolperte Lafayette Smith, Magister der Künste, Dr.phil. Dr. habil, den felsigen Hang hinauf, der den großen Krater begrenzte, wo das Land Midian und der Chinnereth lagen. Er war sich der Tragödie, die sich auf der anderen Seite jener steilen Wand abspielte, ebenso wenig bewußt wie der Tatsache, daß er sich geradewegs von dem Lager entfernte, das er suchte. Wäre jemand dagewesen, der es ihm sagte, und hätte man ihn darauf hingewiesen, daß er sich hoffnungslos verirrt hatte, so wäre er geneigt gewesen, die Feststellung zu bestreiten, so überzeugt war er, eine Abkürzung zum Lager gewählt zu haben, welches sich seiner Ansicht nach nur ein kleines Stück vor ihm befand.

Obwohl er ohne Abendessen und Frühstücke hatte auskommen müssen, machte der Hunger ihm noch nicht allzu sehr zu schaffen, teils ob der Tatsache, daß er etwas Schokolade bei sich hatte, die ihm geholfen hatte, das Hungergefühl zu lindern, teils infolge seines Interesses an den geologischen Formationen, die die Aufmerksamkeit seines Gelehrtengehirns so in Anspruch genommen hatte, daß solch materielle Belange wie Hunger, Durst und physische Beschwernisse in den Hintergrund traten. Selbst die Frage seiner persönlichen Sicherheit war vergessen, wie es stets mit allen praktischen Problemen der Fall war, wenn Lafayette Smith in die wohltuende Sphäre wissenschaftlicher Forschungen eintauchte.

Infolgedessen hatte er auch keinerlei Ahnung von der Nähe eines braunen Körpers. Auch konnte der starre, durchdringende Blick eines Paares grausamer, gelbgrüner Augen nicht den Panzer seiner intensiven Beschäftigung durchstoßen und so jenen sechsten Sinn wecken, von dem gemeinhin angenommen wird, daß er uns vor einer unsichtbaren Gefahr warnt. Doch selbst wenn die Ahnung einer Bedrohung für sein Leben oder seine Sicherheit ihn gestört hätte, so hätte er sie wahrscheinlich unbeachtet gelassen, von der festen Überzeugung getragen, durch den Besitz seiner vernickelten 32er ausreichend geschützt zu sein.

Während er sich die unteren Hänge eins konischen Berges entlangbewegte, versenkte sich sein geologisches Gemüt immer mehr in die felsige Geschichte, die die Natur in die Landschaft eingegraben hatte, eine so sensationelle Geschichte, daß jeder Gedanke an das Lager schwand. Und während er sich immer mehr davon entfernte, folgte ihm beharrlich ein großer Löwe.

Welcher tief verborgene Drang Numa veranlaßte, dem Menschwesen zu folgen, hätte die große Katze vielleicht selbst nicht gewußt. Sie war nicht hungrig, da sie kürzlich erst ein Beutetier erlegt hatte. Auch war sie kein Menschenfresser, obwohl eine entsprechende Kombination von Umständen die Waagschale leicht in dieser Richtung hätte neigen können, wenn der Hunger es unvermeidbar machte. Vielleicht war es aber auch nur Neugier oder ein dem Spieltrieb verwandtes Motiv, der allen Katzen eigen ist.

Eine volle Stunde folgte Numa dem Menschen - eine Stunde großen Interesses für beide - eine Stunde, die für den Menschen vielleicht von weit größerem, wenngleich weniger angenehmen Interesse gewesen wäre, hätte er mit Numa die Kenntnis ihres nahen Beisammenseins geteilt. Dann blieb der Mensch vor einem schmalen, senkrechten Spalt in der Felsenwand stehen, die über ihm aufragte. Was für eine interessante Eintragung in das Buch der Natur hatte er hier vor sich! Welch titanische Kraft hatte den soliden Felsen dieses mächtigen Berges derart aufgerissen? Das hatte eine ganz eigene Bedeutung, doch welche? Vielleicht befand sich irgendwo auf der Oberfläche des Berges, der hier steil aufragte, ein weiterer Hinweis für den Lösungsweg. Lafayette Smith blickte die Felsenklippe hinauf. Erst schaute er nach vorn in die eingeschlagene Richtung. Dann nach hinten in die, aus der er gekommen war - und erblickte den Löwen.

Die beiden starrten sich längere Zeit an. Überraschung und Interesse waren die am klarsten umrissenen Emotionen, die diese Entdeckung im Gehirn des Menschen auslöste. Bei Numa waren es Mißtrauen und Verärgerung.

Höchst interessant, überlegte Lafayette Smith. Ein prächtiges Exemplar. Sein Interesse an Löwen war jedoch rein akademischer Natur, und so schweiften seine Gedanken schnell zu dem ihm wesentlich wichtigeren Phänomen des Risses im Berg zurück, der nun erneut seine ungeteilte Aufmerksamkeit forderte. Woraus sich schließen läßt, daß Lafayette Smith entweder ein ungewöhnlich mutiger Mann oder ein Dummkopf war. Keine dieser Vermutungen wäre jedoch richtig gewesen, besonders die letztere nicht. Die Wahrheit ist, daß Lafayette Smith unter Unerfahrenheit und einer unpraktischen Veranlagung litt. Wohl wußte er, daß ein Löwe eine Bedrohung für die Langlebigkeit darstellte, aber warum sollte ausgerechnet dieser ihn angreifen? Er, Lafayette Smith, hatte nichts getan, ihn oder einen anderen Löwen zu behelligen. Er befaßte sich mit seinen eigenen Angelegenheiten und erwartete, Gentleman, der er war, dasselbe von anderen, Löwen eingeschlossen. Darüberhinaus glaubte er in kindlicher Weise an die Unfehlbarkeit seiner vernickelten 32er, sollte es doch schlimmer kommen. Deshalb beachtete er Numa überhaupt nicht und wandte sich wieder dem Erforschen des aufsehenerregenden Felsenrisses zu.

Dieser war einige Fuß breit und zog sich offensichtlich die Felsenwand hoch, so weit er sehen konnte. Vieles deutete darauf hin, daß er auch weit unter die gegenwärtige Oberfläche des Boden hineinreichte, indes durch Erosionsvorgänge von oben mit Geröll aufgefüllt worden war. Wie weit er in den Berg ragte, ließ sich nicht einmal vermuten. Er hoffte jedoch, daß sich der Verlauf des Felsens nach hinten verfolgen ließ und über eine große Strecke offen war. In diesem Falle stellte er ein einzigartiges Mittel dar, den Ursprung dieses Gebirgsmassivs genauer zu erforschen.

Dieser Gedanke drängte bei ihm alles andere in den Hintergrund, den Löwen ebenfalls. Er betrat die schmale Öffnung des interessanten Risses. Hier stellte er fest, daß die Kluft allmählich nach links abbog und sich nach oben bis zur Oberfläche erstreckte, wo sie beträchtlich weiter als unten auf der Sohle war, das Innere daher mit Licht und Luft versorgte.

In höchstem Maße aufgeregt und voller Stolz über diese Entdeckung, kletterte Lafayette über das herabgestürzte Geröll, das die Sohle des Spaltes bedeckte, nach innen, erpicht, diese Öffnung nun in ihrer vollen Ausdehnung zu ergründen und sich dann in gemächlicherer Weise zum Eingang zurückzuarbeiten, wobei er eine gründliche Untersuchung jedweder geologischen Erscheinungen vornehmen würde, welche die Natur den Wänden dieses majestätischen Korridors verliehen hatte. Hunger, Durst, das Lager und der Löwe waren vergessen.

Numa war jedoch kein Geologe. Der große Felsspalt weckte in seiner breiten Brust keine helle Begeisterung. Er vergaß darüber gar nichts, und der Riß erregte sein Interesse nur in dem Maße, als er sich den Kopf zerbrach, warum dieses Menschwesen wohl dort hineingegangen war. Er hatte dessen gleichgültige Haltung bemerkt, seine gemächliche Vorgehensweise, und er konnte dieses Verschwinden nicht als Flucht deuten. Die dafür charakteristischen Merkmale fehlten völlig. In diesem Zusammenhang sollte bemerkt werden, daß Numa ein Experte für Fluchterscheinungen war. Sein ganzes Leben waren andere Wesen vor ihm immer nur geflüchtet.

Er hatte es als eine ungerechte Maßnahme der Natur angesehen, daß andere immer nur trachteten ihm zu entrinnen, zumal solche Wesen, an denen ihm besonders gelegen war. Da wären zum Beispiel Pacco, das Zebra, und Wappi, die Antilope, zu nennen, das zarteste und köstlichste seiner besonderen Leckerbissen, gleichzeitig aber das behendeste. Wie viel einfacher wäre doch alles, wäre Kota, die Schildkröte, mit der Geschwindigkeit von Pacco ausgestattet und Pacco mit der Gemächlichkeit von Kota.

Im vorliegenden Fall deutete jedoch gar nichts darauf hin, daß das Menschwesen vor ihm floh. Vielleicht war gar Verrat im Spiel! Numa sträubte sich das Fell. Sehr behutsam näherte er sich dem Spalt, in dem sein Opfer verschwunden war. Er begann langsam Lafayette Smith als Nahrung zu betrachten, nachdem die lange Verfolgung in seinem Bauch das erste schwache Anzeichen von Hunger geweckt hatte. Also näherte er sich dem Spalt und blickte hinein. Der Tarmangani war nicht zu sehen. Das gefiel Numa gar nicht, und er gab seinem Mißfallen durch ein zorniges Knurren Ausdruck.

Lafayette Smith hörte dieses Knurren hundert Yards im Spalt und blieb jählings stehen. „Dieser blöde Löwe!“ rief er. „Den hatte ich ja ganz vergessen.“ Ihm kam der Gedanke, daß dies hier vielleicht das Lager des Tieres sein könnte - ein höchst widriger Zufall, wenn dem so war. Die Erkenntnis seiner mißlichen Lage verdrängte schließlich die geologischen Träumerein, denen sein Gemüt nachhing. Aber was war zu tun? Plötzlich geriet sein Vertrauen in seine getreue 32er ins Wanken. Als er sich die Erscheinung des großen Tieres in Erinnerung rief, erschien ihm diese Waffe auf einmal weniger verläßlich. Dennoch verlieh sie ihm ein gewisses Empfinden von Sicherheit, als seine Hand den Griff liebkoste.

Er gelangte zu dem Schluß, es sei unklug, zum jetzigen Zeitpunkt zum Eingang zurückzugehen. Gewiß, der Löwe hatte den Spalt vielleicht gar nicht betreten oder beabsichtigte gar nicht, es zu tun.

Andererseits war auch das Gegenteil möglich, und dann mußte sich eine Rückkehr zur Öffnung als beunruhigend, wenn nicht gar katastrophal erweisen. Vielleicht würde der Löwe verschwinden, wenn er eine Weile wartete. In der Zwischenzeit war es seiner Ansicht nach vielleicht angeraten, weiter in den Spalt einzudringen, da der Löwe, sollte er überhaupt hereinkommen, begreiflicherweise nicht bis ans äußerste Ende des Korridors vorstoßen würde. Darüberhinaus bestand die Möglichkeit, daß er weiter hinten doch eine Art Zuflucht finden konnte - eine Höhle oder ein Gesims, das er erklimmen konnte, eine wundersame Rettung.
Lafayette Smith war zu dem Zeitpunkt offen für alles.

So arbeitete er sich weiter vorwärts, zerriß sich die Kleidung, trug von den scharfen Bruchstücken des Gerölls Hautabschürfungen davon und drang immer tiefer in diesen bemerkenswerten Korridor, der endlos erschien. Angesichts dessen, was vielleicht hinter ihm war, hoffte er, der Korridor nehme in der Tat kein Ende. Er erschauderte immer wieder ob der ihn häufig heimsuchenden Vorstellung, gleich hinter jedem Abschnitt des sich sanft nach links abbiegenden Spalts, den er überblicken konnte, vor einer glatten Wand zu stehen. Er malte sich diesen Zustand aus. Mit dem Rücken zum felsigen Ende dieser Sackgasse würde er den Korridor zurückblicken, die Pistole schußbereit in der Hand. Dann würde der Löwe auftauchen und ihn entdecken.

An diesem Punkt hatte er einige Schwierigkeiten, sich die Szene vorzustellen, da er nicht wußte, was der Löwe tun würde. Vielleicht würde er beim Anblick des Menschen, durch den überlegenen Blick des menschlichen Auges eingeschüchtert, umkehren und eilends davontraben. Oder auch nicht. Lafayette Smith war zu der Schlußfolgerung geneigt, daß der Löwe nicht abziehen würde. Aber natürlich hatte er nicht genügend Erfahrung mit wilden Tieren, um als eine Autorität auf diesem Gebiet gelten zu können. Gewiß, bei anderer Gelegenheit war er während seiner Felduntersuchungen von einer Kuh verfolgt worden. Aber selbst diese Erfahrung war nicht schlüssig gewesen - sie hatte ihm die tatsächliche Absicht der Kuh nicht deutlich vor Augen geführt - aus dem einfachen Grund, daß er zwei Schritt vor ihr eine Umzäunung erreicht hatte.

So verworren das Problem jetzt angesichts seiner völligen Unwissenheit auf dem Gebiet der Löwenpsychologie zu sein schien - er war überzeugt, er müsse versuchen, sich die zu erwartetende Szene nur ausreichend vor Augen zu führen, um dann für die Eventualität gewappnet zu sein.

Während er sich grimmig über wirr übereinanderliegende Steinbrocken vorarbeitete, warf er gelegentlich einen Blick zurück und stellte sich wieder und wieder die Situation vor, wie er mit dem Rücken gegen das felsige Ende des Korridors stehend wartete. Der Löwe kam langsam auf ihn zugekrochen, doch Lafayette zögerte, bis jede Möglichkeit eines Fehlschusses ausgeschlossen war. Er war sehr kühl. Seine Hand blieb ruhig, als er sorgfältig zielte.

Hier störte Bedauern die ausgeglichene Tonart seiner Phantasien - Bedauern, daß er mit dem Revolver nicht gründlicher geübt hatte. Die Tatsache, daß er nie damit geschossen hatte, machte ihm zu schaffen, wenngleich erst nur verschwommen, da er der verbreiteten Überzeugung anhing: Richtete man eine Feuerwaffe einfach auf ein lebendes Objekt, so wurde sie automatisch zu einer tödlichen Waffe.

In seiner Vorstellung zielte er jedoch sorgfältig - die Tatsache, daß er dabei nur das Korn benutzte, beunruhigte ihn nicht. Er drückte ab. Der Löwe taumelte und fiel fast schon. Es bedurfte eines zweiten Schusses, um ihn zu erledigen, und als er zu Boden sank, atmete Lafayette Smith in echter Erleichterung auf. Er spürte, wie er als Reaktion auf die nervliche Anspannung, unter der er gelitten hatte, leicht zitterte. Er blieb stehen, zog ein Taschentuch aus der Tasche, wischte sich den Schweiß von der Stirn und lächelte ein wenig, als er erkannte, in welche Aufregung er sich hineingesteigert hatte. Zweifellos hatte der Löwe ihn schon vergessen und war seiner Wege gegangen, sagte er sich.

Er blickte in die Richtung, aus der er gekommen war, als ihm diese befriedigende Schlußfolgerung durch den Kopf gegangen war. Da tauchte der Löwe etwa einhundert Fuß entfernt von ihm auf, dort, wo der Korridor hinter einer Biegung aus seinem Blickfeld verschwand.

In den Klauen des Feindes

Die „Kanone“ war beunruhigt. Es war Morgen, und Lafayette Smith war noch nicht wieder zurück. Sie hatten bis spät in die letzte Nacht hinein nach ihm gesucht und waren jetzt erneut darangegangen. Ogonyo, der Anführer, hatte die Gruppe den Anweisungen der „Kanone“ folgend paarweise aufgeteilt und nur vier Leute zur Bewachung des Lagers zurückgelassen. Die anderen kämmten das Gebiet in verschiedenen Richtungen sorgsam durch, um eine Spur von dem Vermißten zu finden.

Danny hatte sich Obambi als Begleiter ausgesucht, eine Tatsache, die den schwarzen Boy arg verdroß, da er schon die ganze Zeit Zielscheibe von Beschimpfungen gewesen war, seit Danny am gestrigen Nachmittag entdeckt hatte, daß er Smith allein in den Bergen zurückgelassen hatte.

„Es spielt überhaupt keine Rolle, was er dir gesagt hat, du Vollidiot“, machte die „Kanone“ ihm klar. „Es war nicht deine Sache, ihn dort drauß'n allein zu lass'n. Jetzt nehme ich dich zu einem Spaziergang mit, un' wenn wir Lafayette nich' finden, kehrst du nie zurück.“

„Ja, Bwana“, erwiderte Obambi, der nicht die geringste Ahnung von dem hatte, was der Weiße da redete. Eine Sache gefiel ihm jedoch außerordentlich: Sein Bwana bestand darauf, sein Gewehr selbst zu tragen, so daß Obambi nur ein leichtes Abendessen und zwei Fünfzig-Schuß-Trommeln Munition zu schleppen hatte. Das soll nicht heißen, daß die neun Pfund und dreizehn Unzen einer Thompson-Maschinenpistole eine besonders schwere Bürde dargestellt hätten. Obambi war einfach stets froh, wenn man ihm eine Last abnahm. Er wäre bis zu einem gewissen Grad selbst für eine Gewichtsreduzierung von dreizehn Unzen dankbar gewesen.

Bei seinem Versuch, die wahrscheinliche Marschroute zu bestimmen, die Smith bei seiner Suche nach dem Lager vielleicht eingeschlagen hatte, ging die „Kanone“ davon aus, was er selbst unter ähnlichen Umständen getan hätte. Er wußte, daß Smith das letzte Mal ziemlich hoch über dem Lager und etwas nördlich davon gesehen worden war. Also beschloß er, die Ausläufer entlang in nördlicher Richtung zu suchen, da es einleuchtete, daß ein Mann in einer Notlage eher bergab ging, als weiter hinaufzusteigen.

Der Tag war heiß, und gegen Mittag war „Kanone“ müde, mißgelaunt und in Schweiß gebadet. Besonders verdroß ihn Afrika deshalb, weil „hier der Hund verreckt“, wie er Obambi mitteilte.

„Meine Güte, da habe ich mir nun die Quanten abgelatscht und bin nich' weiter gekommen als von The Loop nach Cicero. Sechs Stunden bin ich nun unterwegs, mit 'm Taxi wär's 'ne Sache von zwanzig Minuten gewesen. Na gut, sie ham keine Bull'n in Afrika, aber eben auch keine Taxis.“

„Jawohl, Bwana“, pflichtete Obambi bei.

„Halt's Maul!“ brummte ihn „Kanone“ an.

Sie saßen im Schatten eines Baumes an einem Hang, ruhten sich aus und aßen ihr Abendbrot. Ein kurzes Stück unter ihnen ging der Hang in eine senkrechte, fünfzig Fuß hohe Felswand über, eine Tatsache, die sie von der Stelle, wo sie saßen, ebensowenig erkennen konnten wie das von Palisaden umgebene Dorf am Fuß der Wand. Auch bemerkten sie den Mann nicht, der unmittelbar am Rand der Klippe neben einem Busch hockte. Er kehrte ihnen den Rücken zu und blickte aus der Deckung des Buschwerks auf das Dorf unter ihm hinab.

Seiner Ansicht nach befand sich dort der Mann, den er suchte. Er wollte jedoch ganz sicher gehen, und das genaue Ausspähen konnte Tage dauern. Zeit zählte jedoch wenig oder gar nichts für Tarzan wie für jedes andere Lebewesen im Dschungel. Er würde einfach häufig zu diesem Beobachtungspunkt zurückkehren und nachschauen. Früher oder später würde er herausfinden, ob sein Verdacht richtig oder falsch war, demzufolge einer der Weißen, die er im Dorf unten gesehen hatte, der Sklavenräuber war, dessentwillen er nach Norden gekommen war. So hockte der Affenmensch dort wie ein großer Löwe und beobachtete sein Opfer.

Unter ihm lümmelten Dominic Capietro und Leon Stabutch im Schatten eines Baumes vor der Hütte des Sklavenräubers herum, während ein halbes Dutzend Sklavenmädchen ihnen aufwarteten, während sie gemütlich ein verspätetes Frühstück einnahmen. Ein paar Stärkungsmittel in Gestalt einer brennenden Flüssigkeit hatten ihre müden Lebensgeister wieder geweckt, die nach dem Gelage am Vortage arg darniederlagen und das Aufwachen erschwert hatten. Aber selbst jetzt hätte keiner der beiden behaupten können, schon richtig in Form zu sein.

Capietro war sogar noch mürrischer und streitsüchtiger als sonst und ließ seine Laune an den unglücklichen Sklavinnen aus, während

Stabutch in düsteres Schweigen versunken aß. Schließlich kam er doch auf den Gegenstand seiner Mission zu sprechen.

„Ich sollte mich jetzt Richtung Süden auf den Weg machen“, sagte er. „Soweit ich die Dinge jetzt überblicke, wäre es sinnlos, in diesem Teil des Landes nach dem Affenmenschen zu suchen.“

„Warum hast du es denn so eilig, ihn ausfindig zu machen?“ fragte Capietro. „Genügt dir meine Gesellschaft nicht?“

„‘Dienst ist Dienst, und Schnaps ist Schnaps’, wie du weißt, Genosse“, erwiderte Stabutch in beschwichtigendem Ton.

„Da hast du wohl recht“, grunzte Capietro.

„Auf dem Rückweg von Süden würde ich dich gern wieder besuchen“, schlug Stabutch vor.

„Vielleicht kommst du nicht zurück.“

„Und ob. Peter Zveri muß gerächt werden. Das Hindernis auf dem Weg des Kommunismus muß beseitigt werden.“

„Hat der Affenmensch Zveri getötet?“

„Nein, eine Frau“, erwiderte der Russe. „Der Affenmensch war für das Scheitern aller Pläne von Zveri jedoch direkt verantwortlich, indirekt also auch für seinen Tod.“

„Du glaubst demnach, dir würde es besser ergehen als Zveri? Viel Glück, doch ich beneide dich nicht um deinen Auftrag. Dieser Tarzan ist wie ein Löwe mit dem Gehirn eines Menschen. Er ist wild. Er ist schrecklich. In seinem eigenen Land ist er auch sehr mächtig.“

„Ich kriege ihn dennoch“, sagte Stabutch zuversichtlich. „Wenn möglich, werde ich ihn im selben Augenblick töten, da ich ihn sehe, noch ehe er eine Gelegenheit hat, mißtrauisch zu werden. Sollte ich das nicht schaffen, werde ich sein Vertrauen und seine Freundschaft suchen und ihn vernichten, wenn er die Gefahr am wenigsten vermutet.“

Stimmen werden über eine große Entfernung nach oben getragen, und obwohl Stabutch in normaler Lautstärke redete, lächelte der Beobachter, der am Rand der Klippe hockte - aber eigentlich war es nur die schwache Andeutung eines grimmigen Lächelns.

Deshalb also hatte sich der Mann aus „Russe“, von dem Goloba, der Anführer, ihm erzählt hatte, nach seinem Aufenthalt erkundigt? Ähnliches hatte er schon geahnt, doch er war froh, den endgültigen Beweis zu haben.

„Ich würde mich freuen, wenn du ihn kaltmachst“, sagte Capietro. „Er würde mir das ganze Geschäft verderben, wenn er von mir erführe. Er ist ein Halunke, der einen daran hindert, auf ehrliche Weise seine Dollars zur verdienen."

„Du kannst ihn vergessen, Genosse", versicherte Stabutch dem Händler. „Er ist so gut wie tot. Gib mir genügend Männer mit, und ich bin schon auf dem Weg nach Süden."

„Meine Halunken satteln bereits die Pferde, um auszureiten und die Leute für deine Safari aufzutreiben", sagte Capietro mit einer Handbewegung in Richtung des zentralen Dorfplatzes, wo einige Halsabschneider in Vorbereitung des Beutezugs gegen ein entferntes Galla-Dorf an ihren Pferden hantierten.

„Ich wünsche ihnen viel Glück", sagte Stabutch. „Hoffentlich - was war das?" fragte er und sprang auf die Füße, als hinter ihnen plötzlich Steine und Erde herabprasselten.

Capietro war ebenfalls aufgesprungen. „Ein Erdrutsch", erklärte er. „Ein Teil der Felswand ist abgestürzt. Sieh dort! Was ist das?" Er wies auf etwas, das auf halbem Weg an der Wand hing - die Gestalt eines nackten Weißen, der sich an einen Baum klammerte, welcher seine Wurzeln in der felsigen Oberfläche der Wand verkrallt hatte. Der kleine Baum beugte sich unter dem Gewicht des Mannes. Langsam gab er nach, man hörte Holz bersten, und die Gestalt schoß herab in das Dorf, wo sie durch eine im Weg stehende Hütte den Blicken der beiden weißen Beobachter entzogen war.

Stabutch hatte die hünenhafte Gestalt des fast nackten Weißen jedoch lange genug gesehen, um sie mit der Beschreibung zu vergleichen, die er von dem Mann hatte, dessentwillen er den langen Weg von Moskau hierher zurückgelegt hatte. Es gab nicht zwei von derselben Sorte, dessen war er sicher. „Es ist der Affenmensch!" sagte er. „Komm, Capietro, er gehört uns!"

Sofort befahl der Italiener einigen Shiftas, vorzurücken und den Affenmenschen zu ergreifen.

Das Glück ist nicht unbedingt nur dem Tapferen oder Anständigen hold. Es heftet sich unglücklicherweise ebenso leicht an die Fersen des Feiglings oder Lumpens. Heute hatte es Tarzan völlig verlassen. Als er am Rand der Felswand hockte und auf das Dorf des Dominic Capietro hinabblickte, spürte er plötzlich, wie die Erde unter ihm nachgab. Er sprang wie eine Katze auf die Füße und warf die Hände über den Kopf, wie man es automatisch zum Aufrechterhalten des Gleichgewichts oder auf der Suche nach einer Stütze tut, doch zu spät. Mit einer kleinen Lawine von Erde und Gestein glitt er über die

Kante der Wand. Der Baum, der ein Stück unterhalb auf der Oberfläche des Felsens wuchs, hemmte seinen Fall und ließ ihn einen Augenblick hoffen, er könne der größeren Gefahr entrinnen, endgültig hinab ins Dorf zu stürzen, wo er, sollte der Sturz ihn nicht töten, ganz offensichtlich von seinen Feinden den Tod erleiden mußte. Die Hoffnung schwand jedoch nach einem kurzen Moment mit dem Brechen des sich biegenden Stammes, und er stürzte ab.

Danny Patrick, die „Kanone", hatte seine Mahlzeit beendete, sich eine Zigarette angezündet und ließ den Blick über die Landschaft schweifen, die als reizvolles Panorama vor ihm lag. In der Stadt aufgewachsen, sah er nur einen Teil dessen, was zu sehen war, und verstand auch nur wenig davon. Was ihm am meisten beeindruckte, war die Einsamkeit der Aussicht. Meine Güte, dachte er bei sich. Was für ein Gelände, um unterzutauchen! Hier würde einen niemand finden. Seine Augen blieben plötzlich auf einem Objekt im Vordergrund haften. „Heh, Bursche, was ist das dort?" flüsterte er Obambi zu und wies in die Richtung des Gegenstands seines Interesses.

Obambi schaute hin und erkannte mit seinem scharfen Auge auch sofort, worum es sich handelte. „Es ist ein Mann, Bwana", sagte er. „Es ist der, der in jener Nacht Simba in unserem Camp getötet hat. Es ist Tarzan von den Affen."

„Woher zum Teufel willst du das wiss'n?" fragte die Kanone.

„Es gibt nur einen Tarzan", erwiderte der Schwarze. „Ein anderer könnte es nicht sein, weil kein anderer Weißer im ganzen Dschungelland oder im Bergland oder in der Ebene so nackt umherläuft."

„Kanone" sprang auf. Er wollte hinunter gehen und mit dem Affenmensch reden, der ihm bei seiner Suche nach Lafayette Smith vielleicht helfen konnte. Doch als er sich erhob, sah er den Mann da unten auf die Füße springen und die Arme über den Kopf werfen. Dann verschwand er, als habe die Erde ihn verschluckt. „Kanone" zog die Stirn in Falten.

„Meine Güte, der hat bestimmt ein'n in der Krone, stimmt's?" bemerkte er zu Obambi.

„Was, Bwana?" fragte dieser.

„Halt's Maul!" fuhr „Kanone" ihn an. „Das war komisch. Möchte wiss'n, was aus ihm geword'n ist", murmelte er. „Ich geh mal nachseh'n. Komm!" fügte er nun laut an Obambi gewandt hinzu.

Durch die Erfahrung gewitzt (zumeist Erfahrungen anderer, die keine Lehren gezogen hatten), daß die Aufmerksamkeit für Details wichtig für den ungebrochenen Lebensweg, die Freiheit und das Glück sind, überprüfte er sorgfältig seine Thompson, während er schnell, doch wachsam zu der Stelle ging, wo Tarzan verschwunden war. Er sah, daß sich eine Patrone in der Kammer befand, die Trommel richtig festsaß und der Hebel auf Dauerfeuer eingestellt war.

In dem Dorf, das er noch nicht sehen konnte und von dem er keine Ahnung hatte, liefen die Shiftas zu der Stelle, wo ihres Wissens der Körper des Abgestürzten liegen mußte, gefolgt von Stabutch und Capietro, als der Mann, den sie suchten, plötzlich aus der letzten Hütte trat. Sie wußten nicht, daß er auf dem Schilfdach jener Behausung gelandet war, aus der er jetzt auftauchte. Es hatte seinen Sturz aufgefangen, und er war ohne schwerere Verletzungen auf dem Fußboden aufgekommen.

Es kam ihnen wie ein Wunder vor. Sein Anblick, wie er offensichtlich unverletzt vor ihnen stand, überraschte die zwei Weißen dermaßen, daß sie auf der Stelle stehen blieben, während ihre Anhänger ihrem Beispiel folgten und sich um sie drängten.

Stabutch kam als erster wieder zur Besinnung. Er riß den Revolver aus dem Halfter und wollte den Affenmenschen auf der Stelle erschießen, als Capietro seine Hand nach oben stieß. „Warte, übereile nichts", brummte er. „Ich habe hier das Kommando."

„Aber das ist der Affenmensch", sagte Stabutch.

„Ich weiß das, deshalb will ich ihn ja lebendig haben", erwiderte Capietro. „Er ist reich. Er bringt uns ein großes Lösegeld."

„Scheiß drauf", rief Stabutch. „Ich will sein Leben."

„Warte, bis ich das Lösegeld habe", sagte Capietro. „Dann kannst du ihn dir schnappen."

Inzwischen musterte Tarzan die beiden. Ihm war klar, daß er sich in einer äußerst gefährlichen Lage befand. Einer der beiden war daran interessiert, ihn zu töten, und während das Lösegeld, von dem der eine sprach, den anderen zeitweise abschrecken mochte, sagte er sich, daß es nur eines geringen Vorwands bedurfte, um diesen zu veranlassen, ihn lieber zu töten, als das Risiko einzugehen, ihn entkommen zu lassen, wobei offensichtlich war, daß der Russe der Meinung war, er habe genug Grund zum Töten, und Tarzan nicht zweifelte, daß er Mittel und Wege finden würde, sein Vorhaben sogar angesichts der Einwände des Italieners zu verwirklichen.

Könnte er nur mitten zwischen sie gelangen, so daß sie ihre Feuerwaffen nicht gegen ihn einsetzen konnten, weil dann Gefahr bestand, daß sie Angehörige ihrer eigenen Truppe töteten. In diesem Fall konnte er infolge seiner überlegenen Körperkräfte, Geschwindigkeit und Gewandtheit sich einen Weg zu einer der Palisaden des Dorfes bahnen, wo er gute Chancen hatte, ihnen zu entkommen. Einmal dort angelangt, konnte er die Palisade mit der Geschwindigkeit von Manu, der Meerkatze, überwinden, wobei ihm höchstens durch die Revolver der zwei Weißen eine Gefahr drohte. Von der Zielsicherheit der Shiftas hatte er keine hohe Meinung.

Er hörte, wie Capietro seinen Leuten den Befehl erteilte, ihn lebendig zu fassen, doch er wartete nicht erst darauf, sondern stürmte geradewegs auf die zwei Weißen los, während er das furchteinflößende Knurren eines wilden Tieres ausstieß, das in der Vergangenheit mehr als einmal die Nerven menschlicher Gegner strapaziert hatte.

Seine Rechnung ging auch diesmal auf. Einen Augenblick geschockt und verwirrt, wich Stabutch zurück, während Capietro, der kein Verlangen hatte, den Affenmenschen zu töten, es sei denn, es ließ sich nicht vermeiden, zur Seite sprang und seine Leute drängte, ihn zu packen.

Einen Augenblick herrschte im Dorf des weißen Händlers heilloses Durcheinander. Schreiende und fluchende Männer wirbelten um einen weißen Hünen, der mit bloßen Händen kämpfte, einen Gegner packte und den anderen auf die Köpfe schleuderte oder den Körper eines anderen als Dreschflegel verwendete, um diejenigen niederzuhauen, die sich ihm widersetzten.

Zwischen den dicht gedrängten Kämpfern rannten aufgeregte Dorfköter winselnd und bellend umher, während Frauen und Kinder am Rand des mêlée die Männer anfeuerten.

Langsam konnte sich Tarzan zu einer der ersehnten Palisadenwände des Dorfes vorarbeiten. Da stolperte er, als er schnell zurücktrat, um einem Schlag auszuweichen, über einen geifernden Köter und ging unter einem Dutzend Männern zu Boden.

Patrick, die „Kanone“, blickte vom Rand der Felswand auf das Schauspiel herab. „Jetzt haben sie ihn beim Wickel“, sagte er laut. „Dabei ist er wirklich in Ordnung. Ich glaube, jetzt ist mein Auftritt fällig.“

„Stimmt, Bwana“, pflichtete Obambi bereitwillig bei.

„Halt's Maul“, sagte „Kanone“, dann hob er den Kolben der Thompson an die Schulter und betätigte den Abzug.

Das schnelle Rattern der Maschinenpistole vermischte sich mit den Schreien und Flüchen der verwundeten und erschrockenen Männer und dem Gekreisch verängstigter Frauen und Kinder. Wie Schnee unter einem Frühlingsschauer schmolz das Pack hinweg, das Tarzan umringt hatte, da die Männer eilends in ihren Hütten Deckung suchten oder zu ihren gesattelten Pferden stürmten.

Zu den letzteren gehörten Capietro und Stabutch, und noch ehe Tarzan richtig erfassen konnte, was geschehen war, sah er die beiden durch das offene Tor des Dorfes preschen.

„Kanone“ registrierte mit Befriedigung die Wirkung seines Feuers und hörte auf zu Schießen, obwohl er nach wie vor bereit war, einen Hagel des Todes auf das Dorf herabzusenden, sollte sich die Notwendigkeit ergeben. Er hatte nur auf die Außenränder der Menge gezielt, die den Affenmenschen umringten, aus Angst, eine Kugel könne den Mann treffen, den er retten wollte. Er war jedoch auch bereit, genauer zu schießen, sollte jemand dem nackten Hünen allzu nahe kommen.

Er sah Tarzan allein auf der Dorfstraße stehen wie einen in die Enge getriebenen Löwen, und er sah, wie dieser seine Blicke umherschweifen ließ, um eine Erklärung für den Kugelhagel zu finden, der ihn befreit hatte.

„Komm schnell ‘rauf, Junge!“ rief „Kanone“.

Der Affenmensch blickte nach oben und entdeckte Danny sofort. „Moment, bin gleich da“, rief er.

Die Kreuzigung

Als das Wasser des Chinnereth über Lady Barbara zusammenschlug, sprang die goldblonde Jezebel auf die Füße und rannte schnell zwischen die Männer, die sich auf dem großen, flachen Lavafelsen versammelt hatten, von dem aus das Opfer ihres grausamen Fanatismus in sein Verhängnis geschleudert worden war. Sie stieß die Apostel grob beiseite und ging zur Felsenkante, wobei ihr Tränen aus den Augen rannen und ein Schluchzen sie würgte.

Abraham, der Sohn des Abraham, stand direkt auf ihrem Weg und erriet als erster ihre Absicht, sich in den See zu stürzen und das Schicksal ihrer geliebten Herrin zu teilen. Keineswegs aus menschlichem Bestreben heraus, sondern auf Grund des selbstsüchtigen Verlangens, dem Mädchen jenes andere Schicksal zu bereiten, das er bereits für sie ausersehen hatte, packte er sie, als sie im Begriff war, ins Wasser zu springen.

Wie eine Tigerin wandte sich Jezebel nun ihm zu, kratzte, biß und versetzte ihm Fußtritte im Bemühen, sich zu befreien, und gewiß wäre ihr dies auch gelungen, hätte der Prophet nicht die sechs Henkersknechte zu Hilfe gerufen. Zwei von ihnen packten sie, und als sie die Nutzlosigkeit ihrer Bestrebungen erkannte, gab sie auf. Doch jetzt ergoß sie die Fluten ihres Zorns über Abraham, den Sohn des Abraham.

„Mörder!“ rief sie. „Sohn des Satans! Möge Jehova dich für diese Tat mit dem Tod bestrafen. Sein Fluch komme über dich und alle deinesgleichen. Verdammt sollen sie sein und du für das üble Verbrechen, das du am heutigen Tag begangen hast.“

„Schweig, Gotteslästerin!“ kreischte Abraham, der Sohn des Abraham. „Mach deinen Frieden mit Jehova, denn heute abend sollst du dem Urteil durch das Feuer überantwortet werden. Bringt sie zurück ins Dorf und verwahrt sie sicher in einer Höhle“, gebot er den beiden, die sie hielten. „Sehet auch darauf, daß sie nicht entkommt.“

„Feuer oder Wasser, mir gilt alles gleich“, sagte das Mädchen, als die beiden sie wegschleppten. „Hauptsache, es bringt mich für immer aus diesem verfluchten Land Midian und weg von diesem wahnsinnigen Tier, das sich als Prophet Jehovas ausgibt.“

Als Jezebel zwischen ihren zwei Wachen zum Dorf zurückgebracht wurde, strömten die Dorfbewohner ihnen nach, wobei die Frauen sie mit üblen Namen bedeckten und auch in anderer Weise schmähten. Hinter allen folgten die Propheten und die Apostel, während eine ganze Gruppe ihrer Anhänger noch am Boden lag und sich unbeachtet in epileptischen Anfällen wand.

Der Aufprall auf der Wasseroberfläche hatte Lady Barbara fast betäubt, doch sie hatte es geschafft, bei Bewußtsein zu bleiben und ihre geistigen und physischen Kräfte unter Kontrolle zu behalten, so daß sie, wenngleich benommen, dennoch imstande war, den Plan in die Tat umzusetzen, den sie von dem Augenblick an ins Auge gefaßt hatte, als sie sich des Schicksals bewußt wurde, zu dem der Prophet sie verdammt hatte.

Da sie eine ausgezeichnete Schwimmerin und Taucherin war, hatte der Gedanke, einige Minuten unter Wasser bleiben zu müssen, ihr keine allzu großen Sorgen bereitet. Ihre einzige Furcht betraf die sehr reale Möglichkeit, daß sie durch den Aufprall auf dem Wasser so schwer verletzt oder betäubt wurde, daß sie ihre Befreiung aus dem Netz nicht bewerkstelligen konnte. Deshalb war sie sehr erleichtert, als sie sah, daß sie alles andere als hilflos war. So zögerte sie auch keinen Augenblick, ihr kleines Taschenmesser gegen die Faserstränge des Netzes, in das sie verstrickt war, in Aktion zu setzen.

Sie zog das Messer schnell, doch gleichzeitig gemäß einem praktischen Plan zertrennte sie Strang nach Strang in gerader Linie, während der Felsen sie zum Grund des Sees zog. Dabei hielt sie sich ständig einen Gedanken vor Augen, nämlich, kühles Blut zu bewahren. Verlor sie jetzt auch nur für einen Augenblick die Nerven, so war sie verloren, das wußte sie genau. Der See schien bodenlos zu sein, die Stränge zahllos, während das Messer allmählich stumpfer wurde und ihre Kräfte schnell nachzulassen schienen.

Kühles Blut bewahren! Kühles Blut bewahren! Ihre Lungen schienen zu bersten. Noch einen Augenblick! Kühles Blut bewahren! Sie spürte, wie die Bewußtlosigkeit nahte, und zwängte sich durch die Öffnung im Netz, die sie hergestellt hatte. Schon war sie ganz benommen und fast bewußtlos, als sie schließlich schnell zur Oberfläche aufstieg.

Als ihr Kopf aus dem Wasser tauchte, wandten alle oben auf dem Felsen Stehenden ihre Aufmerksamkeit Jezebel zu, die in dem Moment gerade damit befaßt war, den Propheten des Paulus, des Sohnes Jehovas, vors Schienbein zu treten. Lady Barbara hatte keine Ahnung davon, aber das war nur gut für sie, weil dadurch jeder Midianer abgelenkt wurde, ihre Auferstehung aus der Tiefe nicht bemerkte und es ihr ermöglichte, ungesehen in die Deckung des überhängenden Felsens zu schwimmen, von dem aus man sie in den See geworfen hatte.

Sie war sehr schwach und stieß ein Dankgebet aus, als sie einen schmalen Sims am Ufer unter dem großen Lavablock entdeckte, der über ihr hing. Sie zog sich erschöpft hinauf und hörte die Stimmen derjenigen, die sich auf dem Felsen über ihr befanden - die Stimme Jezebels, die den Propheten verfluchte, und die Drohungen des alten Mannes gegen das Mädchen.

Eine Welle des Stolzes über Jezebels Mut wärmte ihr Herz gleichermaßen wie die Erkenntnis, daß sie eine Freundin gewonnen hatte, die ihr so treu ergeben war, daß sie ihr Leben aufs Spiel setzte, nur um den Mörder ihrer Freundin öffentlich anzuklagen. Wie großartig war sie in der primitiven Wildheit ihres Auftretens! Lady Barbara sah sie im Geiste dort stehen und der größten Macht trotzen, die ihre Welt kannte, wobei ihr goldblondes Haar das ovale Gesicht umrahmt, die Augen blitzten, die Lippen sich verächtlich schürzten und ihr geschmeidiger junger Körper sich vor Empörung spannte.

Das Gehörte und der Gedanke, wie hilflos das junge Mädchen gegenüber der Macht des üblen Alten war, änderte Lady Barbaras Pläne vollkommen. Sie hatte ursprünglich bis zum Abend in ihrem Versteck bleiben wollen, um dann zu versuchen, ob sie diesem grauenvollen Tal und seinen wahnsinnigen Bewohnern entrinnen konnte. Sie würden sie nicht verfolgen, denn sie glaubten sie gewiß tot auf dem Grund des Chinnereth. Auf diese Weise gelang es ihr vielleicht, den Weg zur Außenwelt zu finden, ohne befürchten zu müssen, daß die Menschen des Landes Midian sie daran hinderten.

Jezebel und sie hatten sich oft Gedanken gemacht, ob es nicht irgendwo eine Aufstiegsmöglichkeit an der Kraterwand gebe. Vom Eingang ihrer Höhle aus hatten sie eine Stelle etwa in der Mitte der westlichen Kraterwand auserwählt, wo der Rand nach innen weggebrochen war und so die beste Fluchtmöglichkeit bot. Von der Talsohle bis fast zum Gipfel des Kraters türmten sich Geröllmassen wirr aufeinander, und Lady Barbara hatte beschlossen, hier ihren ersten Vorstoß in die Freiheit zu unternehmen.

Nun war jedoch alles anders. Sie durfte Jezebel nicht verlassen, die ihr Leben nun endgültig verwirkt hatte, weil sie ihr in Freundschaft zugetan war. Was aber konnte sie tun? Wie konnte sie dem Mädchen

Hilfe bringen? Sie wußte es nicht. Nur eins war ihr klar - sie mußte es versuchen.

Sie hatte in dem Dorf der Südmidianer Grauenvolles genug mit angesehen, um zu wissen, daß das, was Abraham, der Sohn des Abraham, für Jezebel plante, gewiß nach Einbruch der Dunkelheit vonstatten gehen würde, denn das war die Zeit, die er für alle scheußlicheren Handlungen oder religiösen Riten, wie er sie nannte, bevorzugte. Nur diejenigen, die in einiger Entfernung vom Dorf vollzogen wurden wie zum Beispiel das Eintauchen in den Chinnereth, wurden am Tage vollzogen.

In Kenntnis dieser Tatsachen sagte sich Lady Barbara, sie könnte mit Sicherheit warten, bis es dunkel war, ehe sie sich dem Dorf näherte. Tat sie dies früher, riskierte sie nur ihre erneute Gefangennahme, ein Ereignis, das sie außerstande setzen würde, Jezebel zu retten, während sie dem Propheten zwei Opfer in die Hände gab statt eines.

Das Stimmengewirr über ihrem Kopf hatte aufgehört. Sie hörte die Schmähungen der Frauen in der Ferne verklingen und ersah daraus, daß die Gruppe ins Dorf zurückgekehrt war. Es war kalt hier im Schatten des Felsens, die nasse Kleidung klebte an ihrem erschöpften Körper. Sie glitt wieder ins Wasser und schwamm einige Yards das Ufer entlang, bis sie eine Stelle fand, wo sie hinausklettern und sich in der angenehmen Wärme der Sonne ausruhen konnte.

Sie blieb wieder nur wenige Minuten, dann stieg sie vorsichtig das Ufer hinauf, bis ihre Augen sich auf gleicher Höhe mit dem Boden befanden. Ein kurzes Stück von ihr entfernt sah sie eine Frau ausgestreckt am Boden liegen, die versuchte, sich zu einer sitzenden Position aufzurichten. Sie war offensichtlich ganz schwach und benommen, und Lady Barbara vermutete, daß sie sich von einem der gräßlichen Anfälle erholte, unter denen nahezu alle Bewohner des Dorfes litten. In ihrer Nähe lagen noch andere, manche ruhig, andere wälzten sich hin und her. In Richtung des Dorfes sah sie mehrere, die sich schon so weit erholt hatten, um den Heimweg zu versuchen.

Lady Barbara verhielt sich sehr still, ihre Stirn wurde von einem niedrigen Gestrüpp verborgen. Sie beobachtete und wartete eine halbe Stunde, bis die letzte der unglücklichen Schar das Bewußtsein und die Selbstkontrolle wiedererlangt hatte, so daß sie in Richtung ihrer schmutzigen Behausungen aufbrechen konnten.

Sie war jetzt allein, und es bestand nur geringe Wahrscheinlichkeit, daß sie entdeckt wurde. Ihre Kleidung war noch naß und bereitete ihr Mißbehagen. Also zog sie sie schnell aus und breitete sie in der heißen Sonne zum Trocknen aus, während sie die tröstende Wirkung eines Sonnenbades genoß und sich ab und zu wieder im Wasser des Sees erfrischte.

Noch ehe die Sonne den westlichen Kraterrand erreicht hatte, war ihre Kleidung trocken. Nun saß sie, wieder voll angekleidet, und wartete auf die Dunkelheit. Unter ihr breitete sich die Fläche des Sees, und am anderen Ufer konnte sie verschwommen die Umrisse des Dorfes der Nordmidianer sehen, wo die rätselhaften „schönen Männer" aus Jezebels Tagträumen wohnten.

Bestimmt würde der charmante Prinz, von dem die Goldblonde schwärmte, sich als schnurrbärtiger Adonis mit Knotenstock erweisen. Selbst wenn dem so war, ließen sich dennoch schwer abstoßendere und widerlichere Männer vorstellen als die ihres eigenen Dorfes. Fast alles andere - selbst ein Gorilla - war ihnen gegenüber wohl vorzuziehen.

Als die Nacht hereinbrach, sah sie in dem nördlichen Dorf kleine Lichter blinken - zweifellos die Herdfeuer, sagte sie sich. Nun stand sie auf und blickte zum Dorf von Abraham, dem Sohn des Abraham, von Jobab und Timotheus und Jezebel, in Richtung gewisser Gefahren und möglichen Todes.

Während sie den ihr nun vertrauten Weg zum Dorf zurückging, beunruhigte sie das anscheinend aussichtslose Problem, dem sie sich gegenüber sah, während im hintersten Winkel ihres Bewußtseins jene Furcht vor der Einsamkeit und Finsternis eines fremden und ungastlichen Landes lauerte, die in den meisten von uns steckt. Jezebel hatte ihr berichtet, daß im Land Midian gefährliche Tiere fast unbekannt waren, doch ihre Vorstellung beschwor ihr nachschleichende Gestalten in der Dunkelheit, die Schritte weicher Sohlen auf dem Pfad hinter ihr und das Atmen wilder Lungen. Vor ihr lag jedoch eine echte Bedrohung, die vielleicht schrecklicher war als schnell zugreifende Krallen und ein gewaltiger Rachen.

Sie entsann sich, gehört zu haben, daß Männer von Löwen böse zugerichtet worden waren und dennoch überlebt hatten, um ihre Erfahrungen mitteilen zu können. Alle bezeugten einhellig die Tatsache, während der raschen Momente dieser Erfahrung keinen Schmerz und nur wenig Angst empfunden zu haben, und sie wußte von einer Theorie, von gewissen Studierenden tierischen Lebens vorgebracht, wonach ein Raubtier stets sehr schnell, schmerzlos und barmherzig tötete. Wie kam es dann, fragte sie sich, daß von allen Geschöpfen nur der Mensch bewußt grausam war und nur er sowie die Tiere, die er zum Töten abgerichtet hatte, dies mit Vergnügen taten?

Jetzt näherte sie sich jedoch dem Dorf, und die Möglichkeit, von barmherzigen Tieren angegriffen zu werden, wich der Gewißheit eines Angriffs gnadenloser Menschen, sollte sie von ihnen entdeckt werden. Um dieses Risiko zu verringern, umging sie das Dorf in geringer Entfernung und gelangte zum Fuß der Klippe, wo sich die Höhlen befanden und wo sie Jezebel sowie eine Möglichkeit zu ihrer Befreiung zu finden hoffte.

Sie blickte die Felsenwand hinauf. Sie schien verlassen zu sein, da sich die meisten Dorfbewohner um eine Gruppe kleiner Herdfeuer nahe der wenigen Hütten am Fuße der Wand versammelt hatten. Sie kochten oft so zusammen, um dabei zu schwatzen, zu beten und Erfahrungen und Offenbarungen zu berichten - sie alle erlebten Offenbarungen seitens Jehovas, wenn sie mit ihm „wandelten“. Das war ihre Erklärung für die epileptischen Anfälle.

Den einfallsreicheren Mitgliedern der Gemeinschaft wurden die merkwürdigsten Offenbarungen zuteil. Da jedoch alle von ihnen stupid waren, hatte Jehova, zumindest nicht während Lady Barbaras Aufenthalt in der Gemeinschaft, niemals etwas besonders Bemerkenswertes oder Inspirierendes offenbart. Ihr Geschwätz war wie ihre Erfahrungen primitiv, engstirnig und schmutzig. Jeder trachtete ständig, irgendeinen Skandal oder Ketzerei bei seinen Mitbewohnern zu entdecken oder zu erfinden, und wenn der Finger auf jemanden wies, der nicht in der Gnade des Propheten oder der Apostel stand, mußte das Opfer damit rechnen, den anderen bald ein grausiges Vergnügen zu bereiten.

Da Lady Barbara die Dorfbewohner um ihre Feuer versammelt sah, begann sie den Aufstieg auf dem steilen Pfad, der im Zickzack die Felsenwand hinaufführte. Sie bewegte sich langsam und vorsichtig und hielt oft inne, um nach oben und unten zu blicken. Ungeachtet ihrer Befürchtungen und Zweifel erreichte sie schließlich den Eingang der Höhle, in der sie und Jezebel wohnte. Wenn sie gehofft hatte, die Goldblonde dort vorzufinden, wurde sie enttäuscht. Doch wenn Jezebel auch nicht zugegen war, fühlte sie sich doch erleichtert, daß auch sonst niemand hier war, kroch mit einem Gefühl von

Sicherheit, wie sie es seit dem Morgen dieses ereignisreichen Tages nicht mehr empfunden hatte, hinein und warf sich auf das Strohlager, das sie mit Jezebel geteilt hatte.

Daheim! Diese primitive Lagerstatt, die nicht viel besser war als die, welche die Tiere der Wildnis sich schufen, stellte jetzt Lady Barbaras Heim dar, die ihr Leben bislang in den Marmorhallen des Grafen von Whimsey verbracht hatte. Darin hingen noch die Erinnerungen an die seltsame Freundschaft und Zuneigung, die diese zwei Mädchen allmählich verbunden hatte, deren Herkunft und gesellschaftliches Umfeld kaum unterschiedlicher sein konnte. Jede hatte die Sprache der anderen gelernt, hier hatten sie gelacht und zusammen gesungen, hier hatten sie Geheimnisse ausgetauscht und Pläne für eine Zukunft geschmiedet, in der sie nicht getrennt waren. Die kalten Felsenwände erschienen ihr wärmer wegen der Zuneigung und Anhänglichkeit, deren stumme Zeugen sie gewesen waren.

Jetzt war Lady Barbara jedoch allein hier. Wo war Jezebel? Die Antwort auf diese Frage mußte sie selbst finden. Sie erinnerte sich der Drohung des Propheten - „denn heute abend sollst du dem Urteil durch das Feuer überantwortet werden“. Sie mußte sich demnach beeilen, wollte sie Jezebel retten. Doch wie sollte sie dies zustande bringen angesichts der anscheinend unüberwindbaren Hindernisse, denen sie sich gegenübersah, als da waren: die Unkenntnis über den Aufenthaltsort von Jezebel, die Anzahl der Feinde, mangelndes Wissen über das Land, durch das sie fliehen mußten, sollte es ihr glücken, die Flucht des Mädchens aus dem Dorf zu bewerkstelligen?

Sie erhob sich. Weiter auf dem Strohlager herumzuliegen brachte gar nichts. Sie stand auf und blickte zum Dorf hinab, und sofort war sie wieder hellwach, denn dort sah sie Jezebel. Sie stand zwischen den zwei Wachen, umringt von vielen Dorfbewohnern, die in einem weiten Kreis um sie herum standen. Auf einmal teilten sich die Zuschauer, und Männer tauchten auf, die eine Last trugen. Was war das? Sie legten sie in der Mitte des Kreises vor Jezebel ab. Nun erkannte Lady Barbara, was es war - ein großes Holzkreuz.

Ein Mann grub inmitten der offenen Fläche, die sie um die Gefangene bildeten, ein Loch. Andere brachten trockenes Reisig und Äste. Nun packte die Männer, die Jezebel bewachten, sie und drückten sie zu Boden. Sie legten sie aufs Kreuz und streckten ihre Arme über den Querbalken.

Lady Barbara wurde von Entsetzen gepackt. Hatten sie wirklich die schreckliche Greueltat im Sinn, sie ans Kreuz zu nageln? Abraham, der Sohn des Abraham, stand am Kopfende des Kreuzes, die Hände zum Gebet erhoben, eine Verkörperung frommer Heuchelei. Sie wußte, daß er imstande war, jede Grausamkeit zu begehen, wie gräßlich sie auch sein mochte. Sie wußte ferner, daß sie machtlos war, ihn an der Ausführung dieser ungeheuerlichen Tat zu hindern, doch sie schlug ihr eigenes Interesse und jegliche Besonnenheit in den Wind, als sie mit einem warnenden Schrei, der die Stille der Nacht zerriß, blitzschnell den steilen Weg zum Dorf hinabeilte - ein Selbstopfer, bereitwillig auf dem Altar der Freundschaft dargebracht.

Durch den Schrei aufgeschreckt, waren die Augen aller auf sie gerichtet. In der Dunkelheit konnte man sie nicht erkennen, doch ihre stumpfen Gemüter wurden von Fragen und Ängsten gepeinigt, als sie jemanden die steile Felswand zu ihnen herabeilen sahen. Noch ehe die Lady den Lichtkreis erreichte, wo sie standen, waren viele unter epileptischen Anfällen, hervorgerufen durch die nervliche Belastung dieser unerwarteten Heimsuchung, zusammengebrochen.

Als Barbara Collis näher kam, erkannte man sie, und weitere Leute wurden von Anfällen gepackt, denn nun waren sie überzeugt, daß in der Tat abermals ein Wunder vollbracht worden und die Tote wiederauferstanden war, wie sie ja auch mit angesehen hatten, wie das tote Mädchen am Vortage wieder zum Leben erweckt worden war.

Lady Barbara stieß diejenigen zur Seite, die ihr nicht schnell genug Platz machten, und eilte in die Mitte des Kreises. Als Abraham, der Sohn des Abraham, sie erblickte, erbleichte er und trat zurück. Einen Augenblick sah es aus, als treffe ihn sogleich der Schlag.

„Wer bist du? Was tust du hier?“ fragte er.

„Du weißt, wer ich bin“, erwiderte Lady Barbara. „Warum zitterst du, wenn du nicht weißt, daß ich ein Bote Jehovas bin, den du geschmäht hast und zu vernichten suchtest? Ich bin hier, um das Mädchen Jezebel vor dem Tod zu retten. Später wird Jehova seinen Zorn an Abraham, dem Sohn des Abraham, auslassen und an allen Menschen des Landes Midian ob ihrer Grausamkeiten und Sünden.“

„Das wußte ich nicht“, sagte der Prophet. „Sage Jehova, daß ich es nicht wußte. Bitte für mich, auf daß Jehova mir vergeben möge. Was immer in meinen Kräften steht, will ich dir gewähren.“

Ihre Überraschung angesichts dieser Wendung der Dinge, nachdem sie nur Widerspruch und Angriffe erwartet hatte, war so groß, daß sie einen Augenblick fassungslos war. Hier bot sich eine Lösung an, wie sie selbst in ihren kühnsten Träumen nicht erwartet hatte, so daß sie im Moment um eine Erwiderung verlegen war. Sie lachte fast laut, als sie sich der Ängste entsann, die sie ständig geplagt hatten, seit sie entschlossen war, Jezebels Befreiung zu herbeizuführen. Nun war alles so einfach.

„Gib das Mädchen Jezebel frei und beschaffe Nahrung für sie und mich“, befahl sie.

„Schnell! Stellt das Mädchen auf und laßt sie frei!“ sagte der Prophet.

„Wartet!“ ertönte eine dünne, verdrossene Stimme von hinten. „Ich bin mit Jehova gewandelt.“ Alle Blicke richteten sich auf den Sprecher. Es war Jobab, der Apostel.

„Schnell, laßt sie frei!“ forderte Lady Barbara, die in dieser Unterbrechung und im Auftreten und in der Stimme des Mannes, den sie als einen der fanatischsten und intolerantesten aller religiösen Frömmler von Midian kannte, den ersten Funken erblickte, der zu einer Flamme des Widerstandes gegen den Wunsch des Propheten auflodern konnte. Sie kannte diese Leute gut genug, um zu wissen, daß sie jeden Vorwand bereitwillig nutzen würden, um die Vereitelung ihres grausamen Vergnügens zu verhindern.

„Haltet ein!“ kreischte Jabob. „Ich bin mit Jehova gewandelt, und er hat zu mir gesprochen und gesagt: ‘Siehe, Jobab der Apostel, ein scheinbares Wunder soll aus dem Chinnereth vollbracht werden. Laß dich jedoch nicht täuschen, denn ich sage dir, es ist das Werk Satans, und wer immer daran glaubet, soll des Todes sein.“

„Halleluja!“ kreischte eine Frau, und der Schrei wurde von anderen aufgegriffen. Recht und links wurden die erregten Dorfbewohner von ihrer Nemesis ergriffen. Unzählige Körper wälzten sich zuckend und sich windend am Boden, von krampfartigen Anfällen heimgesucht, und die gräßlichen Würgelaute sowie der Schaum vor den Mündern steigerte noch den grauenvollen Anblick der Szenerie.

Abraham, der Sohn des Abraham, stand einen Augenblick in Nachdenken versunken. Ein listiger Funke glomm plötzlich in seinen verschlagenen Augen auf, dann sagte er: „Amen! So soll dem Willen Jehovas Genüge getan werden, wie er ihn dem Apostel Jobab offenbart hat. Laßt Jobab das Wort Jehovas verkünden, auch werde Jobab die Belohnung zuteil.“

„Ein weiteres Kreuz“, schrie Jobab. „Bringt ein weiteres Kreuz herbei. Zwei Leuchtfeuer sollen den Pfad Jehovas in den Himmel bezeichnen, und wenn eine der beiden sein Kind ist, wird er nicht zulassen, daß es von den Flammen verzehrt werde." So schob Abraham, der Sohn des Abraham, Jobab die Verantwortung zu. Dieser reichte sie wiederum an Jehova weiter, der im Laufe der Zeitalter davon mehr als seinen Anteil erhalten hat.

Alle Drohungen und Argumente Lady Barbaras fruchteten nichts angesichts des Blutdursts der Midianer. Ein zweites Kreuz wurde herbeigeschleppt, ein zweites Loch gegraben, dann wurden Jezebel und sie an die Symbole der Liebe gebunden und diese zu einer senkrechten Position aufgerichtet. Mit dem einen Ende wurden sie in die vorbereiteten Löcher gesteckt und die Erde ringsum festgestampft, um sie aufrecht zu halten. Bereitwillige Hände brachten Reisig und dürres Gestrüpp und stapelten es unten um die zwei Kreuze herum.

Lady Barbara verfolgte die Vorbereitungen schweigend. Sie blickte in die geistlosen, degenerierten Gesichter dieser entarteten Menschen und war dennoch, selbst in äußerster Gefahr befindlich, außerstande, sie allzu hart zu verurteilen, nur weil sie taten, was angeblich wesentlich aufgeklärtere Völker seit Menschengedenken im Namen der Religion getan hatten.

Sie blickte zu Jezebel und sah, daß deren Augen auf sie gerichtet waren. „Du hättest nicht zurückkommen sollen", sagte das Mädchen. „Du wärst vielleicht entkommen." Lady Barbara schüttelte den Kopf. „Du hast es für mich getan", fuhr Jezebel fort. „Möge Jehova dich dafür belohnen, denn ich kann dir nur danken."

„Du hättest am Chinnereth dasselbe für mich getan", erwiderte Lady Barbara. „Ich hörte, wie du dem Propheten dort getrotzt hast."

Jezebel lächelte. „Du bist das einzige Geschöpf, das ich je geliebt habe", sagte sie. „Die einzige, von der ich glauben konnte, daß sie mich liebe. Gewiß würde ich für dich sterben."

Abraham, der Sohn des Abraham, betete. Junge Männer standen mit lodernden Fackeln bereit, deren zuckender Lichtschein grotesk auf den gräßlichen Fratzen der Zuschauer, den zwei großen Kreuzen und den schönen Gesichtern der Opfer tanzte.

„Leb wohl, Jezebel", flüsterte Lady Barbara.

„Leb wohl", erwiderte die Goldblonde.

Aus dem Grab heraus

Ungeachtet der Tatsache, daß Lafayette Smith eben diese Zwangslage noch kürzlich ins Auge gefaßt und, wie die Dinge lagen, seine Rolle darin geübt hatte, verlief jetzt, da er dem Löwen von Angesicht zu Angesicht gegenüberstand, alles ganz anders, als er sich ausgemalt hatte. So ließ er alle Kaltblütigkeit vermissen, als er das Raubtier um die Kehre des Felsspalts biegen sah. Er schaute ihn auch nicht ruhig an, zielte auch nicht für den tödlichem Schuß und schoß nicht. Nichts war auch nur im geringsten so, wie er es sich gedacht hatte. Zunächst einmal schien die Entfernung zwischen ihnen völlig unzureichend und der Löwe viel größer zu sein, als er sich Löwen allgemein vorgestellt hatte, während sein Revolver zu Ausmaßen zu schrumpfen schien, die einem absoluten Nichts gleichkamen.

Dies alles wurde jedoch in einer einzigen sekundenlangen und überwältigenden Erkenntnis zusammengerafft. Deshalb verstrich kaum eine nennenswerte Zeitspanne zwischen dem Augenblick, da er den Löwen erblickte, und dem, als er begann, den Abzug seines Revolvers zu betätigen, was ohne Zielen geschah und im Moment, da er sich zur Flucht wandte.

Er stürmte Hals über Kopf über das Geröll und floh überstürzt ins unbekannte Innere des alten Felsspaltes, begleitet von der gespenstischen Furcht, hinter jeder folgenden Kehre den felsigen Endpunkt seiner Flucht vor Augen zu haben, während er gleich hinter sich das heißhungrige, nach seinem Blut dürstende Raubtier wähnte. Das Geräusch sich schnell bewegender weicher Pranken hinter seinem Rücken trieb ihn zu größerer Geschwindigkeit, und der heiße Atem des Löwen, der dessen wilden Lungen entströmte, schlug ihm wie eine Ozeanbrandung in die Ohren.

So gewaltig ist die Vorstellungskraft. Wohl stimmt es, daß Numa die Sohle des Felsspaltes entlangtrabte, doch in entgegengesetzter Richtung als Lafayette Smith. Zu dessen Glück hatte keiner der blindlings abgefeuerten Schüsse den Löwen getroffen, aber der donnernde Widerhall der Explosion in dem engen Spalt hatten ihn so überrascht und erschreckt, daß er auf der Stelle kehrt gemacht hatte und wie der Mensch davongestoben war.

Wäre die Verfolgung so abgelaufen, wie Lafayette sie sich vorstellte, so hätte er dennoch keine größere Geschwindigkeit entfalten können. Auch hätte die ihn beseelende Todesangst ihn nicht zu größerer Ausdauer anspornen können. Doch physikalische Kräfte haben ihre Grenzen, und bald dämmerte Lafayette die Erkenntnis, daß seine die ihren bald erreicht hatten, und damit die Einsicht in die Nutzlosigkeit weiterer Flucht.

Also wandte er sich um, um Widerstand zu leisten. Er zitterte, jedoch eher aus Erschöpfung denn aus Angst. Innerlich war er kühl, als er seinen Revolver nachlud. Zu seiner Überraschung stellte er fest, daß der Löwe nicht über ihm war, doch er erwartete jeden Augenblick, daß er an der Stelle auftauchen würde, wo er den Felsspalt nicht weiter einsehen konnte. Er ließ sich auf ein flaches Felsstück nieder und wartete auf das Erscheinen des Raubtieres, während er sich ausruhte. Als die Minuten verstrichen und kein Löwe erschien, wunderte er sich.

Nun begann er, mit wissenschaftlichem Blick die Struktur der Wände des Felsspaltes um ihn herum zu untersuchen, und in dem Maße, wie sein Interesse an den geologischen Fakten wuchs, die sich ihm offenbarten oder die zu vermuten waren, schwand seine Furcht vor dem Löwen, bis das Raubtier abermals in den Hintergrund seines Bewußtseins trat und der zeitweise vergessene Plan wieder nach vorn rückte, den Felsspalt in seiner endgültigen Ausdehnung zu erforschen.

Nachdem er die Müdigkeit nach der außerordentlichen physischen Anstrengung einigermaßen überwunden hatte, nahm er die so rücksichtslos gestörte Erforschung wieder auf. Erneut packte ihn begeisterter Forscherdrang. Vergessen waren Hunger, Ermüdung und persönliche Sicherheit, als er sich wieder auf dem geheimnisvollen Pfad des Abenteuers vorwärtsbewegte.

Mit einmal stieg die Sohle des Felsspalts rasch an, bis sie einen Winkel erreichte, der weiteres Vordringen schwierig machte. Gleichzeitig verengte sie sich, und vieles deutete darauf hin, daß sie schließlich völlig auskeilte. Sie war nun kaum noch breit genug, daß er sich zwischen den Wänden hindurchzwängen konnte, als die Kluft vor ihm plötzlich in Dunkelheit gehüllt wurde. Er blickte auf der Suche nach einer Erklärung dieses neuen Phänomens nach oben und entdeckte, daß die Wände sich weit oben einander zuneigten, bis direkt über ihm nur noch ein schmaler Streifen Himmel zu sehen war, während der Spalt weiter voraus sich offensichtlich gänzlich schloß.

Sein Vorwärtskommen war einerseits zwar noch immer schwierig wegen des Anstiegs der Sohle, andererseits jedoch auch erleichtert, weil er kein Geröll mehr unter den Füßen hatte, da die geschlossene Decke des Korridors den wütenden Elementen der Jahrhunderte keinen zerbröckelnden Rand darbot. Indes machte sich ein anderes Handicap bemerkbar - die mit jedem Yard zunehmende Dunkelheit, bis er sich nur noch weitertasten konnte, gleichwohl mehr denn je entschlossen, das Unbekannte zu ergründen, das vor ihm lag.

Wohl kam ihm der Gedanke, nach dem nächsten Schritt könne ein Abgrund vor ihm gähnen. Er war in allen weltlichen Dingen jedoch so unpraktisch, während sein wissenschaftlicher Forscherdrang immer mehr zunahm, daß er die simpelsten Sicherheitserwägungen außer acht ließ. Kein Abgrund klaffte jedoch vor ihm, und nach der nächsten Kehre fiel von oben Tageslicht herein. Es war nur ein winziger Fleck, und als er die Öffnung erreichte, durch welche das Licht hereinbrach, hatte er zunächst den Eindruck, den Endpunkt seiner Nachforschungen erreicht zu haben - und nicht weiter vordringen zu können.

Er ließ sich auf Hände und Knie nieder und nahm das Unterfangen auf sich, sich durch die Öffnung zu zwängen, die, wie er später feststellte, dennoch weit genug war, daß er den Körper hindurchziehen konnte. Einen Augenblick später stand er aufrecht und betrachtete erstaunt das Panorama vor sich.

Er stand nahe der Basis einer steil aufragenden Felswand und überblickte ein Tal, das er mit geübtem Auge sofort als den Krater eines längst erloschenen Vulkans erkannte. Unter ihm breitete sich leicht gewellte Landschaft mit spärlichem Baumbestand, aus der hier und dort riesige Brocken verwitterter Lava zutage traten. In der Mitte blinkte unter den Strahlen einer Nachmittagssonne ein blauer See.

Zweifellos glich seine Reaktion der von Balboa, als dieser von den Höhen des Darien den weiten Pazifik erblickte. Lafayette Smith erlebte jedenfalls jenen geistigen Höhenflug, der für den Forscher vielleicht der höchste Lohn ist. Im Moment war das wissenschaftliche Interesse des Geologen allerdings völlig in fesselnden Überlegungen über die Geschichte dieses verlorenen Tales aufgegangen, das womöglich kein anderer Weißer je erblickt hatte.

Diesem erhabenen Geisteszustand taten leider zwei andere Gedanken Abbruch, die sich ihm rücksichtslos aufdrängten, wie es Gedanken immer tun. Der eine betraf das Lager, nach dem er angeblich suchte, während der andere sich auf den Löwen bezog, der angeblich nach ihm suchte. Letztere Vorstellung erinnerte ihn an die Tatsache, daß er direkt vor dem Ausgang des Erdspaltes stand, genau an der Stelle, wo der Löwe auftauchen würde, wenn er ihm folgte. Dies wiederum ließ den Erdspalt als einen Rückweg zur anderen Seite der Kraterwand ungeeignet erscheinen.

Einhundert Yards entfernt erspähte Smith einen Baum, und zu dem ging er eilends, da er die nächstliegende Zuflucht darstellte, sollte der Löwe wieder auftauchen. Hier konnte er auch in Ruhe weitere Zukunftspläne schmieden. Damit er sich den dazu nötigen ungestörten Geistesfrieden bewahren konnte, kletterte er auf den Baum, setzte sich rittlings auf einen Ast und lehnte sich mit dem Rücken gegen den Stamm.

Der Baum war nur kümmerlich belaubt, so daß er ihm einen fast ungehinderten Blick auf die Szene vor ihm gewährte, und als er seine Augen über die Landschaft schweifen ließ, wurden sie von Vorgängen am Fuß der südlichen Kraterwand angezogen - Vorgänge die keineswegs im Einklang mit der natürlichen Umgebung standen. Er schaute unverwandt dorthin, während er sich das Geschehen zu erklären versuchte, das seine Aufmerksamkeit fesselte. Er war überzeugt, daß das, was er dort sah, in Wirklichkeit nicht sein konnte, da die Gewißheit von der Unzugänglichkeit des Tales sich ihm nur allzu fest eingeprägt hatte. Je länger er jedoch hinschaute, desto mehr verdeutlichte er sich, daß das, was er sah, ein kleines Dorf mit strohgedeckten Hütten war.

Welche Gedanken weckte diese Erkenntnis bei ihm? Welch erhabene und ästhetische Emotionen wurden durch den Anblick dieses einsamen Dorfes in den Tiefen des großen Kraters wachgerufen, der nach allem, was er gesehen hatte, für den Menschen unzugänglich sein mußte?

Sie irren sich abermals. Woran er jetzt dachte, war Essen. Seit er sich verirrt hatte, wurde er sich zum ersten Mal bewußt, wie hungrig er war, und als er sich erinnerte, daß über vierundzwanzig Stunden vergangen waren, seit er etwas Solideres als einige Stück Schokolade gegessen hatte, schlug sein Appetit in Heißhunger um. Darüberhinaus wurde ihm plötzlich bewußt, daß er wirklich Durst litt.

Ein Stück entfernt lag der See. Er blickte zu dem Ausgang des Felsspaltes zurück und sah keinen Löwen. So ließ er sich zu Boden fallen und machte sich in Richtung des Wassers auf den Weg, wobei er eine

Marschroute wählte, die ihn nie allzu weit von großen Bäumen wegführte.

Das Wasser war kühl und erfrischend. Als er seinen Durst gestillt hatte, spürte er zum ersten Mal an diesem Tag, wie unerhört müde er war. Das Wasser hatte zeitweise auch den nagenden Hunger verdrängt. Also beschloß er, sich einige Minuten auszuruhen, ehe er weiter zu dem fernen Dorf marschierte. Abermals vergewisserte er sich, daß kein Löwe seinen Spuren folgte. Dann streckte er sich im tiefen Gras nahe dem Rand des Sees in voller Länge aus. Ein kleiner Baum schützte ihn gegen die heißen Sonnenstrahlen, und so entspannte er die müden Muskeln zu der dringend notwendigen Ruhe.

Eigentlich wollte er nicht schlafen. Seine Müdigkeit war jedoch größer, als er vermutet hatte, so daß ihn mit der Entspannung auch bald tiefer Schlaf überfiel. Insekten summten träge um ihn herum, ein Vogel setzte sich in den Baum, unter dem er lag, und musterte ihn kritisch, die Sonne senkte sich immer tiefer zum westlichen Kraterrand, doch Lafayette Smith schlief.

Er träumte, ein Löwe schleiche sich durch das hohen Gras an ihn an. Er versuchte aufzustehen, war jedoch kraftlos. Das Entsetzliche der Situation war nicht zu ertragen. Er wollte schreien und den Löwen verscheuchen, doch kein Laut kam aus seiner Kehle. Daraufhin strengte er sich noch einmal mächtig an, und der nun folgende Schrei riß ihn aus dem Schlaf. Er setzte sich auf, klitschnaß vor Schweiß, und schaute schnell in die Runde. Kein Löwe war zu sehen. „Puh!" rief er. Welche Erleichterung!

Ein Blick auf die Sonne sagte ihm, daß er der größten Teil des Nachmittags verschlafen hatte. Sein Hunger war nun zurückgekehrt und damit die Erinnerung an das ferne Dorf. Er stand auf, trank abermals am See und machte sich in Richtung der Basis des südlichen Kraterrandes auf den Weg, wo er freundliche Eingeborene und etwas Nahrung zu finden hoffte.

Der Weg führte größtenteils das Seeufer entlang. Und als die Abenddämmerung und danach die Dunkelheit hereinbrach, konnte er sich nur noch langsam und vorsichtig fortbewegen, da der Boden oft von Lavastücken übersät war, die er in der Dunkelheit nicht sehen konnte.

Die Nacht bescherte ihm den freudigen Anblick von Feuerstätten im Dorf. Sie erschienen ihm näher, als es der Wirklichkeit entsprach, und erfüllten ihn mit der Gewißheit, daß seine Wanderung ein baldiges Ende finden würde. Als er jedoch weiterstolperte, wuchs in ihm die Überzeugung, daß er einem Irrlicht folgte, da der Lichtschein ebenso schnell vor ihm zurückwich, wie er vorankam.

Endlich waren die Umrisse armseliger, von den Feuerstätten erleuchteter Hütten klar zu erkennen und danach auch die Gestalten von Menschen, die sich um sie drängten. Er befand sich fast schon mitten im Dorf, als er mit Erstaunen feststellte, daß die Leute Weiße waren, und dann sah er noch etwas, das ihn abrupt stehenbleiben ließ. An zwei großen Kreuzen, die die Köpfe der Dorfbewohner überragten, waren zwei Mädchen angebunden. Der Lichtschein beleuchtete ihre Gesichter, und er sah, daß beide sehr schön waren.

Was war das für ein unheimlicher, unheiliger Ritus? Welch seltsame Rasse bewohnte dieses verlorene Tal? Wer waren die Mädchen? Daß sie einer anderen Rasse als die Dorfbewohner angehörten, sah man beim ersten zufälligen Blick auf die entarteten Gesichtszüge der letzteren.

Lafayette Smith zögerte. Er war sich bewußt, Zeuge irgendeines religiösen oder heidnischen Ritus zu sein, und er sagte sich, daß eine Störung desselben höchst ungeeignet war, sich diesen Leuten in befriedigender Weise bekanntzumachen, deren Gesichter ihn bereits abgestoßen und so ungünstig beeinflußt hatten, daß er sich fragen mußte, ob er selbst unter günstigsten Voraussetzungen auf einen freundlichen Empfang rechnen konnte.

Auf einmal teilte sich die Menge und bildete einen Moment lang eine Gasse zum Mittelpunkt des Kreises, wo die Kreuze standen. Nun war er entsetzt über das Schauspiel, das sich seinen verwirrten Blicken für kurze Zeit bot, denn er sah das trockne Buschwerk und die Reisigbündel, die am Fuß der Kreuze aufgestapelt waren, ferner die jungen Männer mit den lodernden Fackeln, bereit, die leicht entflammbaren Stapel anzustecken.

Ein alter Mann stimmte ein Gebet an. Hier und dort wanden sich Dorfbewohner am Boden in Anfällen religiöser Ekstase, wie Smith vermutete. Dann gab der Alte ein Zeichen, und die Fackelträger hielten die Fackeln an das trockene Reisig.

Lafayette Smith hatte genug gesehen. Er sprang vor, stieß die überraschten Dorfbewohner aus seinem Weg und war im Nu im Kreis vor den Kreuzen. Mit dem Stiefel schleuderte er das bereits brennende Strauchwerk zur Seite. Dann wandte er sich, die kleine, blinkende 32er in der Hand, zu der verblüfften und zornigen Menge um.

Abraham, der Sohn des Abraham, war einen Moment völlig gelähmt vor Überraschung. Hier war ein Wesen, das sich außerhalb seiner Erfahrung oder Gedankensphäre befand. Es konnte ein Bote des Himmels sein, doch der Alte war bereits so weit gegangen, und sein wirrer Verstand war in solchem Maße von der Gier nach Folterung erfüllt, daß er eher selbst Jehova getrotzt hätte, als daß er sich des Vergnügens hätte berauben lassen, welches das von ihm arrangierte Schauspiel ihm verhieß.

Schließlich fand er seine Stimme wieder. „Welche Gotteslästerung ist das?“ kreischte er. „Ergreift diesen Ungläubigen und reißt ihm die Gliedmaßen aus dem Leib.“

„Sie werden jetzt schießen müssen, denn wenn Sie es nicht tun, werden die Sie töten“, sagte eine Stimme auf englisch hinter Smith.

Er erriet, daß es eines der Mädchen an den Kreuzen war - ein weiteres verblüffendes Mysterium in diesem Dorf voller Mysterien, diese kühle englische Stimme. Dann ging einer der Fackelträger mit tierischem Gebrüll auf ihn los, und er feuerte. Der Mann schrie auf, griff sich an die Brust und fiel zu Füßen des Amerikaners zu Boden, und beim Knall des Revolvers und dem plötzlichen Zusammenbruch ihres Artgenossen fuhren die anderen, die gegen den Eindringling vorgegangen waren, zurück, während auf allen Seiten die erregten Kreaturen dem Fluch anheimfielen, der von Angustus, dem Epheser, auf sie gekommen war, bis überall verzerrte Gestalten am Boden lagen.

In der Erkenntnis, daß die Dorfbewohner zumindest für den Augenblick zu bestürzt und durch den Tod ihres Artgenossen zu eingeschüchtert waren, als daß sie ihren Angriff fortsetzen konnten, wandte sich Smith sofort den zwei Mädchen zu. Er steckte den Revolver ins Halfter und zerschnitt die Fesseln mit seinem Taschenmesser, ehe Abraham, der Sohn des Abraham, seine Sinne wieder beisammen hatte und versuchen konnte, seine Anhänger zu einem neuen Angriff zu bewegen.

Es war mehr als das Werk eines Augenblicks, die zwei Gefangenen zu befreien, denn nachdem er die Fußfesseln zerschnitten hatte, war er genötigt, jede teilweise mit einem Arm zu stützen, während er die Stränge zertrennte, die ihre Handgelenke an die Querbalken banden, damit kein Knochen gebrochen oder ein Muskel verletzt wurde, wenn das volle Gewicht des Opfers plötzlich nur an einem Handgelenk hing.

Er schnitt Lady Barbara zuerst ab, und sie half ihm bei Jezebel, die schon längere Zeit gekreuzigt worden war und nicht allein stehen konnte, als Abraham, der Sohn des Abraham, seine Fassung in ausreichendem Maße wiedererlangte, so daß es ihm möglich war, zu denken und zu handeln.

Lady Barbara und Smith stützten beide Jezebel, in deren gefühllosen Beinen das Blut erst wieder zu zirkulieren begann. Sie wandten dem Propheten den Rücken zu. Der Alte nutzte die Tatsache, daß sie abgelenkt waren, und schlich sich leise von hinten an, in der Hand ein zwar primitives, jedoch deshalb nicht weniger beachtliches Messer. Es war das blutbefleckte Opfermesser dieses gräßlichen alten Hohenpriesters der Midianer, nun um so gefährlicher ob des Zorns und des Hasses, der den grausamen, entarteten Verstand beseelte, welcher wiederum die klauenartige Hand lenkte, die es handhabte.

Sein ganzer Zorn, sein ganzer Haß richtete sich gegen die Person Lady Barbaras, in der er die Urheberin seiner Demütigung und zunichtegemachten Wünsche sah. Unauffällig schlich er sich von hinten an sie an, während seine Anhänger, durch seinen Blick zu absolutem Schweigen veranlaßt, in atemloser Spannung zusahen.

Da die beiden mit der halb ohnmächtigen Jezebel beschäftigt waren, sah niemand von ihnen die widerliche Gestalt des Rächers, als er plötzlich hinter der englischen Lady auftauchte, die rechte Hand hoch erhoben, um ihr die Klinge tief in den Rücken zu stoßen. Doch sie hörten einen plötzlichen würgenden und keuchenden Schrei und wandten sich rechtzeitig um, um zu sehen, wie das Messer seiner gefühllosen Hand entfiel, die nach seiner Kehle faßte, und seinen Zusammenbruch zu beobachten.

Angustus der Epheser hatte aus dem vor zweitausend Jahren ausgehobenen Grab gelangt, um das Leben von Lady Barbara Collis zu retten - doch zweifellos hätte er sich in eben diesem Grab umgedreht, hätte er diese Tatsache erkannt.

Die „Kanone“ geht zu Fuß

Wie eine große Katze erklomm Tarzan von den Affen die Palisade des Dorfs der Sklavenhändler, ließ sich auf der anderen Seite leicht zu Boden fallen und erstieg die Felsenklippen etwas südlich des Dorfes, wo sie weniger steil waren. Er hätte das offene Tor nutzen können, doch die von ihm gewählte Richtung war der kürzere Weg, und eine Palisade stellte für den Stiefsohn Kalas, des Affenweibchens, kein Hindernis dar.

„Kanone“ wartete auf dem Gipfel der Felsenklippe direkt hinter dem Dorf auf ihn, und so trafen sich die so seltsam ungleichen Männer ein zweites Mal. Ungleich waren sie, doch auch in gewisser Hinsicht ähnlich geartet. Jeder war gewöhnlich still, fast schweigsam, jeder besaß Selbstvertrauen, und jeder war in seiner Umgebung selbst sein Gesetz, doch damit endete die Ähnlichkeit, denn die Extreme der Umgebung hatten psychologische Extreme hervorgebracht, die einander so fern standen wie die Pole.

Der Affenmensch war inmitten ewiger Schönheit und Größe aufgezogen worden, seine Gefährten waren die Tiere des Dschungels gewesen, wild vielleicht, doch frei von Geldgier, kleinlicher Eifersucht, Verrat, niedriger Gesinnung und bewußter Grausamkeit, während die „Kanone“ nichts anderes kennengelernt hatte als die schmutzigen Aspekte einer Szenerie, die vom Menschen besudelt worden war, begrenzt von grotesken Horizonten mit einer himmelschreienden Greuel von Architektur, wo die Erde unter Beton und Asphalt verschwand oder mit Konservenbüchsen und Müll übersät war, und wo seine Artgenossen sich auf allen Lebenswegen von großartigen und kleinkarierten Gemeinheiten leiten ließen, wie nur die Menschheit sie kennt.

„Eine Maschinenpistole bietet gewisse Möglichkeiten“, sagte der Affenmensch mit der Andeutung eines Lächelns.

„Die hatt'n Sie ganz schön beim Wickel, Mister“, bemerkte „Kanone“.

„Ich glaube, ich wäre doch heil davongekommen“, erwiderte Tarzan. „Doch ich danke Ihnen deshalb nicht weniger. Wie kam es, daß Sie zufällig in der Nähe waren?“

„Ich hab' nach mein'm Spannemann gesucht, da sah ich Sie zufällig über die Kante verschwind'n. Obambi hier machte mich drauf aufmerksam, daß Sie der Bursche wär'n, der mich vor dem Löwen rettete - so war ich froh, Ihn'n beizusteh'n."

„Nach wem haben Sie gesucht?"

„Nach mein'm Spannemann, Smith."

„Wo ist er denn?"

„Wenn ich's wüßte, tät ich nich' nach ihm such'n. Er ist allein losgegang'n und hat sich verirrt. Seit gestern nachmittag ist er verschwund'n."

„Erzählen Sie mir Genaueres, vielleicht kann ich Ihnen helfen", sagte Tarzan.

„Genau darum wollte ich Sie auch bitt'n", sagte „Kanone". „In der Gegend um Madison Street kenne ich mich ja einigermaß'n aus, doch hier bin ich eine große Niete. Ich habe nich' die geringste Ahnung, wo ich nach ihm such'n könnte. Meine Fresse, man gucke sich nur die Berge dort an. Ebensogut könnte man versuch'n, einen Kerl an der Ecke der Oak und Polk zu treffen, wie hier Jagd auf ihn zu mach'n. Will Ihn'n mal sag'n, wie alles gekomm'n ist." Dann berichtete er kurz, was er über das Verschwinden von Lafayette Smith wußte.

„War er bewaffnet?" fragte der Affenmensch.

„Er dachte, er wär's."

„Was meinen Sie damit?"

„Er hatte eine blitzende Spielzeugpistole eingesteckt. Würde jemand damit auf mich schieß'n, un' würde ich es 'rausfind'n, dann würde ich den vielleicht übers Knie leg'n und mächtig versohl'n."

„Vielleicht nützt sie ihm doch, um sich Nahrung zu beschaffen, denn das wird für ihn wichtiger sein als alles andere sonst", erwiderte Tarzan. „Außer von Menschen und durch Verhungern droht ihm kaum eine Gefahr. Wo befindet sich Ihr Lager?"

Danny wies mit einem Kopfnicken nach Süden. „Dort hinten, etwa eintausend Meilen von hier", sagte er.

„Dann marschieren Sie besser zurück und bleiben dort, wo er Sie finden kann, wenn er sich dorthin durchschlägt."

„Ich würde Ihn'n gern bei der Suche nach ihm helf'n. Er ist ein guter Kerl, obwohl er manchmal 'n richtiges Drama darstellt."

„Allein komme ich schneller vorwärts", erwiderte der Affenmensch. „Wenn Sie losgehen und nach ihm suchen, muß ich wahrscheinlich später auch nach Ihnen forschen."

„Kanone" grinste. „Ich vermute, da hab'n Sie nich ganz unrecht", erwiderte er. „Geht in Ordnung, ich schiebe jetzt ab ins Lager und warte dort auf Sie. Sie wiss'n, wo unser Lager genau liegt?"

„Das finde ich schon", erwiderte Tarzan und wandte sich an Obambi, dem er einige Fragen im Bantu-Dialekt der Schwarzen stellte. Dann wandte er sich abermals an „Kanone". „Ich weiß jetzt, wo Ihr Lager ist. Geben Sie auf die Burschen aus jenem Dorf acht, und lassen Sie Ihre Männer sich nicht allzu weit aus dem Schußbereich ihrer Maschinenpistole entfernen."

„Warum?" fragte Danny. „Was sind das für Burschen?"

„Räuber, Mörder und Sklavenhändler", erwiderte Tarzan.

„Meine Fresse, so was gibt's sogar in Afrika?" rief „Kanone".

„Ich verstehe Ihre Frage nicht", erwiderte der Affenmensch. „Wo immer Menschen sind, gibt es Verbrechen, nirgends sonst." Damit kehrte er ihnen ohne ein Wort des Abschieds den Rücken zu und machte sich in Richtung der Berge auf den Weg.

„Meine Fresse!" murmelte „Kanone". „So dumm is' das gar nicht, was der über die Mensch'n sagt."

„Was, Bwana?" fragte Obambi.

„Halt die Klappe!" ermahnte ihn Danny.

Der Nachmittag war fast vorüber, als „Kanone" und Obambi sich dem Lager näherten. So müde und fußkrank der Weiße auch war, er hatte während des ganzen Rückwegs zur Eile getrieben, damit die Nacht nicht hereinbrach, ehe sie den Bestimmungsort erreichten, denn Danny hatte gleich den anderen in der Stadt aufgewachsenen Menschen entdeckt, daß in den rätselhaften Lauten und in der Stille der nächtlichen Wildnis etwas eigentümlich Bedrückendes und Ehrfurcht Einflößendes lag. Wenn die Sonne untergegangen war, sehnte er sich nach den Lagerfeuern und der Gesellschaft von Männern. Deshalb legten die beiden die Strecke zum Lager in wesentlich kürzerer Zeit zurück, als sie beim Hermarsch benötigt hatten.

Als sie das Lager vor sich sahen, war die kurze Dämmerung der Tropen bereits hereingebrochen, brannten die Herdfeuer. Ein geübtes Auge hätte dennoch entdeckt, daß sich im Lager etwas verändert hatte, verglichen mit dem Morgen, als sie es ganz zeitig verlassen hatten. Dannys Augen waren jedoch mehr an Plakate, Ochsengespanne und Brauereilaster gewöhnt und nicht an Lager und Safaris. So fiel ihm beim schwachen Licht der Abenddämmerung auch nicht auf, daß mehr Männer im Lager waren, als morgens bei ihrem

Abmarsch, und auch nicht, daß Pferde angepflockt waren, wo zuvor keine gewesen waren.

Der erste Hinweis auf etwas Ungewöhnliches, den er erhielt, kam von Obambi. „Im Lager sind Weiße, Bwana", sagte der Schwarze. „Und viele Pferde. Vielleicht haben sie den verrückten Bwana gefunden und zurückgebracht."

„Wo siehst du Weiße?" fragte „Kanone".

„Am großen Feuer in der Mitte des Lagers, Bwana", erwiderte Obambi.

„Meine Fresse, ja, jetzt seh' ich sie auch", gestand Danny. „Sie müssen Old Smithy wirklich gefunden haben. Doch den sehe ich nicht, du?"

„Nein, Bwana. Vielleicht ist er in seinem Zelt."

Die Ankunft von Patrick und Obambi versetzte das Lager in einen Aufruhr, der überhaupt nicht dem Anlaß entsprach. Die Weißen sprangen auf und zogen die Revolver, während fremde Schwarze gemäß den Befehlen des einen ihre Gewehre ergriffen und nervös und angespannt warteten.

„Ihr braucht nich' verrückt zu spiel'n, ich bin's nur und Obambi", rief Danny.

Die Weißen kamen ihm nun entgegen, und beide Gruppen blieben neben einem Feuer stehen und blickten sich an. Da entdeckte einer der Fremden die Maschinenpistole. Er hob den Revolver und richtete ihn auf Danny.

„Heb die Hände hoch!" befahl er schroff.

„Wieso das?" fragte „Kanone", gehorchte jedoch der Aufforderung, wie jeder vernünftige Mann getan hätte, wenn er unterstützt durch eine Revolvermündung dazu eingeladen wird.

„Wo ist der Affenmensch?" fragte der Fremde.

„Was für ein Affenmensch? Wovon redest du? Was hast du überhaupt hier zu such'n?"

„Du weißt, wen ich meine - Tarzan", bellte der andere.

„Kanone" blickte sich schnell im Lager um. Er sah seine Leute unter Bewachung von schurkisch dreinblickenden Schwarzen in langen Gewändern, die einmal weiß gewesen waren; er sah gleich dahinter die angepflockten Pferde, und er sah nicht die Spur von Lafayette Smith. Dank des im Umgang mit Gangstern erworbenen Trainings und der dazugehörigen Ethik hatte er sich völlig unter Kontrolle. „Ich kenne den Kerl nich'", erwiderte er verdrossen.

„Du warst heute mit ihm zusammen“, knurrte der bärtige Weiße. „Du hast auf mein Dorf gefeuert.“

„Wer? Ich?“ fragte „Kanone“ unschuldig. „Da müss'n Sie sich irr'n. Ich war den ganzen Tag auf der Jagd und hab' niemand'n geseh'n. Und auch auf nichts geschoss'n. So, nun bin ich dran. Was tut ihr Burschen hier mit dieser Horde Ku-Klux-Klan-Leuten? Ist es ein Raubüberfall, dann zieht ihn durch und macht euch wieder auf die Sock'n. Ihr habt uns vor der Mündung, und die dort hab'n auch kein'n, der euch aufhalt'n könnte. Also bringt die Sache über die Bühne. Ich hab' Hunger und will was ess'n.“

„Nehmt dem Burschen die MPi weg“, sagte Capietro im Galla-Dialekt zu einem seiner Leute. „Auch den Revolver.“ Danny Patrick, die „Kanone“, stand mit erhobenen Händen und konnte nichts dagegen tun. Dann schickten sie Obambi unter Bewachung zu den anderen schwarzen Gefangenen und befahlen Danny, sie zu dem großen Feuer zu begleiten, das vor Smiths Zelt und seinem eigenen loderte.

„Wo ist dein Begleiter?“ fragte Capietro.

„Was für ein Begleiter?“ fragte Danny zurück.

„Der Mann, mit dem du zusammen reist“, sagte der Italiener barsch. „Wen sollte ich sonst meinen?“

„Durchsucht mich!“ erwiderte „Kanone“.

„Was meinst du damit? Hast du was am Körper versteckt?“

„Wenn du an Geld denkst - ich habe keins.“

„Du hast meine Frage nicht beantwortet“, fuhr Capietro fort.

„Was für 'ne Frage?“

„Wo ist dein Kompagnon?“

„Ich habe keinen.“

„Der Anführer deiner Leute sagte, ihr wärt zu zweit gewesen. Wie heißt du?“

„Bloom“, erwiderte Danny.

Capietro blickte verdutzt. „Der Anführer sagte, einer von euch heißt Smith, der andere Patrick.“

„Ich hab' nie von ihnen gehört“, erwiderte Danny. „Der Bursche muß euch was vorgemacht hab'n. Ich bin hier allein auf der Jagd, und mein Name ist Bloom.“

„Und du hast Tarzan von den Affen heute nicht gesehen?“

„Von einem Kerl mit so 'nem Firmenschild hab ich nie gehört.“

„Entweder er belügt uns, oder es war der andere, der auf das Dorf feuerte“, sagte Stabutch.

„Ganz bestimmt, es müssen zwei andere gewesen sein", versicherte Danny ihnen. „Sagt mal, wann eßt ihr?"

„Wenn du uns erzählst, wo sich Tarzan befindet", erwiderte Stabutch.

„Ich vermute, dann krieg' ich nie was", bemerkte Danny. „Meine Fresse, hab ich euch nich' gesagt, ich hab nie von dem Bursch'n gehört? Ihr denkt wohl, ich kenne jeden Affen in Afrika mit Namen? Nun kommt endlich 'rüber damit. Was wollt ihr hier? Wenn wir was haben, was ihr braucht, dann nehmt es und haut ab. Eure Fratz'n sind mir langsam zuwider."

„Ich verstehe Englisch nicht so gut", flüsterte Capietro Stabutch zu. „Ich weiß nicht immer, was er sagt."

„Mir geht's genauso", erwiderte der Russe. „Ich glaube aber, der lügt uns an. Vielleicht will er Zeit gewinnen, bis sein Kumpel und Tarzan eintreffen."

„Durchaus möglich", erwiderte Capietro in normalem Ton.

„Dann wollen wir ihn umlegen und uns davonmachen", schlug Stabutch vor. „Wir können die Gefangenen und soviel von der Ausrüstung mitnehmen, wie du brauchst, und sind am Morgen schon weit weg von hier."

„Meine Fresse, das erinnert mich an Chi. Ich krieg fast Heimweh", rief Danny.

„Wieviel Geld zahlst du, wenn wir dich nicht töten?" fragte Capietro. „Wieviel zahlen deine Freunde?"

„Kanone" lachte. „Höre mal, Mister, ihr macht euch da falsche Hoffnungen." Dabei überlegte er, wieviel mehr jemand für seinen Tod kassieren würde, könnte er sich mit gewissen Gruppen auf der Nordseite von Chicago in Verbindung setzen, statt sein Leben zu schonen. Hier bot sich jedoch vielleicht eine Gelegenheit, Zeit zu gewinnen. Er hatte kein Verlangen, getötet zu werden, und so änderte er die Taktik. „Meine Freunde sind nicht reich, aber vielleicht komm'n sie mit paar Ries'n 'rüber. Wieviel braucht ihr denn?"

Capietro überlegte. Das mußte ein reicher Amerikaner sein, denn nur Reiche konnten sich diese Großwildexpeditionen in Afrika leisten. „Einhunderttausend sollten nicht zu viel sein für einen reichen Mann wie dich", sagte er.

„Hör auf mit dem Quatsch", sagte „Kanone". „Ich bin nicht reich."

„Was könntest du denn aufbringen?" fragte Capietro, der dem erstaunten Gesichtsausdruck des Gefangenen entnahm, daß die ursprüngliche Forderung weit überzogen war.

„So zwanzig Ries'n könnte ich vielleicht zusammenkratz'n", bot Danny an.

„Was sind Riesen?" fragte der Italiener.

„Tausend - zwanzigtausend", erläuterte „Kanone".

„Ha!" rief Capietro. „Das würde ja nicht mal die Mühe lohnen, dich zu ernähren, bis das Geld aus Amerika da ist. Sagen wir fünfzigtausend Lire, und die Sache ist abgemacht."

„Fünfzigtausend Lire? Was ist das denn?"

„Eine Lira ist eine italienische Münze im Wert von etwa zwanzig Cent nach amerikanischem Geld", erklärte Stabutch.

Danny vollzog im stillen eine schnelle Rechenaktion, ehe er antwortete, und als er das Ergebnis ermittelt hatte, bereitete es ihm Mühe, ein Lächeln zu unterdrücken, denn er entdeckte, daß sein Angebot von zwanzigtausend Riesen im Grunde das Doppelte der Forderung des Italieners darstellte. Doch er zögerte, zu bereitwillig zuzustimmen. „Das wär'n zehntaus'nd Eisenmänner", sagte er. „Ein Hauf'n Asche."

„Eisenmänner? Asche? Ich verstehe nicht", sagte Capietro.

„Piepen", erläuterte Danny gefällig.

„Piepen? Gibt es so eine Münze in Amerika?" fragte Capietro, an Stabutch gewandt.

„Zweifellos ein volkstümlicher Ausdruck", sagte der Russe.

„Meine Fresse, seid ihr dämlich", knurrte „Kanone". „Ein Eisenmann ist ein Dollar. Das weiß jeder."

„Würdest du ihm die Summe in Dollars nennen, wäre es vielleicht einfacher", schlug Stabutch vor. „Wir alle kennen den Wert eines amerikanischen Dollars."

„Das bring'n ja selbst einige Amerikaner nicht fertig", versicherte Danny ihm. „Es ist genau das, was ich eben gesagt habe - zehntausend Dollar - und das ist verdammt zu viel."

„Das zu entscheiden ist deine Sache", erklärte Capietro. „Ich hab das ewige Schachern satt - nur ein Amerikaner feilscht um ein Menschenleben."

„Was macht ihr denn?" fragte „Kanone". „Du hast ja damit angefangen."

Capietro zuckte die Schultern. „Es ist nicht mein Leben", erklärte er. „Du wirst mir zehntausend amerikanische Dollar zahlen oder sterben. Wähle."

„O.k.", sagte Danny. „Ich zahle. Krieg ich nun was zu essen?

Denn wenn ihr mir nichts gebt, bin ich bald nichts mehr wert."

„Fessle ihm die Hände", befahl Capietro einem der Shiftas, dann erörterte er mit Stabutch weitere Pläne. Der Russe schloß sich Capietros Meinung an, das von Palisaden umgebene Dorf der Sklavenhändler sei der geeignetste Platz zur Verteidigung, gesetzt den Fall, Tarzan holte sich Unterstützung und griff sie mit einer größeren Gruppe an. Einer der Männer hatte Lord Passmores Safari gesehen, und falls ihr Gefangener sie anlog, gab es zumindest einen anderen, wahrscheinlich gut bewaffneten Weißen, der als eine eindeutige Bedrohung angesehen werden konnte. Ogonyo hatte ihnen berichtet, dieser Mann sei allein und habe sich wahrscheinlich verirrt, aber sie wußten nicht, ob sie dem Anführer glauben sollten oder nicht. Falls Tarzan diese Gruppe befehligte, und Capietro sagte sich, daß er durchaus den Einfluß hatte, sich dazu aufzuschwingen, war mit einem Angriff auf ihr Dorf zu rechnen.

Beim Schein mehrerer Feuer wurden die Schwarzen der gefangengenommenen Safari gezwungen, das Lager abzubrechen und die Lasten nach ihrer Verpackung auf dem mühseligen Nachtmarsch zu Capietros Dorf zu tragen. Mit berittenen Shiftas an den Flanken und als Vorausabteilungen sowie weiteren, die die Nachhut bildeten, gab es keine Nachzügler und auch keine Fluchtmöglichkeit.

„Kanone" schleppte sich an der Spitze seiner Träger dahin und begegnete der Aussicht auf diesen Nachtmarsch mit unverhohlenem Mißfallen. Seit Sonnenaufgang hatte er die Strecke nun schon zweimal zurückgelegt, und der Gedanke, es ein weiteres Mal zu tun, im Dunkeln und mit auf dem Rücken gefesselten Händen, war alles andere als erbaulich. Zu seinem Mißbehagen kam noch seine Schwäche infolge des Hungers und der Anstrengungen, außerdem plagte ihn der Durst.

„Meine Fresse", murmelte er vor sich hin. „Das is' keine Art, 'nen ordentlichen Kerl zu behandeln. Wenn ich mal jemand'n mitnehm'n mußte, hab ich ihn nie lauf'n lass'n, nich' mal 'ne Ratte. Ich werde diese lausigen Burschen noch drankrieg'n - die denk'n, sie könn'n Danny Patrick schnapp'n un' die ganze Zeit marschier'n lass'n!"

Flucht

Als Abraham, dem Sohn des Abraham, der erstickende Schrei über die Lippen kam, fuhren Lady Barbara und Smith herum und sahen ihn zusammensinken und das Messer seiner gefühllosen Hand entfallen. Smith war entsetzt, und das Mädchen erbleichte, als beide erkannten, wie nahe sie dem Tod gewesen waren. Sie sah Jobab und die anderen mit wutverzerrten Gesichtern dort stehen.

„Wir müssen hier weg", sagte sie. „Sie werden jeden Augenblick über uns herfallen."

„Ich fürchte, Sie müssen mir helfen, Ihre Freundin zu stützen", sagte Smith. „Sie kann nicht allein gehen."

„Legen Sie den linken Arm um sie", empfahl Lady Barbara. „Dann haben sie die rechte Hand frei für Ihre Pistole. Ich werde sie an der anderen Seite stützen."

„Laßt mich hier", flehte Jezebel. „Ich bin euch bei der Flucht nur hinderlich."

„Unsinn", sagte Smith. „Legen Sie den Arm um meine Schultern."

„Du wirst bald gehen können, wenn das Blut wieder in deine Füße strömt", sagte Lady Barbara zu ihr. „Komm! Wir wollen hier weg, solange wir es können."

Jezebel halb tragend, bewegten sich die beiden auf den Kreis bedrohlicher Gestalten zu, die sie umringten. Jobab war der erste, der seine fünf Sinne wieder beisammen hatte, seit der Prophet im kritischen Moment zusammengebrochen war. „Haltet sie auf!" sagte er, vertrat ihnen den Weg und zog gleichzeitig ein Messer aus den Falten seines schmutzigen Gewandes.

„Zur Seite, Bursche!" befahl Smith und bedrohte ihn mit der Pistole.

„Der Zorn Jehovas wird über euch kommen, wenn ihr uns nicht in Frieden ziehen lassen wollt, genauso wie er über die anderen gekommen ist, die uns etwas zuleide tun wollten", sagte Lady Barbara in midianischer Sprache.

„Das ist das Werk Satans", kreischte Timotheus mit schriller Stimme. „Laß sie dein Herz nicht durch Lügen schwächen, Jobab. Laß sie nicht vorbei!" Der Älteste befand sich offensichtlich in einem Zustand großer geistiger und nervlicher Anspannung. Seine Stimme bebte, als er sprach, und seine Muskeln zuckten. Plötzlich brach auch er zusammen wie Abraham, der Sohn des Abraham, kurz zuvor. Doch Jobab stand noch immer an Ort und Stelle, das Messer erhoben in eindeutiger Bedrohung. Der Kreis um sie verengte sich immer mehr und schloß sich an den Außenrändern durch die nach vorn drückenden Körper der Midianer zu einer soliden Mauer zusammen.

„Ich hasse es, dergleichen zu tun", sagte Smith halblaut, als er die Pistole hob und auf Jobab zielte. Der Apostel stand direkt vor ihm und kaum mehr als einen Yard entfernt, als der Amerikaner, der direkt auf seine Brust zielte, abzog und feuerte.

Das widerliche, von maßloser Wut entstellte Gesicht Jobabs des Apostels spiegelte plötzlich Überraschung. Lafayette Smith war nicht minder erstaunt, und das aus demselben Grund - er hatte Jobab verfehlt. Es war unglaublich - mit der Pistole mußte etwas nicht in Ordnung sein!

Jobabs Überraschung, die zwar auf dasselbe Wunder zurückzuführen war, war jedoch von erhabener und edlerer Art. Sie war in die Heiligkeit göttlicher Offenbarung gekleidet. Sie entstammte der plötzlich erworbenen Überzeugung, er sei gegen das Feuer und den Donner dieser seltsamen Waffe gefeit, die Lamech vor wenigen Minuten vor seinen Augen zu Boden geworfen hatte. Fürwahr, Jehova war sein Schutz und Schirm!

Jobab hielt einen kurzen Moment inne, als der Schuß krachte, dann stürzte er sich, erfüllt von der eingebildeten Immunität dieser plötzlichen Offenbarung, auf Lafayette Smith. Der plötzliche und unerwartete Aufprall seines Körpers schlug diesem die Pistole aus der Hand, gleichzeitig fielen die Dorfbewohner von allen Seiten über ihn her, eine wirkliche Bedrohung jetzt, da sie die Nutzlosigkeit der seltsamen Waffe erkannt hatten.

Lafayette Smith war kein Schwächling, doch sein Gegner wurde durch eine Kombination wahnsinniger Wut und religiösen Fanatismus' angespornt, so daß der Ausgang des Kampfes vorauszusehen war, wären nicht Kräfte von außen wirksam gewesen ihn zu beeinflussen. Genau das war der Fall. Neben den Dorfbewohnern gab es schließlich noch Lady Barbara Collis.

Mit Befremden hatte sie verfolgt, wie schlecht es um Smiths Treffsicherheit bestellt war, und als sie ihn entwaffnet und im Griff von Jobab ringen sah, während weitere Dorfbewohner herbeieilten, um ihn zu vernichten, erkannte sie, daß sowohl ihr Leben als auch das der beiden anderen auf dem Spiel stand.

Die Pistole lag vor ihren Füßen, doch nur eine Sekunde lang. Sie bückte sich, packte sie, preßte mit der blinden Verzweiflung des Selbsterhaltungstriebs die Mündung Jobab in die Seite und drückte ab. Als er mit einem gräßlichen Schrei auf den Lippen fiel, richtete sie die Waffe auf die vorrückenden Dorfbewohner und feuerte abermals. Das genügte. Entsetzt schreiend, wandten sich die Midianer zur Flucht. Die Lady wurde plötzlich von Übelkeit gepackt, schwankte und wäre vielleicht gestürzt, hätte Smith sie nicht gestützt.

„Ich bin gleich wieder in Ordnung", sagte sie. „Es war alles so grauenvoll!"

„Sie waren sehr tapfer", sagte Lafayette Smith.

„Nicht so tapfer wie Sie", erwiderte sie mit schwachem Lächeln. „Aber ein besserer Schütze."

„O ja, ich dachte schon, sie würden uns wieder haben", sagte Jezebel. „Wir wollen uns jetzt von hier verziehen, da ihnen die Angst in den Gliedern steckt. Es bedarf ja nur eines Wortes von einem der Apostel, sie uns wieder auf den Hals zu schicken."

„Stimmt", pflichtete Smith bei. „Haben Sie irgendwelche Sachen, die Sie mitnehmen wollen?"

„Nur das, was wir am Leibe haben", erwiderte Lady Barbara.

„Wie kommen wir am leichtesten aus dem Tal heraus?" fragte er in der stillen Hoffnung, es könne noch einen anderen und nähergelegenen Fluchtweg geben als den Erdspalt, durch den er hereingekommen war.

„Wir kennen keinen Weg nach draußen", erwiderte Jezebel.

„Dann folgen Sie mir", sagte Smith. „Ich bringe Sie auf die Weise hinaus, wie ich hereingekommen bin."

Sie machten sich auf den Weg weg vom Dorf und hinaus auf die dunkle Ebene zum Chinnereth und redeten auch erst wieder, als die Feuer der Midianer weit hinter ihnen lagen und sie spürten, daß sie keine Verfolgung zu fürchten hatten. Nun stellte Lafayette Smith eine Frage, die ihm die schiere Neugier diktierte.

„Wie ist es möglich, daß Sie keinen Weg aus dem Tal kennen?" fragte er. „Warum können Sie nicht auf dieselbe Weise hinausgelangen, wie Sie hereingekommen sind?"

„Das wäre schwer möglich, schließlich wurde ich hier geboren", erwiderte Jezebel.

„Hier geboren?" rief Smith. „Dann müssen Ihre Eltern in dem Tal wohnen. Wir können zu ihrem Haus gehen. Wo steht es?"

„Wir kommen gerade von dort“, erklärte Lady Barbara. „Jezebel wurde in demselben Dorf geboren, aus dem wir gerade geflüchtet sind.“

„Und diese Bestien haben ihre Eltern getötet?“ fragte Lafayette.

„Sie verstehen nicht“, sagte Lady Barbara. „Diese Leute sind ihre Leute.“

Smith war sprachlos. „Wie grauenhaft!“ hätte er fast geschrien, doch er unterdrückte den Impuls. „Und Sie?“ fragte er sofort. „Gehören Sie auch zu ihren Leuten?“ Man hörte ihm an, wie entsetzt er war.

„Nein“, erwiderte Lady Barbara. „Ich bin Engländerin.“

„Und Sie wissen nicht, wie Sie in dieses Tal gekommen sind?“

„Doch - mit dem Fallschirm.“

Smith blieb auf der Stelle stehen und blickte sie an. „Sie sind Lady Barbara Collis!“ rief er.

„Woher wissen Sie das?“ fragte sie. „Haben Sie nach mir gesucht?“

„Nein, aber als ich durch London kam, waren die Zeitungen voll von Berichten über Ihren Flug und Ihr Verschwinden - mit Bildern und allen möglichen Dingen, wissen Sie.“

„Also sind Sie rein zufällig auf mich gestoßen? Was für ein Zusammentreffen! Und wie gut für mich.“

„Um die Wahrheit zu sagen, ich habe mich selbst verirrt“, gestand Smith. „So sind Sie möglicherweise jetzt ebenso schlimm dran wie zuvor.“

„Kaum“, sagte sie. „Zumindest haben Sie meine vorzeitige Einäscherung verhindert.“

„Wollten die Sie wirklich verbrennen? Das ist doch unwahrscheinlich in der heutigen Zeit, im Zeitalter der Aufklärung und Zivilisation.“

„Die Midianer liegen in ihrer Entwicklung zweitausend Jahre zurück, außerdem sind sie infolge von Erbfaktoren religiöse Wahnsinnige.“

Smith blickte auf Jezebel, die er im Licht des Vollmondes, der soeben über dem Ostrand des Kraterrandes stand, deutlich sehen konnte. Lady Barbara schien die unausgesprochene Frage zu erraten, die ihn beschäftigte.

„Sie ist anders“, sagte sie. „Ich weiß nicht warum, aber sie unterscheidet sich in jeder Hinsicht von ihrem Volk. Ihren Worten nach kommt ab und zu jemand wie ihresgleichen bei ihnen auf die Welt.“

„Aber sie spricht Englisch“, sagte Smith. „Sie kann nicht dasselbe

Blut haben wie die Leute, die ich im Dorf sah, deren Sprache gewiß nicht die ihre ist, ganz zu schweigen von den äußerlichen Unterschieden."

„Das Englisch habe ich ihr beigebracht", erklärte Lady Barbara.

„Sie will mit uns fortgehen und ihre Eltern und ihre Leute verlassen?" fragte Smith.

„Und ob!" sagte Jezebel. „Warum sollte ich hierbleiben, um ermordet zu werden? Mein Vater, meine Mutter, meine Brüder und Schwestern befanden sich in der Menge, die Sie heute abend um die Kreuze stehen sahen. Sie hassen mich. Sie haßten mich von dem Tag an, da ich geboren wurde, weil ich nicht wie sie bin. Außerdem gibt es keine Liebe im Land der Midianer - nur eine Religion, die Liebe predigt und Haß praktiziert."

Smith schwieg fortan, als sie sich über den unwegsamen Grund zum Ufer des Chinnereth schleppten. Er sah die Verantwortung, die das Schicksal ihm so unerwartet aufgebürdet hatte, und fragte sich, ob er dieser Notsituation gewachsen war, da er doch, das wurde ihm langsam klar, kaum sicher sein konnte, selbst in dieser wilden, fremden Welt zu bestehen.

Wie ein Blitz traf ihn die Erkenntnis, daß er in fast dreißig Stunden, in denen er ausschließlich auf sich selbst angewiesen war, keine einzige Gelegenheit entdeckt hatte, für sich Nahrung zu beschaffen. Die Folgen waren zunehmend in einem merklichen Verlust an Kraft und Ausdauer zu erkennen. Welche Aussichten hatte er dann, wenn zwei Personen mehr zu versorgen waren?

Was weiter, wenn sie wilden Tieren oder feindseligen Eingeborenen begegneten? Er schauderte. „Ich hoffe, sie können schnell rennen", murmelte er vor sich hin.

„Wer?" fragte Lady Barbara. „Was meinen Sie damit?"

„Oh, ich...ich wußte nicht, daß ich laut redete", stammelte Lafayette. Wie hätte er ihr sagen können, daß er längst kein Vertrauen in seine 32er mehr hatte. Unmöglich. Nie zuvor in seinem Leben hatte er sich so völlig hilflos gefühlt. Seine Nichtsnutzigkeit schien etwas Kriminelles an sich zu haben. Jedenfalls sollte er sich ihrer schämen, denn im Grunde täuschte er die zwei jungen Frauen, die ein Recht hatten, von ihm Führung und Schutz zu erwarten.

Er war sehr bitter zu sich, aber dies war teilweise auf die Reaktion seiner Nerven angesichts der gräßlichen Erfahrungen im Dorf und seiner körperlichen Schwäche zurückzuführen. Er hätte sich ohrfeigen können, daß er Obambi fortgeschickt hatte, denn hier lag die Wurzel für all seine Schwierigkeiten. Dann sagte er sich wiederum, daß, wären die Dinge anders verlaufen, niemand dagewesen wäre, die zwei Mädchen dem grauenhaften Schicksal zu entreißen, vor dem er sie bewahrt hatte. Dieser Gedanke verhalf ihm wieder zu einigem Selbstvertrauen, denn die Tatsache ließ sich nicht leugnen, daß er sie trotz allem gerettet hatte.

Nachdem Jezebels Blutzirkulation in den Beinen wiederhergestellt war, hatte sie ohne Hilfe gehen können. Die drei waren in langes Schweigen versunken, und jeder war mit eigenen Gedanken beschäftigt, während Smith auf der Suche nach der Öffnung im Erdspalt voranging.

Ein afrikanischer Vollmond beleuchtete ihren Weg, seine freundlichen Strahlen milderten die Mühseligkeiten des Nachtmarsches. Der Chinnereth lag auf der rechten Seite, eine liebliche Mondscheinlandschaft, während sich die grimmigen Kraterwände um sie herum geschlossen zu haben schienen und bedrohlich über ihren Köpfen hingen, denn die Nacht und der Mondschein veränderten die Perspektive auf seltsame Weise.

Kurz nach Mitternacht stolperte Smith zuerst und fiel dann. Schnell stand er wieder auf und schalt sich ob seines Ungeschicks, doch als er weiterging, bemerkte Jezebel, die gleich hinter ihm ging, seinen unsicheren Gang und das nun häufiger auftretende Stolpern. Da fiel er auch schon wieder, und nun sahen beide Mädchen, daß er sich nur mit beträchtlicher Mühe erheben konnte. Als er das dritte Mal gestürzt war, mußten beide ihm aufhelfen.

„Ich bin schrecklich ungeschickt", sagte er. Dabei schwankte er leicht, als er zwischen ihnen stand.

Lady Barbara sah ihn genauer an. „Sie sind erschöpft", sagte sie.

„O nein, ich bin völlig in Ordnung", erwiderte Smith hartnäckig.

„Wann haben Sie das letzte Mal etwas gegessen?" erkundigte sich das Mädchen.

„Ich hatte etwas Schokolade bei mir", erwiderte Smith. „Das letzte Stück habe ich irgendwann heute nachmittag gegessen."

„Ich meine, wann Sie das letzte Mal eine ordentliche Mahlzeit hatten?" fragte Lady Barbara beharrlich.

„Nun, gestern hatte ich ein leichtes Mittagessen, oder war es vorgestern? Es muß jetzt nach Mitternacht sein."

„Und seither sind Sie die ganze Zeit gelaufen?"

„Na ja, ich bin eine Weile gerannt", erwiderte er mit einem schwachen Lachen. „Das war, als der Löwe mich verfolgte. Ich habe auch den Nachmittag geschlafen, bevor ich zum Dorf kam." „Dann werden wir jetzt alle hier haltmachen, bis Sie sich ausgeruht haben", erklärte die englische Lady.

„O nein, das ist wirklich nicht nötig", wandte er ein. „Ich möchte Sie aus dem Tal heraushaben, ehe der Tag anbricht, denn sie werden uns wahrscheinlich verfolgen, sobald die Sonne aufgeht."

„Das glaube ich nicht", sagte Jezebel. „Sie haben zu viel Angst vor den Nordmidianern, als daß sie sich so weit vom Dorf entfernen würden. Außerdem haben wir einen so großen Vorsprung, daß wir die Felsenklippen erreichen können, wo sich nach Ihren Angaben der Spalt befindet, ehe sie uns einholen könnten."

„Sie müssen sich ausruhen", sagte Lady Barbara mit Nachdruck.

Widerstrebend setzte sich Lafayette hin. „Ich fürchte, ich bin Ihnen keine große Hilfe mehr", sagte er. „Wissen Sie, ich kenne mich in Afrika eigentlich gar nicht so richtig aus, außerdem glaube ich, ich bin auch nicht ausreichend bewaffnet, um Sie zu beschützen. Ich wünschte, Danny wäre hier."

„Wer ist das?" fragte Lady Barbara.

„Ein Freund, der mich auf dieser Reise begleitet hat."

„Und er hat Afrikaerfahrung?"

„Das nicht", räumte Lafayette ein. „Doch man fühlt sich in seiner Nähe stets absolut sicher. Er kennt sich in Feuerwaffen aus. Wissen Sie, er ist so eine Art Schutzbursche."

„Was ist ein Schutzbursche?" fragte Lady Barbara.

„Um ganz aufrichtig zu sein: Ich weiß selbst nicht recht, was das ist. Danny redet nicht viel über seine Vergangenheit, und ich habe Hemmungen, in seinen persönlichen Angelegenheiten herumzustöbern, doch er hat mir selbst eines Tages berichtet, er sei für einen großen Boß der Schutzbursche gewesen. Das klang tröstlich."

„Was meint er mit einem großen Boß?" fragte Jezebel.

„Vielleicht einen Großwildjäger", rätselte Lady Barbara.

„Nein", sagte Lafayette. „Seinen Bemerkungen habe ich eher entnommen, daß er damit einen reichen Brau- oder Brennmeister meint, der auch behilflich ist, die Angelegenheiten einer großen Stadt zu regeln. Vielleicht ist es nur eine andere Bezeichnung für einen politischen Führer."

„Natürlich wäre es schön, Ihr Freund wäre hier", sagte Lady Barbara. „Aber das ist nicht der Fall, so würde ich vorschlagen, Sie erzählen uns etwas über sich. Sind Sie sich im klaren, daß wir nicht einmal Ihren Namen kennen?“

Smith lachte. „Das ist aber auch schon alles, was man über mich wissen muß“, sagte er. „Mein Name lautet Lafayette Smith, und würden Sie mich nun dieser anderen jungen Dame vorstellen? Wer Sie sind, weiß ich ja bereits.“

„Oh, das ist Jezebel“, sagte Lady Barbara.

Einen Augenblick herrschte Stille. „Ist das alles?“ fragte Smith.

Lady Barbara lachte. „Einfach Jezebel“, sagte sie. „Sollten wir je hier herauskommen, werden wir einen Familiennamen für sie finden müssen. Im Lande Midian haben sie keine.“

Smith lag auf dem Rücken und blickte zum Mond. Er spürte schon langsam die wohltuenden Auswirkungen der Ruhe und Entspannung und ließ die Ereignisse der vergangenen dreißig Stunden vor seinem geistigen Auge vorüberziehen. Was für ein Abenteuer für den prosaischen Professor der Geologie, dachte er. Er hatte sich niemals besonders für Mädchen interessiert, obwohl er alles andere als ein Weiberfeind war. Nun sah er sich plötzlich in das familiäre Verhältnis des Beschützers von zwei hübschen jungen Frauen versetzt. Das beunruhigte ihn. Und der Mond hatte ihm offenbart, daß sie wirklich hübsch waren. Vielleicht erzählte ihm die Sonne eine andere Geschichte. Er hatte von solchen Dingen gehört und wunderte sich. Doch auch Sonnenlicht konnte die kühle, frische, wohlerzogene Stimme einer Lady Barbara Collis nicht verändern. Er hörte gern zu, wenn sie redete. Seit eh und je hatte er eine Schwäche für den Akzent und die Sprechweise kultivierter Engländer.

Er suchte nach etwas, das er sie fragen konnte, um wieder ihrer Stimme zu lauschen. Das warf die Frage auf, wie er sie anreden sollte. Seine Beziehungen zum Adel waren gering - im Grunde beschränkten sie sich fast ausschließlich auf einen russischen Prinzen, der Portier in einem Restaurant war, das er manchmal aufsuchte. Und er hatte nie gehört, daß man diesen anders als Mike anredete. Er sagte sich, Lady Barbara wäre vielleicht die richtige Formulierung, doch klang ihm dies ein wenig zu vertraut. Lady Collis schien wieder noch weniger geeignet. Er wünschte, er wäre sich sicher. Mike würde hier nicht passen. Jezebel. Was für ein archaischer Name! Dann schlief er ein.

Lady Barbara blickte auf ihn herab und legte warnend den Zeigefinger an die Lippen, damit Jezebel ihn nicht aufweckte. Dann stand sie auf und ging ein Stück weg, wobei sie der Goldblonden zuwinkte, sie möge ihr folgen.

„Er ist völlig fertig", flüsterte sie, als sie sich beide wieder gesetzt hatten. „Der arme Kerl, er hat eine harte Zeit hinter sich. Man stelle sich vor: Da wird er von einem Löwen gejagt und hat nur diese kleine Spielzeugpistole, um sich zu verteidigen."

„Kommt er aus deinem Land?" fragte Jezebel.

„Nein, er ist Amerikaner. Ich höre es an seinem Akzent."

„Er ist sehr schön", sagte Jezebel seufzend.

„Nachdem ich diese ganzen Wochen immer nur Abraham, den Sohn des Abraham, und Jobab vor Augen gehabt habe, würde ich dir sogar zustimmen, wenn du behaupten würdest, Ghandi sei ein Adonis", erwiderte Lady Barbara.

„Ich weiß nicht, was du meinst, aber hältst du ihn nicht auch für schön?" fragte Jezebel.

„Mich beschäftigt seine Schönheit weniger als seine Treffsicherheit, und die ist wirklich unter aller Kanone. Aber Schneid hat er, das muß ihm der Neid lassen. Ist er doch geradewegs in das Dorf marschiert und hat uns vor der Nase von Hunderten von Leuten herausgeholt mit nichts weiter als der kleinen Knallkorkpistole zu seinem Schutz. Das muß man sich mal vorstellen, Jezebel!"

Die goldblonde Jezebel seufzte. „Er ist viel schöner als die Männer aus dem Land Nordmidian", sagte sie.

Lady Barbara blickte ihre Gefährtin lange an, dann sagte sie seufzend: „Sollten wir je wieder in eine zivilisierte Gegend kommen, wirst du zu einem gewissen Problem, fürchte ich." Damit streckte sie sich lang aus und schlief bald ein, denn auch sie hatte einen angestrengten Tag hinter sich.

Eshbaal, der Schafhirte

Die Sonne schien in Lafayettes ihr zugewandte Gesicht und kitzelte ihn wach. Zuerst hatte er Schwierigkeiten, seine Gedanken zu sammeln. Die Ereignisse der vergangenen Nacht kamen ihm wie ein Traum vor, aber als er sich aufsetzte und ein kurzes Stück entfernt die Gestalten der schlafenden Mädchen sah, wurde er grob in die Welt der Realitäten zurückversetzt. Er verlor allen Mut. Wie konnte er in Ehren einer solchen Verantwortung gerecht werden? Offengestanden wußte er es nicht.

Wohl zweifelte er nicht daran, den Felsspalt zu finden und seine Schützlinge in die Außenwelt zu führen, aber waren sie dort wirklich viel besser dran? Hatte er doch jetzt nicht die geringste Ahnung, wo sein Lager lag. Aber die hatte er auch zuvor nicht gehabt. Dann bestand noch die Möglichkeit, daß sie im Felsspalt dem Löwen wieder begegneten. Wenn nicht, gab es noch immer das Problem des Lebensunterhalts. Was konnten sie essen, und wo würden sie es finden?

Der Gedanke an Essen weckte den nagenden Hunger in ihm. Er erhob sich und ging zum Seeufer, wo er sich auf den Bauch legte und sich mit Wasser vollpumpte. Als er aufstand, saßen die Mädchen und blickten ihn an.

„Guten Morgen“, begrüßte er sie. „Ich nehme gerade ein kleines Frühstück zu mir. Wollen Sie sich mir nicht anschließen?“

Sie erwiderten den Gruß, standen auf und kamen zu ihm. Lady Barbara lächelte. „Gott sei Dank haben Sie sich ihren Sinn für Humor bewahrt“, sagte sie. „Ich befürchte, wir brauchen eine Menge davon, ehe wir hier herauskommen.“

„Mir wären Schinken und Eier lieber“, erwiderte er bekümmert.

„Daran sieht man, daß Sie ein Amerikaner sind“, sagte sie.

„Vermutlich denken Sie an Tee und Marmelade“, erwiderte er.

„Ich versuche, überhaupt nicht an Essen zu denken.“

„Nehmen Sie etwas See zu sich“, schlug er vor. „Sie haben keine Vorstellung, wie das füllt, wenn Sie genug schlucken.“

Als die Mädchen getrunken hatten, machten sie sich unter Führung von Smith wieder auf die Suche nach der Öffnung des Felsspalts. „Ich weiß genau, wo er ist“, hatte er ihnen abends zuvor versichert, und auch jetzt glaubte er noch, ihn ohne große Schwierigkeiten zu finden. Doch als sie sich dem Fuß der Felsenklippe an jenem Punkt näherten, wo er den Eingang zu finden hoffte, war dieser nicht zu sehen.

Er suchte unten an der Basis der aufragenden Wand entlang, nun fast wie ein Wahnsinniger, konnte jedoch kein Zeichen von der Öffnung entdecken, durch die er sich ins Tal des Landes Midian gezwängt hatte. Schließlich blickte er Lady Barbara ganz erschüttert an und gestand: „Ich kann den Eingang nicht finden." Seine Stimme klang so hoffnungslos, daß es sie rührte.

„Macht nichts, irgendwo muß er ja sein", sagte sie. „Wir müssen einfach solange suchen, bis wir ihn finden."

„Aber es ist so hart für Sie junge Damen", sagte er. „Es muß doch eine bittere Enttäuschung für Sie sein. Sie können sich nicht vorstellen, wie mich diese Einsicht quält. Außer mir ist niemand da, auf den Sie sich stützen können, und ich habe so elend versagt."

„Nehmen Sie es sich bitte nicht so zu Herzen", bat sie. „In diesem Loch hätte jeder die Orientierung verloren. Diese Klippen sehen meilenweit gleich aus."

„Es ist freundlich von Ihnen, das zu sagen, doch ich kann nicht umhin, mich schuldig zu fühlen. Andererseits weiß ich genau, daß die Öffnung nicht weit von hier entfernt sein kann. Ich kam an der Westseite des Tales heraus, und genau da befinden wir uns jetzt. Ja, ich bin sicher, sie schließlich zu finden, doch brauchen wir nicht alle danach zu suchen. Jezebel und Sie bleiben hier sitzen und warten, während ich Ausschau halte."

„Ich denke, wir sollten zusammenbleiben", wandte Jezebel ein.

„Auf jeden Fall", pflichtete Lady Barbara bei.

„Wie Sie wollen", sagte Smith. „Wir werden so weit nördlich suchen, wie die Öffnung liegen kann. Finden wir sie nicht, kommen wir hierher zurück und suchen südlich."

Als sie sich am Fuß der Felswand in nördlicher Richtung entlangbewegten, wuchs Smiths Überzeugung, jeden Augenblick den Eingang in den Spalt zu finden. Er glaubte, beim Ausblick über das Tal von dieser Stelle aus einige vertraute Dinge wiederzuerkennen. Dennoch war noch immer keine Öffnung zu sehen, obwohl sie schon eine beträchtliche Strecke zurückgelegt hatten.

Als sie wieder einmal die Steigung zum Gipfel einer der zahlreichen niedrigeren Felsgrate erklommen hatten, die sich stützpfeilerähnlich von der Oberfläche der Wand ins Tal zogen, blieb er plötzlich entmutigt stehen.

„Was ist los?“ fragte Jezebel.

„Der Wald dort“, erwiderte er. „Von der Öffnung aus war kein Wald zu sehen.“

Vor ihnen breitete sich ein offener Wald von kleinen Bäumen, die fast schon am Fuß der Klippen begannen und sich bis zum Seeufer erstreckten. Sie verliehen der Landschaft einen ausnehmend schönen, parkähnlichen Aspekt. Doch Lafayette Smith hatte jetzt keinen Sinn für Schönheit - er sah nur einen weiteren Beweis für sein Versagen und seine Unwissenheit.

„Sie sind auf Ihrem Weg von den Felsenklippen zum Dorf durch keinen Wald gekommen?“ fragte Lady Barbara.

Er schüttelte den Kopf. „Wir müssen nun den ganzen Weg wieder zurücklaufen und in der anderen Richtung suchen. Es ist höchst entmutigend. Ich frage mich, ob Sie mir je verzeihen können.“

„Seien Sie nicht töricht“, sagte Lady Barbara. „Man könnte meinen, Sie seien ein Reiseleiter von Cook's Tour, der sich mit seiner Gruppe in der Kunstgalerie von Paris verlaufen hat und glaubt, als Folge davon seinen Job zu verlieren.“

„Ich komme mir schlimmer noch als er vor“, gestand Smith mit einem Lachen, „und ich glaube, das sagt eine Menge.“

„Sehen Sie dort!“ rief Lady Barbara. „Es muß dort unten im Wald Tiere geben. Sehen Sie sie?“

„O ja“, rief Jezebel. „Ich sehe sie.“

„Was für welche sind es?“ fragte Smith. „Sie sehen wie Rehe aus.“

„Es sind Bergziegen“, antwortete Jezebel. „Die Nordmidianer halten welche. Sie streifen durch dieses Talende.“

„Für mich sehen sie ganz so aus, als könne man sie essen“, sagte Lady Barbara. „Wir wollen hinuntergehen und eine von ihnen fangen.“

„Wahrscheinlich werden sie das nicht zulassen“, wandte Lafayette ein.

„Sie haben doch eine Pistole“, erinnerte ihn die Engländerin.

„Stimmt, ich könnte eine schießen.“

„Vielleicht“, präzisierte Lady Barbara.

„Ich gehe jedoch lieber allein hinunter. Zu dritt verscheuchen wir sie womöglich“, sagte Smith.

„Sie müssen selbst sehr vorsichtig sein, oder Sie verscheuchen sie", warnte Lady Barbara. „Sind Sie jemals Wild nachgepirscht?"

„Noch nie", räumte der Amerikaner ein.

Lady Barbara feuchtete einen Finger an und hielt ihn hoch. „Der Wind ist richtig", verkündete sie. „Demnach haben Sie weiter nichts zu tun, als sich nicht sehen zu lassen und keinen Lärm zu machen."

„Wie soll ich mich nicht sehen lassen?" fragte Smith.

„Sie müssen sich kriechend anpirschen und die Deckung von Bäumen, Felsen und Büschen nutzen - von allem, hinter dem Sie sich verbergen können. Kriechen Sie einige Fuß und warten Sie dann, um zu sehen, ob die Tiere nervös sind. Wenn nicht, kriechen Sie weiter."

„Das dauert ziemlich lange", sagte Smith.

„Es könnte noch länger dauern, ehe wir wieder auf etwas zu essen stoßen", erinnerte sie ihn. „Und wir werden auch nichts finden, das von allein herankommt, sich vor uns niederlegt und uns zu Füßen stirbt."

„Ich glaube, da haben Sie recht", pflichtete Smith bei. „Auf geht's! Beten Sie für mich." Er ließ sich auf Hände und Knie nieder und kroch langsam über den steinigen Boden auf den Wald und die Ziegen zu. Nach ein paar Yards wandte er sich um und flüsterte: „Da spürt man aber seine Knie."

„Nicht halb so sehr wie wir unsere Mägen, wenn Sie keinen Erfolg haben", erwiderte Lady Barbara.

Smith lächelte gezwungen und kroch weiter, während die zwei Mädchen, die sich nun selbst flach hingelegt hatten, damit die Tiere sie nicht sahen, ihn beobachteten.

„Er macht das gar nicht so schlecht", bemerkte Lady Barbara nach einigen Minuten schweigenden Beobachtens.

„Wie schön er ist!" sagte Jezebel seufzend.

„Im Augenblick sind die schönsten Dinge in dieser Landschaft die Ziegen dort", sagte Lady Barbara. „Wenn er in Schußweite kommt und doch nicht trifft, sterbe ich - und ich weiß, daß er daneben schießen wird."

„Den Lamech gestern abend hat er auch nicht verfehlt", erinnerte Jezebel.

„Er hat bestimmt auf jemand anders gezielt", kommentierte Lady Barbara kurz.

Lafayette Smith kroch schnell weiter. Er machte häufig halt, wie Lady Barbara ihm geraten hatte, und näherte sich langsam seinem ahnungslosen Opfer. Die Minuten dehnten sich zu Stunden. Er hämmerte sich ständig ein, daß er nicht wieder versagen dürfe, doch nicht aus dem Grund, den man hier naturgemäß vermuten könnte. Sein Unvermögen, Nahrung zu beschaffen, erschien ihm weniger schrecklich als die Verachtung von Lady Barbara Collis.

Endlich befand er sich ganz dicht bei dem ihm am nächsten stehenden Tier der Herde. Nur noch ein paar Yards, und er war überzeugt, daß er nicht fehlschießen konnte. Ein dicht vor ihm wachsender niedriger Busch verbarg sein Anpirschen vor den Augen seines Opfers. Lafayette Smith erreichte den Busch und hielt dahinter ein wenig inne. Ein Stück weiter voraus entdeckte er einen weiteren Busch, der noch näher bei der Ziege stand, einem mageren Muttertier mit großem Euter. Sie sah nicht sehr appetitanregend aus, doch Lafayette Smith wußte, daß sich unter dem unscheinbaren Äußeren saftige Steaks und Koteletts verbargen.

Er kroch weiter. Seine Knie waren aufgerieben, sein Nacken schmerzte von der unnatürlichen Körperhaltung, die diese ungewohnte Fortbewegungsart ihm aufzwang.

Er kroch an dem Busch vorbei, hinter dem er die Pause gemacht hatte, und sah das Junge nicht, das auf der anderen Seite verborgen lag. Die fürsorgliche Mutter hatte es dort versteckt, während sie äste. Das Junge sah Lafayette, bewegte sich jedoch nicht. Erst wenn seine Mutter rief, würde es sich bewegen, es sei denn unter einer fremden Berührung, oder weil es so verängstigt war, daß es sich nicht mehr zurückhalten konnte.

Es sah Lafayette zum nächsten Busch auf seiner Strecke kriechen - dem nächsten und letzten. Was es dabei dachte, ist nicht überliefert, doch es steht zu bezweifeln, daß es von Lafayettes Schönheit beeindruckt war.

Der Mann hatte inzwischen die Deckung des letzten Busches erreicht, ohne daß andere Augen als die des Zickleins ihn sahen. Vorsichtig zog er die Pistole, damit auch nicht das leiseste Geräusch seine potentielle Mahlzeit aufscheuchte. Er richtete sich ein wenig auf, bis er ein Stück über den Busch blicken konnte, und zielte sorgfältig. Die Ziege war so nahe, daß ein Fehlschuß absolut unmöglich erschien, er sich darüber also keine Gedanken zu machen brauchte.

Schon spürte er die erregende Wärme des Stolzes, mit dem er das erlegte Tier Lady Barbara und Jezebel zu Füßen werfen würde. Er drückte ab.

Das Muttertier sprang senkrecht in die Luft, und kaum hatte es wieder Bodenberührung, schoß es bereits gemeinsam mit dem Rest der Herde in nördlicher Richtung davon. Lafayette Smith hatte abermals danebengeschossen.

Er hatte kaum Zeit, sich dieser erstaunlichen und erniedrigenden Tatsache bewußt zu werden und sich zu erheben, als etwas ihn plötzlich von hinten heftig anstieß - es war ein Schlag, daß ihm die Knie wegknickten und er in sitzender Haltung schwer zu Boden fiel. Nein, nicht zu Boden. Er saß auf etwas Weichem, das sich bewegte und hin und her wand. Erschrocken blickte er unter sich und sah den Kopf eines Zickleins zwischen seinen Beinen hervorlugen - eines kleinen capra hircus, eines Ziegenböckleins, das über die Maßen verängstigt war.

„Daneben!“ sagte Lady Barbara Collis. „Wie konnte er nur!“ Tränen der Enttäuschung quollen ihr aus den Augen.

Eshbaal, der am Nordrand des Waldes Ziegen jagte, spitzte die Ohren und lauschte. Welch fremdes Geräusch! Und so nahe. Er hatte ähnliche Geräusche abends zuvor aus Richtung des Dorfes der Südmidianer über das Tal hallen hören, wenngleich durch die Entfernung sehr schwach. Viermal hatte solch ein Hallen die Stille des Tales gestört, nicht mehr. Eshbaal hatte es gehört, desgleichen seine Gefährten im Dorf des Elias, des Sohnes von Noah.

Lafayette Smith packte das Zicklein, ehe es ihm entwischen konnte, warf es sich trotz seines Widerstrebens auf die Schulter und ging zu den wartenden Mädchen zurück.

„Er hat doch nicht danebengeschossen!“ rief Jezebel. „Ich wußte es.“ Sie ging ihm entgegen, gefolgt von der völlig verblüfften Lady Barbara.

„Großartig!“ rief diese, als sie näherkamen. „Sie haben wirklich eins getroffen? Ich war überzeugt, Sie hätten danebengeschossen.“

„Habe ich auch“, gestand er bekümmert.

„Wie haben Sie es aber dann erwischt?“

„Um ehrlich zu sein - ich habe mich draufgesetzt“, erklärte er. „Eigentlich hat es mich erwischt.“

„Jedenfalls haben Sie es“, sagte sie.

„Und es wird sehr viel besser schmecken als die andere, die ich verfehlt habe“, versicherte er ihnen. „Die war entsetzlich mager und sehr alt.“

„Wie reizend es ist“, sagte Jezebel.

„Sag nicht so etwas“, mahnte Lady Barbara. „Daran dürfen wir jetzt nicht denken. Wir sind am Verhungern, das ist das, was zählt."

„Wo sollen wir es essen?" fragte Smith.

„Gleich hier", erwiderte die Engländerin. „Rings um die Bäume liegt viel totes Holz. Streichhölzer haben Sie doch?"

„Ja. Nun blicken Sie beide mal weg, während ich meine Pflicht tue. Ich wünschte, ich hätte die alte erwischt. Das ist ja wie die Ermordung eines Babys."

Auf der anderen Seite des Waldes war Eshbaal abermals sehr überrascht, denn die Ziegen, nach denen er gesucht hatte, kamen plötzlich auf ihn zu geprescht.

„Das seltsame Geräusch hat sie verängstigt", sagte er sich. „Vielleicht ist es ein Wunder. Die Ziegen, nach denen ich den ganzen Tag gesucht hatte, hat jemand zu mir zurückkehren lassen."

Als sie vorbeistürmten, verfolgte der Schafhirte sie mit geübtem Auge. Die Gruppe Ziegen, die ihm abhanden gekommen war, war nicht groß, so daß es ihm keine Mühe bereitete, sie zu zählen. Ein Zicklein fehlte. Als Schafhirte blieb ihm nun nichts anderes übrig, als die Suche nach dem fehlenden Tier fortzusetzen. Er bewegte sich vorsichtig und möglichst geräuschlos.

Eshbaal war ein kleiner, stämmiger Mann mit blauen Augen, einem mächtigen blonden Haarschopf und einem Bart. Seine Gesichtszüge waren regelmäßig und auf primitive, wilde Art reizvoll. Das einzige Kleidungsstück, das er trug, war aus Ziegenhaut gefertigt und ließ den rechten Arm völlig frei. Auch behinderte es ihn nicht beim Gehen, da es nur bis zu den Knien reichte. Er trug einen Knüppel und ein primitives Messer.

Lady Barbara hatte die Pflichten der Küchenmeisterin übernommen, nachdem Lafayette das Zicklein geschlachtet und eingestanden hatte, daß seine Kochkünste, von hartgekochten Eiern abgesehen, höchst unzureichend waren, als daß man ihn hätte mit der Zubereitung eines richtigen Essens betrauen können. „Außerdem haben wir ja keine Eier", gab er zu bedenken.

Den Anweisungen der Lady folgend, schnitt er eine Anzahl Koteletts aus dem Tier. Sie brieten sie auf zugespitzten Stöcken, die er in Lady Barbaras Auftrag von einem nahestehenden Baum abgeschnitten hatte.

„Wie lange wird es dauern, bis sie gar sind?" fragte er. „Ich könnte meines roh essen. Ich könnte das ganze Zicklein auf einen Ruck roh essen und hätte noch Platz für das alte Muttertier, das ich verfehlt habe."

„Wir werden nur soviel essen, daß wir weiterkommen", erklärte Lady Barbara. „Den Rest wickeln wir in die Haut und nehmen ihn mit. Wenn wir uns zusammennehmen, müßte uns dies drei oder vier Tage am Leben erhalten."

„Natürlich haben Sie recht", räumte Lafayette ein. „Sie haben immer recht."

„Aber Sie dürfen richtig zulangen, weil Sie länger als wir nichts haben zu sich nehmen können", sagte sie zu ihm.

„Du hast lange Zeit auch nichts gehabt, Barbara", sagte Jezebel. „Ich bin diejenige, die das wenigste braucht."

„Wir alle brauchen es jetzt", sagte Lafayette. „Also werden wir uns diesmal richtig sattessen, um wieder zu Kräften zu kommen, und den Rest aufteilen, so daß er für mehrere Tage reicht. Vielleicht setze ich mich wieder einmal auf etwas, ehe es verschwunden ist."

Alle lachten. Die Koteletts waren auch bald fertig, und die drei fielen darüber her. „Wie ausgehungerte Armenier", stellte Smith fest.

Da alle in die köstliche Beschäftigung vertieft waren, ihren Wolfshunger zu stillen, sah niemand von ihnen Eshbaal hinter einem Baum stehenbleiben und sie beobachten. Er erkannte Jezebel sofort als die, die sie war, und seine blauen Augen leuchteten plötzlich auf. Die anderen waren ihm rätselhaft - besonders ihre seltsame Bekleidung.

Von einer Sache war er fest überzeugt. Er hatte das verirrte Zicklein gefunden, und Zorn erfüllte sein Herz. Er beobachtete die drei nur noch kurze Zeit, dann tauchte er wieder in den Wald, bis er außer Sicht der drei war, und lief schnell davon.

Nachdem sie ihre Mahlzeit beendet hatten, wickelte Smith die Reste in das Fell des Zickleins. Dann nahmen sie ihre Suche nach dem Felsspalt wieder auf.

Eine Stunde verstrich, dann eine andere. Noch immer blieb ihren Bemühungen der Erfolg versagt. Sie konnten keine Öffnung in der grimmigen, abweisenden Oberfläche der Felswand entdecken, auch entgingen ihnen die geduckten Gestalten, die sich immer näher an sie anpirschten - eine Schar stämmiger, strohblonder Männer, angeführt von Eshbaal, dem Schafhirten.

„Wir müssen ihn übersehen haben", sagte Smith schließlich. „Er kann nicht so weit südlich liegen." Doch die trügerische Öffnung zu dem großen Felsspalt war nur hundert Yards weit von ihnen entfernt.

„Dann müssen wir nach einem anderen Weg aus dem Tal suchen", erklärte Lady Barbara. „Vom Eingang zu unserer Höhle aus haben

Jezebel und ich eine Stelle weiter südlich gesehen, wo die Felswand den Eindruck machte, als könne man sie erklimmen."

„Dann wollen wir es dort versuchen", sagte Smith. „Seht mal da!" Er wies nach Norden.

„Was ist dort? Wo?" fragte Jezebel.

„Mir war, als sähe ich dort den Kopf eines Menschen hinter dem Felsen", sagte er. „Ja, da ist er wieder. Mein Gott, seht doch nur. Sie sind überall ringsum."

Eshbaal und seine Gefährten sahen, daß man sie entdeckt hatte, traten hervor und kamen langsam auf die drei zu.

„Die Männer aus Nordmidian!" rief Jezebel. „Sind sie nicht schön!"

„Was sollen wir tun?" fragte Lady Barbara. „Wir müssen verhindern, daß sie uns ergreifen."

„Mal sehen, was sie wollen", sagte Smith. „Vielleicht sind sie nicht feindselig eingestellt. Wir könnten ihnen ohnedies nicht davonlaufen. Im Nu werden sie uns einholen. Stellt euch hinter mich, und wenn sie Anstalten machen, uns anzugreifen, werde ich ein paar von ihnen niederschießen."

„Vielleicht sollten sie besser hingehen und sich auf sie setzen", schlug Lady Barbara müde vor.

„Es tut mir leid, daß ich so schlecht schieße", sagte Smith. „Meine Eltern sind einfach nie auf den Gedanken gekommen, mich in der edlen Kunst des Mordens auszubilden, vielleicht zu meinem Unglück. Jetzt sehe ich, daß das eine Fehlentscheidung war und meine Erziehung sträflich vernachlässigt wurde. Ich bin nur ein Schullehrer, und während ich junge Intellektuelle zu schießen lehrte, habe ich unterlassen, es selbst zu erlernen."

„Ich wollte nicht häßlich zu ihnen sein", sagte Lady Barbara, die trotz der Ironie in der Antwort des Mannes doch auch verwundeten Stolz heraushörte. „Vergeben Sie mir, bitte."

Die Nordmidianer kamen vorsichtig näher und blieben oft stehen, um sich kurz im Flüsterton zu beraten. Dann richtete einer von ihnen das Wort an die drei. „Wer seid ihr?" fragte er. „Was tut ihr im Land Midian?"

„Können Sie ihn verstehen?" fragte Smith über die Schulter.

„Ja", antworteten beide Mädchen gleichzeitig.

„Er spricht dieselbe Sprache wie Jezebels Volk", erklärte Lady Barbara. „Er will wissen, wer wir sind und was wir hier tun."

„Dann reden Sie mit ihm Lady Barbara", sagte Smith.

Die Engländerin trat vor. „Wir sind Fremde in Midian und haben uns verirrt“, erklärte sie. „Wir wollen nichts anderes, als aus eurem Land herauszukommen.“

„Es gibt keinen Weg aus Midian heraus“, erwiderte der Mann. „Ihr habt ein Zicklein getötet, das Eshbaal gehört. Dafür müßt ihr bestraft werden. Ihr müßt mit uns kommen.“

„Wir waren am Verhungern“, erklärte Lady Barbara. „Könnten wir für das Zicklein bezahlen, so würden wir dies gern tun. Laßt uns in Frieden ziehen.“

Die Midianer berieten sich abermals im Flüsterton, worauf ihr Sprecher sich wieder an die drei wandte. „Ihr müßt mit uns kommen, zumindest die Frauen“, sagte er. „Wenn der Mann fortgehen will, werden wir ihm kein Haar krümmen. Wir brauchen ihn nicht. Wir brauchen die Frauen.“

„Was hat er gesagt?“ fragte Smith, und als Lady Barbara ihm die Worte übersetzt hatte, schüttelte er den Kopf. „Sagen Sie ihm - nein!“ erklärte er. „Und sagen Sie ihm auch, falls sie uns behelligen, werde ich sie töten müssen.“

Als das Mädchen den Midianern das Ultimatum übermittelt hatte, lachten sie. „Was kann ein Mann gegen zwanzig ausrichten?“ fragte ihr Anführer, dann trat er weiter vor, gefolgt von seinen Anhängern. Sie schwangen nun ihre Knüppel, und einige stimmten einen wilden Kriegsschrei an.

„Sie werden schießen müssen“, sagte Lady Barbara. „Die dort sind mindestens zwanzig. Sie können Sie nicht alle verfehlen.“

„Sie schmeicheln mir“, sagte Smith, als er seine 32er hob und auf die vorrückenden Midianer richtete.

„Weicht zurück, oder ihr werdet getötet!“ rief Jezebel, doch die Angreifer kamen nur noch schneller angestürmt.

Da schoß Smith. Bei dem scharfen Knall der Pistole blieben die Midianer überrascht stehen, doch niemand fiel. Stattdessen schleuderte der Anführer rasch und geschickt seinen Knüppel, als Smith gerade im Begriff war, abermals zu schießen. Er duckte sich, doch das Geschoß streifte die Hand, die die Pistole hielt, und ließ die Waffe in hohem Bogen davonfliegen. Dann waren die Nordmidianer auch schon bei ihnen.

Spurenverfolgung

Tarzan von den Affen hatte etwas erlegt. Zwar handelte es sich nur um ein kleines Nagetier, doch es würde seinen Hunger bis zum Morgen stillen. Kurz nachdem er die Spur des vermißten Amerikaners entdeckt hatte, war die Dunkelheit hereingebrochen und er gezwungen gewesen, die Suche einzustellen, bis der neue Tag anbrach. Die ersten Anzeichen einer Spur waren sehr schwach gewesen - nur der flüchtige Abdruck der Kante eines Stiefels, doch für den Affenmenschen war dies genug gewesen. Einem Busch in der Nähe haftete die kaum wahrnehmbare Witterung eines Weißen an, der Tarzan selbst im Dunkeln hätte folgen können. Es wäre jedoch eine mühselige und zeitraubende Methode der Verfolgung gewesen, die ihn unter den gegenwärtigen Umständen nicht ratsam erschien. Deshalb hatte er dieses Niederwild erlegt, gegessen und rollte sich nun auf einem Flecken mit hohem Gras zusammen, um zu schlafen.

Wilde Tiere können nicht mit einem geöffneten Auge schlafen, doch zuweilen glaubt man, sie schlafen mit gespitzten Ohren. Die üblichen Geräusche der Nacht werden nicht beachtet, während ein schwächerer Laut, der Gefahr verheißt oder ungewöhnlich ist, sie sofort aufweckt. Das Geräusch, das Tarzan kurz nach Mitternacht aus dem Schlaf riß, gehörte zu der letzteren Kategorie.

Er hob den Kopf und lauschte, dann ließ er ihn wieder sinken und legte ein Ohr auf den Boden. Pferde und Menschen, sagte er sich und erhob sich. Aufrecht stehend lauschte er angespannt, wobei sich seine breite Brust beim Atmen hob und senkte. Sein empfindsamer Geruchssinn trachtete, das Zeugnis seiner Ohren zu bekräftigen, und er weitete die Nasenlöcher, um die Botschaft, die Usha, der Wind, ihm zutrug, zu empfangen und einzuordnen. Sie erfaßten die Witterung von Tongani, dem Affen, die so stark war, daß sie fast alle anderen verdrängte. Ganz schwach und aus großer Entfernung erreichte ihn der Geruch von Sabor, der Löwin, und der süßliche, schwere Gestank von Tantor, dem Elefanten. Der Affenmensch las diese unsichtbaren Botschaften nacheinander, wie Usha, der Wind, sie ihm zutrug. Indes interessierten ihn nur diejenigen, die von Pferden und Menschen kündeten.

Warum zogen Pferde und Menschen durch die Nacht? Wer waren

diese Leute? Er brauchte sich die zweite Frage kaum zu stellen, denn nur die erste interessierte ihn.

Es gehört zu dem Hauptinteresse von Tieren und Menschen, zu wissen, was ihre Feinde tun. Tarzan streckte träge die kraftvollen Muskeln und stieg den Hang der Ausläufer des Gebirges in der Richtung hinab, aus der die Hinweise kamen, daß seine Feinde nahten.

„Kanone“ stolperte durch die Dunkelheit. Nie zuvor in seinen über zwanzig Lebensjahren hatte er auch nur annähernd solche physische Strapazen auf sich nehmen müssen. Er war überzeugt, jeder Schritt werde sein letzter sein. Längst war er zu erschöpft, um seine Entführer auch nur zu verfluchen, während er sich dahinschleppte, nun nahezu unempfindlich für jedes Geräusch, ein einziges Häufchen Elend.

Doch selbst ein endlos erscheinender Marsch muß einmal enden, und schließlich bog die Kavalkade ins Tor des Dorfes von Dominic Capietro, dem Sklavenräuber. „Kanone“ wurde zu einer Hütte gebracht, wo er, kaum daß man ihm die Fesseln abgenommen hatte, auf die harte Erde sank, überzeugt, daß er nie wieder aufstehen würde.

Er schlief, als man ihm zu essen brachte, doch er erhob sich lange genug, um zu essen, denn sein Hunger war ebenso groß wie seine Müdigkeit. Dann streckte er sich wieder lang aus und schlief, während ein müder und angewiderter Shifta vorm Eingang der Hütte Wache hielt, jedoch immer wieder einnickte.

Tarzan hatte die Felsenklippe über dem Dorf erreicht, als die Räuber durchs Tor zogen. Ein Vollmond erhellte die Szene deutlich genug und beleuchtete Pferde und Menschen. Der Affenmensch erkannte Capietro und Stabutch, und er erblickte Ogonyo, den Anführer der Safari des jungen amerikanischen Geologen, und er sah „Kanone“ qualvoll in Fesseln dahinstolpern.

Er war ein interessierter Betrachter aller Geschehnisse im Dorf unten. Besonders prägte er sich die Lage der Hütte ein, in die der weiße Gefangene geschoben worden war. Er verfolgte die Zubereitung des Essens und die großen Mengen Branntwein, die Capietro und Stabutch zu sich nahmen, während sie darauf warteten, daß ihre Sklaven das Nachtmahl vorbereiteten. Je mehr sie tranken, desto erfreuter war er.

Während er sie beobachtete, fragte er sich, wie angeblich rationale Geschöpfe die Bezeichnung Tier als Schimpfwort und Mensch als etwas Erhabenes ansehen konnten. Die Tiere, wie er sie kannte, hatten wesentlich mehr Anspruch auf den entgegengesetzten Begriff der relativen Tugenden dieser zwei Arten, wenngleich sie auch viele Dummheiten und Entartungen des Menschen nicht kannten und ihr Charakter viel zu rein war, um sie zu verstehen.

Er beobachtete mit der Geduld des unverdorbenen, primitiven Nervensystems von der Oberkante der Klippe und wartete, bis das Dorf unten sich zur Nachtruhe anschickte. Er sah die Posten auf den Wegen innerhalb der Palisaden, jedoch nicht die Wache, die im Schatten der Hütte hockte, wo „Kanone" in tiefem Schlummer lag.

Befriedigt stand er auf und ging die Klippe entlang, bis er jenseits des Dorfes war. Hier war die Wand weniger steil, und er stieg hinab. Lautlos und vorsichtig näherte er sich der Palisade an einem Punkt, der den Blicken der Posten entzogen war. Der Mond schien voll auf ihn, doch er sagte sich, daß die andere Seite der Palisaden in dichtem Schatten liegen mußte. Dort lauschte er einen Augenblick, um sicherzugehen, daß sein Heranpirschen keinen Verdacht erweckt hatte. Er wünschte, er könnte die Posten am Tor sehen, denn wenn er die Palisade überquerte, würde er einen Moment in ganzer Größe zu sehen sein. Als er sie schließlich sah, hockten sie auf dem Weg, den Rücken an die Palisade gelehnt, und waren anscheinend im Begriff, einzuschlafen. Würden sie das auch tun?

Hier lag jedoch eine Chance, die er ergreifen mußte, und so machte er sich weiter keine Gedanken darüber, ließ sich nicht stören. Was geschehen sollte, würde geschehen, und wenn er es nicht ändern konnte, mußte er es ignorieren. So sprang er leichtfüßig nach oben, packte die Oberkante der Palisade und zog sich hinauf und hinüber. Dabei blickte er nur kurz zu den Posten, als er das Hindernis überwand, und dieser Blick sagte ihm, daß sie sich nicht bewegt hatten, seit er sie das letzte Mal sah.

Im Schatten der Palisade hielt er Umschau. Nichts deutete darauf hin, daß er etwas zu befürchten hätte, und so bewegte er sich schnell und ständig im Schatten bleibend, wo immer dies möglich war, zu der Hütte, wo er den jungen Weißen zu finden hoffte. Sie war seinen Blicken durch eine andere Hütte entzogen, der er sich näherte. Als er um sie herum ging, sah er den Posten am Eingang sitzen, das Gewehr auf den Knien.

Diese Situation hatte er nicht erwartet, und sie zwang ihn, seine Pläne auf der Stelle zu ändern. Er trat sofort wieder hinter die Hütte, um die er soeben gebogen war, legte sich flach auf die Erde und kroch wieder vorwärts, bis er den Kopf weit genug um die Ecke stecken konnte, so daß er den ahnungslosen Posten mit einem Auge beobachten konnte. Hier blieb er liegen - ein menschliches Tier, das sein Opfer beobachtete.

Lange blieb er so liegen und vertraute auf seine Menschenkenntnis, wonach der ersehnte Augenblick gleich eintreten würde. Schon sank dem Shifta der Kopf auf die Brust, fuhr jedoch sogleich wieder hoch. Dann änderte der Bursche seine Stellung. Er saß jetzt am Boden, die Beine lang ausgestreckt, den Rücken an die Hütte gelehnt. Noch lag das Gewehr auf seinen Knien. Das war eine gefährliche Haltung für einen Mann, der wach bleiben wollte.

Nach einer Weile rollte sein Kopf zur Seite. Tarzan sah ihn scharf an, wie eine Katze eine Maus beobachtet. Der Kopf blieb in der Position, in die er gerollt war, der Unterkiefer hing herab, und der Mund klaffte auf. Der Rhythmus der Atemzüge veränderte sich und deutete auf Schlaf.

Tarzan erhob sich lautlos und schlich sich zu dem Schläfer. Es durfte keinen Schrei, kein Gestrampel geben.

Wie Histah, die Schlange, zustößt, so schlug Tarzan von den Affen zu. Man hörte nur das Knacken der auseinanderspringenden Halswirbel im Griff dieser Sehnen von Stahl.

Tarzan legte das Gewehr auf den Boden. Dann nahm er den Toten in die Arme und trug ihn ins Dunkel der Hütte. Hier tastete er einen Augenblick umher, bis er den schlafenden Weißen gefunden hatte, und kniete sich neben ihn. Behutsam schüttelte er ihn, eine Hand bereit, jetzt den Schrei zu unterdrücken, den „Kanone" vielleicht ausstieß, doch der wachte nicht auf. Tarzan schüttelte ihn heftiger, dennoch erfolglos. Da schlug er ihn kräftig ins Gesicht.

Jetzt rührte sich „Kanone". „Meine Fresse", murmelte er. „Könnt ihr ein'n nich' mal schlaf'n lass'n? Ich hab' euch doch gesagt, ihr kriegt eure Piep'n schon!"

Tarzan mußte kurz lächeln. „Wachen Sie auf", flüsterte er. „Verhalten Sie sich ganz still. Ich will Sie hier herausholen."

„Wer sind Sie?"

„Tarzan von den Affen."

„Meine Fresse!" Der Kanone richtete sich auf.

„Verhalten Sie sich leise", schärfte ihm der Affenmensch noch einmal ein.

„Bestimmt", flüsterte Danny, während er sich steif auf die Beine stellte.

„Folgen Sie mir und bleiben Sie ganz dicht bei mir, egal, was geschieht", sagte Tarzan. „Ich will sie über die Palisade befördern. Versuchen Sie, möglichst lautlos hinüberzuklettern, und passen Sie auf, wenn Sie auf der anderen Seite zu Boden springen, beugen Sie die Knie - es ist ziemlich hoch."

„Sie meinen, Sie wollen mich zur Oberkante der Palisade hinaufbefördern, Mann?"

„Ja."

„Wissen Sie, wieviel ich wiege?"

„Nein, das interessiert mich auch nicht. Verhalten Sie sich still und folgen Sie mir. Stolpern Sie nicht über den Mann hier." Tarzan blieb am Eingang stehen und blickte hinaus, dann trat er heraus, „Kanone" dicht hinter ihm, und beide gingen schnell zur Palisade. Selbst falls sie jetzt entdeckt würden, hätte er noch immer Zeit, zu tun, was er sich vorgenommen hatte, ehe sie ihn hindern konnten, es sei denn, die Wachen feuerten auf sie und trafen zufällig. Doch in dieser Hinsicht hegte er keine Befürchtungen.

Als sie an die Palisade kamen, blickte „Kanone" hinauf, und seine Skepsis wuchs - den Burschen wollte er sehen, der es fertig brachte, seine einhundertachtzig Pfund zur Oberkante zu befördern!

Der Affenmensch packte ihn beim Kragen und am Gesäß. „Packen Sie die Spitzen!" flüsterte er. Dann schwang er die „Kanone" nach hinten, als habe er es mit einem fünfzig Pfund wiegenden Mehlsack zu tun, und schleuderte ihn wieder vor- und aufwärts. Im gleichen Moment packten Dannys ausgestreckte Hände die Oberkante der Palisade.

„Meine Fresse!" murmelte er. „Wenn ich danebengegriff'n hätte, wär' ich reineweg 'rübergesegelt!"

Wie eine Katze kletterte der Affenmensch die Holzwand hinauf und sprang fast im gleichen Augenblick auf der anderen Seite zu Boden, als auch „Kanone" landete. Wortlos liefen sie zur Klippe, wo Tarzan seinem Begleiter wieder helfen mußte, den Gipfel zu erklimmen.

Danny Patrick, die „Kanone", war sprachlos, teils aus Atemnot infolge der Anstrengungen, doch weit mehr vor Staunen. Das war ein Kerl! Von allen Muskelpaketen, die er kannte, und das war eine ganze Menge, war er niemals einem solchen wie diesem hier begegnet und erwartete es auch in Zukunft nicht.

„Ich habe eine Spur Ihres Freundes gefunden“, sagte Tarzan.
„Eine was? Ist er tot?“ fragte „Kanone“.
„Seine Fährte“, erläuterte der Affenmensch, der noch immer vor ihm den Hang zu den höheren Bergen hinaufging.
„Kapiert. Aber Sie hab’n ihn nich’ geseh’n, oder?“
„Nein, es war zu dunkel, der Spur zu folgen, als ich sie entdeckte. Wir tun das am Morgen.“
„Sofern ich gehen kann“, sagte „Kanone“.
„Was ist mit Ihnen los?“ fragte Tarzan. „Sind Sie verletzt?“
„Ich hab’ einfach kein Gefühl mehr in den Bein’n von den Knien abwärts“, erwiderte Danny. „Ich hab mir gestern die Stelz’n abgelauf’n.“
„Dann trage ich Sie“, schlug Tarzan vor.
„Von weg’n!“ rief Danny. „Ich kann noch kriech’n, un’ ich will verdammt sein, wenn ich mich von jemand’m trag’n lasse.“
„Es wird für Sie aber eine große Strapaze, wenn Sie jetzt erschöpft sind“, sagte ihm der Affenmensch. „Ich könnte Sie hier irgendwo in der Nähe zurücklassen und Sie mitnehmen, nachdem ich Ihren Freund gefunden habe.“
„Kommt nich’ in Frage. Ich such’ auch mit nach dem alten Smithy, und wenn ich mir die Stelz’n bis zu den Hüft’n ablatsche.“
„Allein komme ich wahrscheinlich schneller voran“, bemerkte Tarzan.
„Dann geh’n Sie los, ich folge Ihn’n langsam“, willigte „Kanone“ fröhlich ein.
„Und Sie verirren sich prompt.“
„Lass’n Sie mich mitkomm’n, Mister. Ich mach’ mir Sorgen um die verrückte Type.“
„Einverstanden. Letztendlich kommt es auf dasselbe hinaus. Vielleicht ist er nur ein wenig hungriger, wenn wir ihn finden, doch in den wenigen Tagen kann er nicht verhungern.“
„Sag’n Sie, woher kannt’n Sie die Bursch’n, die mich mit aufs Pferd genomm’n hatt’n?“ fragte Danny.
„Ich dachte, Sie wären zu Fuß gegangen?“
„Das spielt doch jetzt keine Rolle! Woher wußt’n Sie, daß ich in dem lausig’n Biwak von den’n war?“
„Ich stand oben auf dem Felsen, als sie Sie herbrachten. Dann habe ich gewartet, bis alle schliefen. Noch bin ich nicht so weit, mich mit ihnen zu befassen.“
„Was hab’n Sie denn vor?“

Tarzan zuckte die Schultern, antwortete aber nicht. Lange Zeit marschierten sie schweigend durch die Nacht, wobei der Affenmensch sein Tempo der körperlichen Verfassung seines Begleiters anpaßte. Er mußte dessen Mut bewundern, wenngleich er über seine Ausdauer und seine Kenntnisse nur den Kopf schütteln konnte.

Hoch oben auf den Bergen, wo er sich etwas eher in der Nacht zum Schlafen hingelegen wollte, machte er halt und befahl „Kanone", sich hinzulegen und bis zur Morgendämmerund möglichst viel zu schlafen.

„Meine Fresse, das is' das Schönste, was ich seit Jahr'n gehört hab'", sagte Danny seufzend, als er sich in das hohe Gras sinken ließ. „Möglich, daß Sie glaub'n, Sie hätt'n schon geseh'n, wie einer sich von inn'n beguckt, aber das is' 'n Irrtum. Seh'n Sie mal mich an." Und er schlief, fast ehe er zu Ende gesprochen hatte.

Tarzan legte sich in einiger Entfernung ebenfalls hin und schlief auch sofort, war jedoch beim ersten Anzeichen der Morgendämmerung auf den Beinen. Er sah, daß sein Gefährte noch schlief und machte sich leise auf den Weg zu einem Wasserloch, das er tags zuvor in einem Felsspalt nahe der Klippe entdeckt hatte, wo er dem Stamm von Zugash, dem Tongani, begegnet war.

Er hielt sich sorgsam unten am Hang der Ausläufer, denn mit Anbruch der Dämmerung hatte sich die Windrichtung verändert, und er wollte gegen den Wind zum Wasserloch kommen. Er bewegte sich lautlos gleich den sich auflösenden Schatten der schwindenden Nacht, wobei er ständig die Luft einsog im Bestreben, jede Witterung aufzunehmen, die die frühe Morgenbrise ihm zutrug.

An einer Stelle am Rand des Wasserloches, wo die Erde von den Füßen der trinkenden Tiere zertrampelt worden war, lag eine dicke Schlammschicht. Daneben fand er, was er suchte: Die klebrige Süße jener Witterung, welche Usha ihm zugetragen hatte.

Auf dem Grund der Schlucht wuchsen niedrige Bäume und viel Gestrüpp, denn hier behielt die Erde die Feuchtigkeit länger als auf den Berggraten, die Kudus gnadenlosen Strahlen mehr ausgesetzt waren. Es war eine liebliche, bewaldete Sumpflandschaft, und ihr Reiz entging den abschätzenden Blicken des Affenmenschen keinesfalls, obwohl die Verlockung dieser Lichtung an diesem Morgen nicht in ihren ästhetischem Zauber lag, sondern eher in der Tatsache, daß sie Horta, das Wildschwein, beherbergte.

Der Affenmensch trat lautlos an den Rand des Unterholzes, als

Horta zur Wasserstelle kam, um zu trinken. Tarzan stand auf der anderen Seite, Pfeil und Bogen in der Hand, doch das hohe Buschwerk machte einen genauen Schuß unmöglich, deshalb trat der Jäger ins Blickfeld des Wildschweins. Er bewegte sich so schnell, daß sein Pfeil das Tier erreichte, als es herumfuhr, um zu fliehen, und ihm hinter der linken Schulter in die Flanke drang - einer lebenswichtigen Stelle.

Wutschaubend machte Horta kehrt und griff an. Es kam geradewegs durch den Tümpel auf Tarzan zugeprescht, doch noch während der Keiler angriff, schoß der Affenmensch mit unglaublicher Schnelligkeit und Zielgenauigkeit drei weitere Pfeile ab. Sie fuhren dem großen Tier tief in die Brust. Blutiger Schaum flockte zwischen den blitzenden Hauern aus seinem Maul, und die bösen, kleinen Augen spien Funken von Haß, als er den Urheber seiner Verwundungen erreichen und seine Rache vollziehen wollte, ehe er starb.

Der Affenmensch legte den Bogen beiseite und begegnete dem blindwütigen Angriff von Horta mit dem Speer, denn es bestand keine Möglichkeit, dem schnellen Ansturm dieses großen Körpers auszuweichen, zumal das dichte Buschwerk ringsum ihn behinderte. Er stemmte sich mit den Füßen fest ein und senkte die Waffe in dem Augenblick, da Horta in seiner Reichweite war, damit das Wildschwein keine Möglichkeit hatte, darunter hinwegzutauchen oder ihn mit den Hauern beiseite zu stoßen. Der Affenmensch trieb ihm den Speer geradewegs durch die Brust in das wilde Herz, doch der Keiler trachtete noch immer, das Menschenwesen zu erreichen, das ihn mit einer Körperkraft entgegentrat, die fast der seinen glich.

Horta, der Keiler, war jedoch bereits so gut wie tot, obwohl er noch stand. Sein kurzer, wilder Kampf endete, und er kippte in das seichte Wasser am Rand des Teiches. Dann setzte der Affenmensch einen Fuß auf den besiegten Gegner und stieß den furchteinflößenden Siegesruf seines Stammes aus.

„Kanone“ fuhr plötzlich hoch, aus tiefem Schlaf gerissen. „Meine Fresse!“ sagte er laut. „Was war das?“ Da er keine Antwort erhielt, blickte er in die Runde. „Hat der Mensch Töne? Der ‘s abgehau’n! Ich frag’ mich, ob er mich im Stich gelass’n hat. So sah er eigentlich gar nich’ aus. Aber man sieht ja nie durch - and’re Typ’n hab’n mich auch schon ‘reingelegt.“

In Capietros Dorf fuhr eine vor sich hindösende Wache jählings auf, während sein Gefährte halb aufstand. „Was war das?“ fragte er.

„Einer der Behaarten hat irgendwas erlegt", sagte der andere.

Sheeta, der Panther, schlich sich mit dem Wind an den Menschen und den Keiler an, blieb jedoch plötzlich wie angewurzelt stehen, wandte sich zur Seite und machte sich mit leichten, graziösen Sprüngen davon. Er entfernte sich jedoch nicht allzu weit, blieb wieder stehen und hob die Nase in den Wind, abermals die Witterung vom Mensch, diesmal eines anderen, aufnehmend. Auch deutete nichts darauf hin, daß er den gefürchteten Donnerstock bei sich hatte, dessen Witterung zumeist mit der der Tarmangani einherging. Tief an den Boden gedrückt, bewegte sich Sheeta langsam hangaufwärts in Richtung von Danny Patrick.

„Was soll ich tun?" murmelte dieser. „Meine Fresse, bin ich hungrig! Soll ich auf ihn wart'n oder weiterstiefel'n? Wohin? Ich glaube, ich sitze ganz schön in der Klemme. Wohin geh' ich am besten? Wo krieg' ich was zu ess'n her? Verdammt noch mal!"

Er erhob sich, ging ein wenig umher und spürte seine Muskeln. Sie waren geschwächt und überanstrengt, doch er erkannte, daß er sich gut erholt hatte. Dann blickte er in die Ferne, ob er Tarzan irgendwo sah, und entdeckte statt seiner ein paar hundert Yards entfernt Sheeta, den Panther.

Danny Patrick, der Ganove, der windige Geschäftemacher, der Gangster, der Revolverheld, der Killer, zitterte vor Angst. Kalter Schweiß brach ihm aus den Poren, er spürte, wie ihm die Haare zu Berge standen und hatte nur ein einziges Verlangen: davonzulaufen. Zum Glück verweigerten ihm die Beine den Dienst. Er war buchstäblich stocksteif vor Angst, wie er sich gern ausdrückte. Ohne sein Schießeisen war „Kanone" ein ganz anderer Mensch.

Der Panther war stehengeblieben und musterte ihn wachsam und eine ererbte Furcht vor dem Menschen ließen die große Katze innehalten, doch sie war zornig, weil sie von ihrer Beute verscheucht worden war, nachdem sie die ganze Nacht vergeblich gejagt hatte, und sehr, sehr hungrig. Sie knurrte und verzog die Fratze zu einem gräßlichen Knurren. Danny spürte, wie seine Knie unter ihm einknickten.

Dann sah er, wie sich das hohe Gras hinter dem Panther bewegte, wohl weil ein weiteres Tier auftauchte, gewiß der Gefährte der Katze, wie er vermutete. Es brauchte nur noch einen einzelnen, schmalen Streifen des hohen Grases zu durchqueren, danach würde es Danny gleichfalls sehen, und der war überzeugt, daß dies dann das Ende sein würde. Eines der Tiere mochte zögern, einen Menschen anzugreifen - er wußte es nicht -, doch zwei würden nicht zaudern, dessen war er sicher.

Er fiel auf die Knie und tat etwas, das er seit vielen Jahren nicht mehr getan hatte - er betete. Da teilte sich das Gras, und Tarzan von den Affen trat hervor, das tote Wildschwein auf der breiten Schulter. Sofort erfaßte der Affenmensch die Szene, auf die sein Witterungsvermögen ihn schon vorbereitet hatte.

Er ließ Horta, den Keiler, fallen und gab ein plötzliches, wildes Knurren von sich, von dem Sheeta nicht weniger aufgeschreckt wurde als Danny Patrick. Die Raubkatze fuhr herum, sofort bereit, sich zu verteidigen. Tarzan griff an, und ein tiefes Brummen brach aus seiner Kehle. Sheeta tat genau das, was er vorhergesehen hatte - er machte kehrt und floh. Nun hob Tarzan das Wildschwein auf und stieg den Hang zu Danny empor, der noch immer mit offenem Mund wie versteinert kniete.

„Warum knien Sie?" fragte der Affenmensch.

„Ich hab mir gerade den Schnürsenkel festgebund'n", erklärte „Kanone".

„Hier ist Frühstück", sagte Tarzan und ließ das Schwein zu Boden fallen. „Langen Sie zu."

„Das sieht wirklich gut aus", sagte Danny. „Ich könnte es roh ess'n."

„Trifft sich gut", sagte Tarzan, hockte sich hin und schnitt zwei Streifen aus einer der Keulen. „Hier bitte", sagte er und bot „Kanone" einen an.

„Hör'n Sie doch auf mit den Scherz'n", mahnte dieser.

Tarzan blickte ihn fragend an und riß gleichzeitig einen Mundvoll Fleisch mit seinen kräftigen Zähnen ab. „Wildschwein ist zwar ein bißchen zäh, aber das war das einzige, was ich erlegen konnte, ohne allzu viel Zeit zu verlieren. Warum essen Sie nicht? Ich dachte, Sie wären hungrig."

„Ich muß mein Stück brat'n", sagte der Kanone.

„Eben haben Sie erklärt, Sie könnten es roh essen", erinnerte ihn der Affenmensch.

„Das war nur so dahingesagt", antwortete „Kanone". „Vielleicht könnt' ich es, hab's einfach noch nie probiert."

„Dann entfachen Sie ein Feuer und braten Sie ihr Stück", sagte Tarzan.

„Sag'n Sie mal, hab'n Sie vor einer Weile das komische Geräusch gehört?" fragte Danny einige Minuten später, als er vor dem Feuer hockte und sein Fleisch briet.

„Was für eins?"

„Ich hab so was zuvor grade einmal gehört - möchte sag'n, es ging mir durch Mark un' Bein! Das war, als Sie das Wildschwein erlegt'n. Ich hörte Sie schrei'n wie in der Nacht, als Sie in uns'rem Lager den Löw'n tötet'n."

„Sobald Sie fertig sind mit Essen, brechen wir auf", sagte Tarzan. Er hackte einige Stücke ab, gab die Hälfte davon „Kanone" und steckte den Rest in seinen Köcher. „Nehmen Sie", sagte er. „Vielleicht haben Sie wieder Hunger, ehe wir noch einmal etwas erlegen können." Dann hob er ein Loch aus und vergrub die Reste des Schweins.

„Wozu tun Sie das?" fragte „Kanone." „Hab'n Sie Angst, es könnte stink'n?"

„Wir kommen vielleicht den gleichen Weg wieder zurück", erklärte Tarzan. „Wenn ja, ist das Schweinefleisch dann weniger zäh."

„Kanone" äußerte sich nicht dazu, sagte sich jedoch im stillen, er sei kein Hund, der Fleisch vergrub und es dann wieder ausgrub, nachdem es faulig war. Allein der Gedanke erweckte bei ihm Übelkeit.

Tarzan fand die Spur von Lafayette Smith sehr bald wieder und folgte ihr leicht, während „Kanone" überhaupt nichts erkannte, das darauf hindeutete, daß eines Menschen Fuß je diese Berge betreten hatte.

„Ich seh' gar nichts", sagte er.

„Das habe ich bemerkt", erwiderte Tarzan.

Das klingt wie eine Stichelei, dachte Patrick, sagte jedoch nichts dazu.

„Hier hat ein Löwe seine Spur aufgenommen", erklärte der Affenmensch.

„Sie woll'n mich doch nich' veralbern, oder?" fragte Danny. „Ich seh' gar nichts auf der Erde."

„Vielleicht nichts, was Sie sehen können", erwiderte Tarzan. „Aber dann seid ihr sogenannten zivilisierten Menschen eben nahezu blind und stocktaub, obwohl ihr es gar nicht wißt", erwiderte Tarzan.

Bald kamen sie an den Felsspalt, und hier sah Tarzan, daß Mensch und Löwe beide hineingegangen waren, wobei der Löwe dem Men-

schen folgte und daß nur der Löwe wieder herausgekommen war.
„Das sieht für den alt'n Smithy ziemlich schlimm aus, nich' wahr?" sagte „Kanone", als Tarzan ihm die Spuren erläutert hatte.
„Könnte sein", erwiderte der Affenmensch. „Ich gehe hinein und suche nach ihm. Sie können hier warten oder mitkommen. Wenn Sie in dem Spalt bleiben, können Sie sich nicht verirren."
„Geh'n Sie voraus, ich folge", sagte Danny.
Der Spalt war viel länger, als Tarzan sich vorgestellt hatte, doch er entdeckte ein Stück hinter dem Eingang, daß der Löwe Smith nicht angegriffen hatte, denn er konnte sehen, wo dieser umgekehrt war, und daß der Mann allein weitergegangen war. Einige Schrammen an den Wänden des Spalts erzählten ihm den Rest der Geschichte ziemlich genau.
„Nur gut, daß er Numa nicht getroffen hat", murmelte der Affenmensch vor sich hin.
Am Ende des Spalts hatte er gewisse Schwierigkeiten, sich durch die Öffnung zu zwängen, die zum Tal des Landes Midian führte. Nachdem dies bewältigt war, nahm er Smiths Spur wieder auf und folgte ihr zum See, während Danny weit hinter ihm müde den unebenen Grund des Spaltes dahinstolperte.
Tarzan ging schnell, denn die Spur war deutlich zu sehen. Als er ans Ufer des Chinnereth kam, fiel ihm auf, daß Smiths Spuren sich mit denen einer Frau vermischten, die stark abgelaufene europäische Stiefel trug, und einer anderen, deren Füße in Sandalen steckten.
Gleich bei seinen ersten Schritten ins Tal hatte er in der Ferne das Dorf der Südmidianer gesehen, und nun zog er den falschen Schluß, Smith sei auf freundliche Menschen und andere Weiße gestoßen und befinde sich nicht in Gefahr.
Die Neugier plagte ihn jedoch, das Geheimnis dieses verborgenen Tales zu ergründen. Deshalb beschloß er, das Dorf aufzusuchen, ehe er Smiths Spur weiter verfolgte. Zeit hatte bei seinen Plänen niemals eine große Rolle gespielt, da er von wilden Affen aufgezogen wurde, für die sie überhaupt nichts bedeutete. Doch jede Einzelheit seiner wilden Umgebung zu ergründen und kennenzulernen spielt für den Menschen eine ebenso große Rolle wie für den Priester die Religion.
So ging er weiter rasch auf das entfernte Dorf zu, während Danny Patrick noch langsam über den steinigen Grund des Erdspalts kroch und stolperte.
Er war müde und hoffte jeden Moment, Tarzan entweder mit Smith

oder mit der Nachricht von seinem Tod zurückkehren zu sehen. Deshalb machte er oft halt, um sich auszuruhen, mit dem Ergebnis, daß Tarzan längst nicht mehr zu sehen war, als er das Ende des Spaltes erreichte und hinauskroch und den rätselhaften Anblick eines seltsamen Tales genoß, das sich vor ihm ausdehnte.

„Meine Fresse!“ rief er laut. „Wer hätte geglaubt, dieses Loch führt zu so einer Gegend wie dieser? Möchte wiss'n, in welche Richtung Tarzan gestiefelt is'!“

Dieser Gedanke beschäftigte ihn mehrere Minuten. Er untersuchte den Boden, wie er es bei Tarzan gesehen hatte, sah einige Stellen, wo irgendein kleines Nagetier die Erde aufgekratzt oder ein Staubbad genommen hatte, als Fußabdrücke eines Menschen an und marschierte prompt in die falsche Richtung.

Sie gehört mir!

Die untersetzten, blonden Krieger des Elias, des Sohnes von Noah, umzingelten Lafayette Smith und seine zwei Begleiterinnen schnell. Elias nahm Smiths Pistole an sich und untersuchte sie voller Interesse. Dann ließ er sie in die Ziegenhauttasche fallen, die an seinem Gürtel hing, welcher sein einziges Kleidungsstück umschloß.

„Diese dort gehört mir“, sagte Eshbaal und wies auf Jezebel.

„Warum?“ fragte Elias, Sohn des Noah.

„Ich habe sie zuerst erblickt“, erwiderte Eshbaal.

„Hast du gehört, was er sagte?“ fragte Jezebel Lady Barbara.

Die Engländerin nickte apathisch. Sie war wie gelähmt vor Enttäuschung und ob des Grauens der Situation, denn in gewisser Beziehung würde ihr Schicksal unter diesen Männern vielleicht schlimmer sein als bei den Südmidianern. Das hier waren vitale, primitive Krieger, keine irre Kreaturen, deren natürliche Leidenschaften durch Generationen vererbter Nerven- und Geisteskrankheiten geschwächt worden waren.

„Er will mich haben“, sagte Jezebel. „Ist er nicht schön?“

Lady Barbara blickte sie fast zornig an, dann wurde ihr plötzlich bewußt, daß Jezebel kaum mehr als ein Kind war, was ihre Erfahrung anbetraf, und daß sie keine Ahnung hatte, welches Schicksal ihr vielleicht von den Händen der Nordmidianer zuteil wurde.

In ihrem engstirnigen religiösen Fanatismus leugneten die Südmidianer sogar die eindeutigsten Phasen der Fortpflanzung. Dieser Gegenstand war bei ihnen absolut tabu, und ganze Zeitalter der Erziehung und Sitte ließen ihn in ihren Augen so abscheulich erscheinen, daß Mütter oft ihr Erstgeborenes lieber töteten, als diese Kennzeichen der Sünde sehen zu lassen.

„Arme kleine Jezebel“, sagte Lady Barbara.

„Was meinst du damit, Barbara?“ fragte das Mädchen „Bist du nicht glücklich, daß dieser schöne Mann mich haben will?“

„Hör zu, Jezebel“, sagte die Lady. „Du weißt, ich bin deine Freundin, stimmt's?“

„Meine einzige“, erwiderte das Mädchen. „Die einzige Person, die ich je geliebt habe.“

„Dann glaube mir, wenn ich dir sage, daß du dich töten mußt, wie auch ich mich töten werde, wenn wir diesen Kreaturen nicht entkommen können."

„Warum? fragte Jezebel. „Sind sie nicht viel schöner als die Südmidianer?"

„Vergiß ihre unglückselige Schönheit, doch nie, was ich dir gesagt habe", erwiderte Lady Barbara.

„Nun habe ich Angst", sagte Jezebel.

„Gott sei Dank", rief die Engländerin.

Die Nordmidianer marschierten ungeordnet und ohne Disziplin. Sie schienen ein schwatzhaftes Volk zu sein, denn ihre Dispute und Reden waren zahlreich und lang. Manchmal stritten sie sich über irgendeine Sache derart intensiv oder lauschten einer langatmigen Rede eines ihrer Artgenossen so hingerissen, daß sie ihre Gefangenen völlig vergaßen, die manchmal in ihrer Mitte gingen, manchmal weit voraus und einmal hinter ihnen.

Genau darauf wartete Lady Barbara, ja, sie legte es nahezu darauf an.

„Jetzt!" flüsterte sie. „Sie sehen gerade nicht her." Sie blieb stehen und wandte sich zurück. Sie befanden sich gerade zwischen den Bäumen des Waldes, wo sie einige Deckung fanden.

Smith und Jezebel machten auf Lady Barbaras Anweisung gleichfalls halt. Einen Augenblick standen sie atemlos und beobachteten die sich entfernenden Gestalten ihrer Entführer.

„Und jetzt nichts wie weg!" flüsterte Lady Barbara. „Wir zerstreuen uns und treffen uns am Fuß der Felsenwand wieder."

Der Vorschlag der Lady, sie sollten sich trennen, stieß bei Lafayette Smith auf Unverständnis. Er sah darin eine törichte und unnötige Entscheidung. Da er jedoch in praktischen Angelegenheiten Lady Barbaras Urteilsvermögen mehr vertraute als dem eigenen, äußerte er seine Zweifel nicht, sondern akzeptierte ihren Plan mit gewissen Vorbehalten, von denen er sich bei den folgenden Ereignissen leiten ließ.

Die Engländerin rannte schnell in südöstlicher Richtung, während Jezebel, den Anweisungen ihrer Freundin gehorchend, nach Südwesten davoneilte. Smith blickte nach hinten und stellte fest, daß ihre Entführer sie offensichtlich noch nicht vermißten. Er zögerte einen Augenblick und überlegte, welche Richtung er einschlagen sollte. Noch immer war er überzeugt, er sei der natürliche Beschützer beider Mädchen, ungeachtet der unglücklichen Umstände, die seine Bemühungen zunichte gemacht hatten, diese Rolle wirksam auszufüllen. Er sah jedoch, daß es noch schwieriger sein würde, beide zu beschützen, nachdem sie es vorgezogen hatten, in verschiedenen Richtungen davonzulaufen.

Sein Entschluß war indes bald gefaßt, so schwierig dies auch war. Jezebel befand sich in ihrer Welt. Der Gedanke, von den Nordmidianer ergriffen zu werden, hatte sie keineswegs beunruhigt, sie vielmehr eher in eine enthusiastische Erwartungshaltung versetzt, indem sie sich sagte, daß sie bei diesen keineswegs schlimmer dran sein konnte als bei den einzigen anderen Leuten, die sie kannte.

Lady Barbara hingegen gehörte einer anderen Welt an - der seinen -, und er hatte sie sagen hören, sie werde der Gefangenschaft bei diesen Halbwilden den Tod vorziehen. Seine Pflicht war es daher, ihr zu folgen und sie zu schützen. Also ließ er Jezebel allein zur Felsenklippe zurückrennen, während er der Engländerin in Richtung des Chinnereth folgte.

Lady Barbara Collis lief, bis sie außer Atem war. Einige Minuten lang hörte sie deutlich die Geräusche eines Verfolgers hinter sich - die schweren Schritte eines Mannes. Außer sich vor Verzweiflung, zog sie ihr Taschenmesser aus der Jacke und klappte es im Laufen auf.

Sie fragte sich, ob sie sich mit dieser unzureichenden Waffe das Leben nehmen konnte. Keinesfalls durfte sie ihrem Verfolger damit tödliche Verletzungen zufügen oder ihn schwer verwunden. Der Gedanke an Selbstmord empörte sie jedoch. Sie gelangte zu der Erkenntnis, daß sie die Grenze physischen Leistungsvermögens etwa erreicht hatte, und daß die unheilvolle Entscheidung nicht länger hinausgezögert werden konnte, als das ihr vererbte englische Kämpferblut die Frage für sie entschied. Es gab nur eins, das sie sich jetzt erlauben konnte - sie mußte stehenbleiben und sich verteidigen. Also hielt sie plötzlich inne und fuhr herum, das kleine Messer in der rechten Hand - eine in die Enge getriebene Tigerin.

Als sie Lafayette Smith auf sie zurennen sah, brach sie plötzlich zusammen und sank zu Boden, wo sie, den Rücken an einen Baumstamm gelehnt, sitzen blieb. Lafayette Smith kam schwer atmend herbei und ließ sich neben ihr nieder. Keiner konnte ein Wort hervorbringen, beide rangen nach Luft.

Sie war die erste, die wieder sprechen konnte. „Ich glaube gesagt zu haben, wir sollten uns zerstreuen", erinnerte sie ihn.

„Ich konnte Sie nicht allein lassen", erwiderte er.

„Und was ist mit Jezebel? Die haben Sie allein gelassen.“

„Ich kann nicht beiden zugleich folgen, und Sie wissen, daß Jezebel hier wirklich zu Hause ist. Zu entkommen bedeutete Ihnen wesentlich mehr als ihr.“

Sie schüttelte den Kopf. „Die Gefangennahme bringt für uns beide das gleiche“, sagte sie. „Doch von uns zweien bin ich besser in der Lage, auf mich aufzupassen, als Jezebel - sie begreift gar nicht, in welcher Gefahr sie schwebt.“

„Dennoch sind Sie die wichtigere“, erwiderte er hartnäckig. „Sie haben Verwandte und Freunde, die sich um Sie Sorgen machen. Die arme kleine Jezebel hat nur eine Freundin, und das sind Sie, es sei denn, auch ich könnte mich als ihr Freund betrachten, was ich gern tun würde.“

„Ich glaube, uns drein wird die einzigartige Auszeichnung zuteil, die engste Verbindung von Freunden in der Welt zu sein“, erwiderte sie mit müdem Lächeln. „Weit und breit scheint es niemanden zu geben, der sich gern anschließen würde.“

„Die Freundlose Freundesgesellschaft mit beschränkter Haftung“, schlug er vor.

„Wir sollten vielleich besser eine Direktorenversammlung durchführen und entscheiden, was wir als nächstes tun müssen, um die Interessen der Aktionäre zu wahren.“

„Ich schlage vor, wir machen uns davon“, erklärte er.

„Einverstanden.“ Sie stand auf.

„Sie sind schrecklich müde, stimmt's?“ fragte er. „Ich denke nur, uns vom Gebiet der Nordmidianer so weit weg zu begeben wie nur irgend möglich ist das einzige, was wir tun können. Sie werden todsicher versuchen, uns wieder einzufangen, wenn sie entdeckt haben, daß wir weg sind.“

„Würden wir nur einen Ort finden, wo wir uns bis zum Abend verstecken können“, sagte sie. „Dann könnten wir im Schutz der Dunkelheit zu den Felsenklippen zurücklaufen und nach Jezebel und der Stelle suchen, wo wir unseres Erachtens nach emporklettern können.“

„Dieser Wald ist so offen, daß er kein gutes Versteck bietet, doch zumindest können wir mal nachsehen.“

„Vielleicht finden wir am See eine passende Stelle“, sagte Lady Barbara. „Wir müßten ihn bald erreichen.“

Sie gingen ein beträchtliches Stück, ohne miteinander zu reden.

Jeder war mit seinen Gedanken beschäftigt. Da sie nichts von einer Verfolgung entdeckten, wuchs ihre Zuversicht.

„Wissen Sie, ich kann mich des Gefühls nicht erwehren, daß wir letzten Endes hier doch heil herauskommen werden", sagte er auf einmal.

„Doch was für eine schreckliche Erfahrung das war! Ich hätte mir nie vorstellen können, daß mir so etwas geschieht. Ich kann Jobab einfach nicht vergessen." Es war das erste Mal, daß sie die Tragödie in dem südlichen Dorf erwähnte.

„Sie dürfen einfach nicht daran denken", sagte er. „Sie haben unter den Umständen das einzig Richtige getan. Wäre dies nicht geschehen, so wären Sie und Jezebel wieder ergriffen worden, und Sie wissen, was das bedeutet hätte."

„Doch ich habe ein menschliches Wesen getötet", sagte sie, und ihre Stimme klang sehr ernst.

„Ich habe auch jemanden getötet", erinnerte er sie. „Doch ich bedauere es nicht im geringsten, trotz der Tatsache, daß ich nie zuvor getötet habe. Wäre ich nicht ein so miserabler Schütze, so hätte ich heute noch einen getötet, vielleicht mehrere. Ich bedauere nur, daß es mißlang."

„Es ist eine seltsame Welt", fuhr er nach einer Weile nachdenklichen Schweigens fort. „Da habe ich mich immer als recht wohlerzogen angesehen, ausgerüstet, den Notfällen des Lebens begegnen zu können. Ich glaube, das wäre ich auch, in der friedlichen Umgebung einer Universitätsstadt. Doch was für ein entsetzlicher Versager war ich doch gewesen, kaum daß es mich aus den engen Bahnen meines Lebens hinausgeworfen hatte. Früher habe ich die Jungen immer bedauert, die ihre Zeit auf Schießständen und bei der Kaninchenjagd vergeudeten. Männern, die sich ihrer Zielsicherheit rühmten, begegnete ich nur mit Verachtung. In den vergangenen vierundzwanzig Stunden hätte ich meine ganze Erziehung auf anderen Gebieten für die Fähigkeit hingegeben, gut schießen zu können."

„Man sollte von vielen Dingen etwas wissen, um richtig gebildet zu sein", sagte das Mädchen. „Nur fürchte ich, Sie setzen den Stellenwert der Zielsicherheit bei der Bestimmung des kulturellen Status eines Menschen zu hoch an."

„Gut, nehmen wir das Kochen", räumte er ein. „Eine Person, die nicht gut kochen kann, ist nicht ausreichend gebildet. Ich hatte gehofft, eines Tages eine Autorität in Geologie zu sein, doch bei all meinem Wissen in diesem Fach, das natürlich so umfassend nicht ist, würde ich wahrscheinlich in einem Land verhungern, wo es von Wild nur so wimmelt, nur weil ich weder schießen noch braten kann."

Lady Barbara lachte. „Entwickeln Sie in dieser Phase keinen Minderwertigkeitskomplex", sagte sie. „Wir brauchen jede Unze Selbstvertrauen, die wir aufbringen können. Ich denke, Sie sind erstklassig. Vielleicht können Sie nicht gut schießen - das muß ich wohl zugeben, und vielleicht können Sie nicht braten. Dafür verfügen Sie über etwas, das bei einem Mann viele Mängel ausgleicht - Sie sind tapfer."

Nun war es an Lafayette Smith, zu lachen. „Das ist sehr reizend von Ihnen", sagte er. „Mich freut's, daß Sie so über mich denken. Und ich möchte lieber, Sie denken so, als sonst jemand, weil es Ihnen jetzt so viel bedeutet. Aber es stimmt nicht. Ich war zu Tode verängstigt in dem Dorf letzte Nacht, und als diese Burschen heute über uns herfielen, das können Sie mir glauben."

„Es rechtfertigt meine Feststellung um so mehr", erwiderte sie.

„Ich verstehe nicht."

„Gebildete und intelligente Menschen sind eher geneigt, die Gefahren einer kritischen Situation zu erkennen und einzuschätzen, als die unwissenden Typen ohne Einbildungskraft. Wenn also ein Vertreter der erstgenannten Kategorie angesichts einer Gefahr entschlossen auftritt oder sich aus Pflichtgefühl freiwillig in Gefahr begibt, wie Sie es letzte Nacht taten, bezeugt dies eine viel höhere Stufe von Mut, als der unwissende, nur physisch strukturierte Typ, der nicht Grips genug hat, sich die eventuellen Folgen vor Augen zu führen, die seiner Handlungsweise entspringen können."

„Seien Sie vorsichtig, womöglich veranlassen Sie mich, all das zu glauben - und dann werde ich zum unausstehlichen Egoisten", warnte er sie. „Doch versuchen Sie nicht, mich zu überzeugen, daß meine Unfähigkeit zu braten ein Kennzeichen der Tugend ist."

„Ich... hören Sie! Was war das?" Sie verstummte und blickte hinter sich.

„Sie haben uns gefunden", sagte Lafayette Smith. „Laufen Sie weiter - laufen Sie, so schnell Sie können! Ich versuche, sie aufzuhalten."

„Nein, das hat keinen Sinn", erwiderte sie. „Ich bleibe bei Ihnen, was auch immer geschieht."

„Bitte!“ flehte er. „Warum sollte ich denen entgegentreten, wenn Sie das nicht nutzen.“

„Es würde nichts ausrichten“, sagte sie. „Die würden mich nur später einfangen, und Ihr Opfer wäre vergebens. Ebensogut können wir uns ergeben in der Hoffnung, daß wir sie vielleicht überreden, uns später freizulassen, oder daß wir später nach Einbruch der Dunkelheit eine Fluchtmöglichkeit finden.“

„Sie sollten besser davonlaufen, weil ich kämpfen werde“, sagte er. „Ich lasse nicht zu, daß sie Sie ergreifen, ohne daß ich eine Hand zu ihrer Verteidigung rühre. Wenn Sie jetzt entwischen, kann ich vielleicht später entfliehen. Wir können uns am Fuß der Klippen treffen - doch warten Sie nicht auf mich, wenn Sie einen Weg nach draußen finden. Nun tun Sie, was ich Ihnen sage!“ Sein Ton klang jetzt gebieterisch, er kommandierte.

Gehorsam lief sie in Richtung des Chinnereth davon, doch dann machte sie halt und kehrte zurück. Drei Männer näherten sich Smith. Plötzlich holte einer von ihnen mit seinem Knüppel aus und schleuderte ihn nach dem Amerikaner, um im gleichen Augenblick gemeinsam mit den anderen vorzustürmen.

Der Knüppel verfehlte sein Ziel knapp und fiel Smith zu Füßen. Sie sah, wie er sich bückte und ihn packte, dann sah sie eine weitere Gruppe Midianer durch den Wald kommen und sich den ersten drei anschließen.

Smiths Gegner waren bei ihm, als er sich mit dem Knüppel in der Hand aufrichtete. Nun ließ er ihn kraftvoll auf den Schädel des Mannes niedersausen, der ihn nach ihm geschleudert hatte und seinen Gefährten mit ausgestreckten Händen vorausgelaufen war, um den Fremden zu packen.

Der Mann kippte um wie ein gefällter Ochse. Dann sah Lady Barbara wie Smith den ungleichen Kampf weiterführte, indem er, den Knüppel über seinem Kopf schwingend, den anderen entgegenstürmte.

Sein Angriff kam so unerwartet, daß die Männer stehenblieben und sich umwandten, um ihm auszuweichen. Einer war jedoch zu langsam, und die Lady hörte, wie sein Schädel unter dem schweren Schlag der Keule barst.

Nun kam die Verstärkung rasch herbeigeeilt. Sie umzingelten den einzelnen Gegner und überwältigten ihn, und Smith ging unter ihnen zu Boden.

Lady Barbara brachte es einfach nicht übers Herz, den Mann zu verlassen, der so tapfer, wenngleich aussichtslos versucht hatte, sie zu verteidigen. Und als die Nordmidianer Smith entwaffnet und festgenommen hatten, sahen sie sie noch immer stehen, wo sie während des kurzen Handgemenges immer gestanden hatte.

„Ich konnte nicht weglaufen und Sie im Stich lassen“, sagte sie zu Smith, als beide zum Dorf der Nordmidianer gebracht wurden. „Ich glaubte, sie würden Sie töten, und ich konnte Ihnen nicht beistehen... Oh, es war schrecklich. Ich durfte Sie doch nicht im Stich lassen, nicht wahr?“

Er schaute sie einen Moment an. „Nein“, antwortete er, „Sie nicht.“

Ein Bursche und ein Rock

Danny Patrick, die „Kanone“, war müde und mißgelaunt. Einige Stunden war er nun in dem Glauben marschiert, er folge einer Spur, doch er hatte nichts von seinem vormaligen Gefährten gesehen. Nun plagte ihn der Durst, und so blickte er häufig zum See hinüber.

„Verdammt noch mal!“ murmelte er. „Ich stief’le dem Kerl erst wieder hinterher, wenn ich was zu trink’n gekriegt habe. In mein’m Mund hab ich das Gefühl, als hätt’ ich die ganze Woche nur Baumwolle gefress’n.“

Er wandte sich von den Felsenklippen ab und schlug die Richtung zum See ein, dessen einladende Wasserfläche in der Nachmittagsonne verlockend blinkte. Indes hatte er keinen Sinn für die Schönheiten der Landschaft, er sah nur eine Möglichkeit vor sich, den Durst zu stillen.

Sein Weg führte ihn durch ein Feld voller Felstrümmer, die von der Kante hoch über ihm herabgestürzt waren. Er mußte sich zwischen den kleineren sorgsam einen Weg suchen, so daß er fast ständig zu Boden blickte. Manchmal mußte er größere Geröllhalden umgehen, von denen viele sich vor ihm auftürmten und ihm die Sicht nach vorn verwehrten.

Er verdammte Afrika gerade im allgemeinen und diesen Teil davon im besonderen, als er um einen ungewöhnlich großen Felsbrocken bog. Da blieb er plötzlich stehen, und seine Augen weiteten sich.

„Meine Fresse! Is’ das eine Puppe!“ rief er laut.

Genau vor sich sah er ein goldblondes, äußerst dürftig in einen Fetzen groben Stoffs gehülltes Mädchen auf ihn zukommen. Sie entdeckte ihn gleichzeitig und blieb stehen.

„Oh, wer möget Ihr sein?“ fragte sie mit einem glücklichen Lächeln, doch da sie sich der Sprache der Midianer bediente, verstand „Kanone“ kein Wort.

„Meine Fresse, mir ist klar: Ich mußte erst nach Afrika komm’n, um so was zu seh’n. Würde sag’n, du bist die Richtige. Außerdem scheinst du ganz in Ordnung zu sein. Jedenfalls werde ich aller Welt sagen, du bist es.“

„Vielen Dank“, sagte Jezebel auf englisch. „Ich bin so froh, daß du mich magst.“

„Meine Fresse“, sagte Danny. „Du kommst aus den Staat’n, stimmt’s? Woher genau?“

„Aus Midian“, erwiderte Jezebel.

„Nie davon gehört. Was machst du hier? Wo sin’ deine Leute?“

„Ich warte auf Lady Barbara“, erwiderte das Mädchen. „Und Smith“, fügte sie hinzu.

„Smith? Was für einen Smith?“ fragte er.

„Oh, er ist schön“, gestand Jezebel.

„Dann isses nich’ der, nach dem ich suche“, sagte Danny. „Was macht er hier, und wer ist diese Dame Barbara?“

„Abraham, der Sohn des Abraham, hätte Lady Barbara und Jezebel beinahe getötet, wäre Smith nicht gekommen und hätte uns gerettet. Er ist sehr tapfer.“

„Nun weiß ich genau, daß das nich’ mein Smith ist“, erklärte „Kanone“. „Womit ich nich’ sagen will, er hätte kein’n Mumm. Was ich meine, ist: Er wüßte gar nich’, wie man jemand’n rettet, er ist Geologe.“

„Wer bist du?“ fragte Jezebel.

„Nenn mich Danny, Kleines.“

„Mein Name ist nicht Kleines“, erklärte sie freundlich. „Ich heiße Jezebel.“

„Jezebel! Meine Fresse, was für ein Firmenschild! Du siehst aus, als müßtest du Gwendolyn sein.“

„Ich bin Jezebel“, versicherte sie ihm. „Weißt du, wen ich zu treffen hoffte?“

„Nein. Nun sag mir mal, für wen du mich gehalt’n hast, Kleines. Bestimmt für Präsident Hoover oder Big Bill Thompson, stimmt’s?“

„Die kenne ich nicht. Ich hoffte, du wärst ‘Kanone’!“

„Die’Kanone’? Was weißt du über ‘Kanone’, Kleines?“

„Mein Name ist nicht Kleines, sondern Jezebel“, verbesserte sie ihn höflich.

„O.k., dann Jez“, willigte Danny ein. „Aber sage mir, wer dir über den Burschen ‘Kanone’ was erzählt hat.“

„Mein Name ist nicht Jez, sondern...“

„Ach ja, stimmt, Kleines, du bist Jezebel - das ist schon o.k. Wie ist das nun mit ‘Kanone’?“

„Was soll mit ihm sein?“

„Ich stelle jetzt die Fragen.“

„Aber ich verstehe deine Sprache nicht“, rechtfertigte sie sich. „Es klingt wie Englisch, doch es ist nicht das, was die englische Lady Barbara mir beigebracht hat."

„Es ist nicht Englisch, sondern Amerikanisch", versicherte ihr Danny ernsthaft.

„Aber es ist Englisch ähnlich, nicht wahr?"

„Gewiß", sagte „Kanone". „Der einzige Unterschied ist, wir können Englisch verstehen, doch die Engländer anscheinend nicht alles von uns. Ich vermute, die sin' zu dusslig."

„O nein, das sind sie nicht", versicherte ihm Jezebel. „Lady Barbara ist Engländerin, und sie kann ebenso gut wie du sprechen."

Danny kratzte sich am Kopf. „Ich hab' nich' gesagt, sie wär'n Trottel. Ich sagte, sie sind dusslig. Trottel könn'n nur mit welch'n wie sie. Wenn jemand dußlig is', weiß er nichts."

„Aha", sagte Jezebel.

„Aber was ich wiss'n will, is', wer dich über diesen 'Kanone' schlau gemacht hat."

„Kannst du es bitte auf englisch sagen", bat Jezebel.

„Meine Fresse, einfacher geht's doch gar nicht! Ich hab' gefragt, wer dir von 'Kanone' erzählt hat un' was!" Danny wurde langsam ungeduldig.

„Smith hat uns von ihm erzählt. Er meinte, 'Kanone' wäre ein Freund von ihm, und als ich dich sah, dachte ich mir gleich, du müßtest Smiths Freund sein, der nach ihm sucht."

„Also, was du alles darüber weißt!" staunte Danny.

„Ich habe gerade erzählt, was ich darüber weiß", erläuterte das Mädchen. „Aber vielleicht hast du mich nicht verstanden, vielleicht bist du das, was du vorhin als 'dusslig' bezeichnet hast."

„Du willst mich wohl veralbern, Kleines?" fragte 'Kanone'.

„Ich heiße nicht..."

„Schon gut, schon gut. Ich weiß, wie du heißt."

„Warum nennst du mich dann nicht bei meinem Namen? Magst du ihn nicht?"

„Aber sicher, Kleines... ich meine Jezebel. Gewiß mag ich ihn. Er ist ganz in Ordnung, wenn man sich daran gewöhnt hat. Aber sag' mir nun, wo ist Old Smithy?"

„Ich kenne keine solche Person."

„Eben hast du gesagt, du kennst ihn."

„Ach so, verstehe", sagte Jezebel. „Smithy ist Amerikanisch für Smith. Aber Smith ist nicht alt. Er ist ziemlich jung."

„Na gut, wo ist er also?" fragte Danny resigniert.

„Wir wurden von den schönen Menschen aus Nordmidian gefangen, konnten jedoch entkommen und weglaufen", berichtete Jezebel. „Wir sind in verschiedene Richtungen gerannt, werden uns aber alle heute abend weiter südlich an den Felsenklippen treffen."

„Schöne Menschen?" staunte 'Kanone'. „Hat Old Smithy sich von einer Bande von Feen schnapp'n lass'n?"

„Ich verstehe nicht", sagte Jezebel.

„Das is' mir klar", tröstete er sie. „Aber sag mal, Kleines..."

„Mein Name ist..."

„Ja gut, vergiß es ... du weißt, wen ich meine. Also, was ich sag'n wollte: Wir zwei sollt'n jetzt zusammenbleib'n, bis wir Old Smithy find'n. Einverstand'n?"

„Das wäre nett, 'Kanone'", versicherte sie ihm.

„Hör mal, nenn mich Danny, Kl... Jezebel."

„Jawohl, Danny."

„Meine Fresse, ich wußte nicht, daß Danny so ein schöner Firmenname ist, wenn du ihn aussprichst. Was meinst du, sollten wir uns dort unten nicht erst mal 'n mächtigen Drink hol'n? Ich hab nämlich solch'n Durst, daß mir die Zunge 'raushängt. Dann kehren wir zu diesem Steinhauf'n hier zurück und suchen nach Old Smithy."

„Das wäre nett", pflichtete Jezebel bei. „Ich habe auch Durst." Sie seufzte. „Du kannst dir nicht vorstellen, wie glücklich ich bin, Danny."

„Warum?"

„Weil du bei mir bist."

„Meine Fresse, Kl... Jezebel, du gehst ja mächtig 'ran."

„Ich weiß nicht, was du meinst", erwiderte sie unschuldig.

„Na, du hast doch eb'n gesagt, du bist glücklich, weil ich bei dir bin."

„Ich fühle mich einfach sicher bei dir, nach allem, was Smith uns erzählt hat. Er meinte, er hat sich auch immer sicher gefühlt, wenn du in der Nähe warst."

„So ist das? Ihr alle wollt einen Schutzburschen haben, ja? Demnach magst du mich nicht einfach so, wie ich bin?"

„Aber natürlich mag ich dich, Danny", sagte das Mädchen „Ich denke, du bist schön."

„Was? Nun hör mal zu, Schwester. Möglich, daß du mich nur aufzieh'n willst - ich weiß nich'. Vielleicht hast du auch nich' alle Tass'n im Schrank. Aber rede nich' so mit mir. Ich weiß, wie meine

Visage aussieht. Sie is' nicht schön, und ich hab mir auch nie was drauf eingebildet."

Jezebel, die nur Bruchstücke von Dannys Ausführungen verstand, antwortete nicht, und sie gingen eine Weile schweigend in Richtung des Sees. Der Wald lag nunmehr ein kleines Stück entfernt zu ihrer Linken, und sie hatten keine Ahnung, was dort vor sich ging. Auch drang kein Laut an ihre Ohren, um sie von dem Unglück in Kenntnis zu setzen, das Lady Barbara und Lafayette Smith ereilt hatte.

Am See angelangt, stillten sie ihren Durst. Danach verkündete 'Kanone', er werde sich jetzt eine Weile ausruhen, ehe er zu den Felsenklippen zurückging. „Ich frage mich, wie weit ein Bursche lauf'n kann, denn in den letzten zwei Tagen habe ich diese Strecke hin und zurück hinter mich gebracht."

„Wie weit ist das?" fragte Jezebel.

Er blickte sie eine Weile an und schüttelte den Kopf. „Es ist doppelt so weit", erklärte er, während er sich lang ausstreckte und die Augen schloß. „Meine Fresse, ich tauche schon ab", murmelte er.

„Wohin?"

Er würdigte sie keiner Antwort, und dann ersah sie auch schon aus seinem veränderten Atem, daß er schlief.

Nicht sehr lange. Die Sonne war zu heiß. Als er aufwachte, richtete er sich auf einem Ellenbogen auf und schaute in die Runde. Sein Blick fiel auf das Mädchen, er betrachtete sie eine Weile und registrierte die grazilosen Linien des geschmeidigen, jungen Körpers, die üppige Pracht des goldblonden Haares und das reizvolle Gesicht.

Die Kleine sieht wirklich prima aus, dachte er bei sich. Ich hab ja ein Haufen Puppen in meinem Leben gesehen, doch niemals eine, die an sie 'rankommt. Sie wäre wirklich eine Bombenattraktion in dies'm knappen Fetzen. Meine Fresse, da würd'n die Lamp'n ausgeh'n! Ich frage mich, wo diese Midianersiedlung ist, woher sie kommt, wie sie sagt. Wenn dort alle so gut aussehen wie sie, wär' das der ideale Ort für mich.

Jezebel bewegte sich, er langte hinüber und rüttelte sie an der Schulter. „Wir hau'n uns besser später wieder mal hin", sagte er. „Schließlich woll'n wir ja Old Smithy und jene Dame nicht verfehlen."

Jezebel setzte sich auf und blickte um sich. „Oh, hast du mich erschreckt! Ich glaubte, etwas käme auf uns zu."

„Warum? Schlechte Träume?"

„Nein, du sagtest, wir müßten etwas hauen."

„Ach, Käse! Ich meinte, wir müßt'n uns jetzt besser auf die Sock'n machen, hin zu den groß'n Fels'n."

Jezebel blickte verwirrt.

„Wir sollten zu den Felsenklippen tippeln, wo Old Smithy und die Lady Barbara sich mit dir treffen wollen, wie du sagst."

„Jetzt versteh' ich", sagte Jezebel. „Dann wollen wir aufbrechen."

Als sie die Felsenklippen erreichten, war keine Spur von Smith oder Lady Barbara zu sehen. Auf Jezebels Vorschlag gingen sie langsam weiter nach Süden in Richtung der Ebene, wo sie und das englische Mädchen gehofft hatten, einen Fluchtweg zur Außenwelt zu finden.

„Wie bist du denn in dieses Tal gekommen, Danny?" fragte Jezebel.

„Durch ein'n großen Spalt in dem Berg", erwiderte er.

„Das muß dieselbe Stelle sein, durch die auch Smith hereingekommen ist", sagte sie. „Könntest du sie wiederfinden?"

„Bestimmt. Genau dorthin will ich jetzt."

Erst im Laufe des Nachmittags fand Danny den Eingang in den Felsspalt. Sie hatten nichts von Lady Barbara und Smith gesehen und waren in Verlegenheit, was sie am besten tun sollten.

„Vielleicht sind sie hergekomm'n und eingestieg'n, während wir unser Nickerch'n hielt'n", mutmaßte Danny.

„Ich weiß nicht, wovon du redest, aber ich vermute, du meinst, sie könnten die Öffnung gefunden haben, während wir schliefen, und das Tal verlassen haben."

„Genau das habe ich doch gesagt", behauptete Danny.

„Es klang eigentlich ganz anders."

„Willst du mich auf den Arm nehmen, heh?"

„Arm nehmen?"

„Ach, lassen wir das", knurrte „Kanone" verdrossen. „Am besten, wir lass'n dies'n Schutthaufen hier hinter uns liegen und seh'n nach, ob Old Smithy und die Dame auf der anderen Seite sind. Was sagst du dazu?"

„Aber angenommen, sie sind nicht hinausgekommen?"

„Dann müss'n wir eben wieder umkehren. Ich bin aber ziemlich sicher, daß sie draußen sind. Siehst du dies'n Fußabdruck?" Er wies auf seinen eigenen, den er etwas früher am Tag verursacht hatte und der zum Tal hin zeigte. „Ich denke mir, ich bin ganz gut", erklärte er. „Dieser Tarzan wird bald nichts mehr an mir auszusetz'n hab'n."

„Ich würde mir gern ansehen, was auf der anderen Seite der Felsen ist", sagte Jezebel. „Das wollte ich schon immer gern tun."

„Ach, da gibt's nicht viel zu seh'n", versicherte er ihr. „Nur ein bißchen mehr Szenerie. Die hab'n nicht mal 'ne Würstchenbude dort oder einen einzig'n Schnapslad'n."

„Was sind das?"

„Na ja, man könnte sie auch als Tankstellen bezeichn'n."

„Was sind Tankstellen?"

„Meine Fresse, Kleines, was denkst du, was ich bin, ein College-professor? In mein'm ganz'n Leb'n bin noch nie jemandem begegnet, der so viele Fragen stellt."

„Ich heiße..."

„Ich weiß, wie du heißt. Nun los, komm, wir woll'n mal durch dieses Loch in der Wand kriechen. Ich voran. Du kommst dicht hinter mir."

Die mühselige Fortbewegung auf dem mit Steinen überstreuten Boden des Felsspalts stellte „Kanones" Geduld auf eine harte Probe, doch Jezebel war aufgeregt und voller Erwartung. Ihr ganzes Leben lang hatte sie sich Gedanken gemacht, wie die wundervolle Welt jenseits der Klippen wohl aussehen mochte.

Ihre Leute hatten ihr erzählt, dort sei ein flacher Raum, angefüllt mit Sünde, Ketzerei und Unruhe, und ginge einer zu weit, würde er gewiß über den Rand fallen und in den lodernden Flammen eines ewigen Höllenschlunds landen. Jezebel hatte jedoch ihre Zweifel. Sie malte es sich lieber als ein Land voller Blumen und Bäume aus, mit sprudelndem Wasser, wo schöne Menschen an langen Sonnentagen lachten und sangen. Bald sollte sie es nun selbst sehen, und die Aussicht versetzte sie in helle Aufregung.

Endlich kamen sie ans Ende des großen Spaltes und blickten über die Ausläufer der Berge auf einen großen Wald in der Ferne.

Jezebel schlug begeistert die Hände zusammen. „Ach, Danny wie schön das ist!" sagte sie.

„Was?" fragte „Kanone".

„Ach, alles. Meinst du nicht auch, das es schön aussieht, Danny?"

„Das einzige Schöne hier bist du, Kl...Jezebel", sagte er.

Sie blickte ihn mit ihren großen blauen Augen an. „Du meinst, ich bin schön, Danny?"

„Und ob!"

„Glaubst du, ich bin zu schön?"

„So was gibt's nicht, doch wenn's das gäbe, wärst du's. Warum fragst du das?"

„Lady Barbara sagte, ich wäre zu schön."

„Kanone" überlegte eine Weile. „Ich denke mir, in der Hinsicht hat sie recht, Kleines."

„Du nennst mich gern so, stimmt's?" fragte Jezebel.

„Na ja, es klingt freundschaftlicher", erklärte er. „Außerdem prägt's sich besser ein."

„Einverstanden, du darfst mich Kleines nenne, wenn du möchtest, aber meine Name ist Jezebel."

„Abgemacht", sagte Danny. „Wenn ich nicht gedenke, dich Jezebel zu nennen, nenne ich dich Kleines, Schwester."

Sie lachte. „Du bist drollig, Danny. Du sagst alles falsch. Natürlich bin ich nicht deine Schwester."

„Und darüber bin ich heilfroh, das kannst du mir glaub'n, Kleines."

„Warum? Magst du mich nicht?"

Danny lachte. „Ich hab so 'was wie dich noch nie zuvor gesehen", sagte er. „Da kommt unsereins schon ins Grüb'ln." Dann fügte er in etwas ernsterem Ton hinzu: „Aber es gibt etwas, da brauch' ich nicht drüber zu grüb'ln, und das ist die Tatsache, daß du 'n liebes kleines Ding bist."

„Ich weiß nicht, worüber du redest", sagte Jezebel.

„Das kann ich mir vorstell'n", erwiderte er. „Doch jetzt woll'n wir uns erst mal hinsetz'n und 'n bißch'n ausruh'n. Ich bin müde."

„Und ich hungrig", sagte Jezebel.

„Ich habe noch nie 'ne Frauensperson geseh'n, die das nicht war, aber warum mußt du das jetzt anbring'n? Ich bin so hungrig, daß ich Heu fressen könnte."

„Smith hatte eine junge Ziege erlegt, und davon haben wir etwas gegessen", erzählte Jezebel. „Den Rest hat er in die Haut eingewickelt, und ich vermute, die hat er dann verloren, als die Nordmidianer uns angriffen. Ich wünschte..."

„Mein Gott, was bin ich für ein Trottel!" Er langte in eine seiner Taschen und förderte mehrere Streifen rohen Fleisches zutage. „Den ganzen Tag schleppe ich die mit mir 'rum, und dann vergesse ich sie - und bin doch am Verhungern."

„Was ist das?" fragte Jezebel und beugte sich näher zu ihm, um die unansehnlichen Stücke zu betrachten.

„Schweinefleisch", antwortete Danny und ging daran, Zweige und trockenes Gras zu sammeln, um ein Feuer zu entfachen. „Und ich weiß auch, wo noch viel mehr davon liegt, wobei ich mal dachte, ich könnte kein'n Bissen 'runterbring'n, doch jetzt ist mir klar, daß ich es könnte - selbst wenn ich mit den Mad'n darum kämpfen müßte."

Jezebel half ihm, Holz zu sammeln, das äußerst knapp war und sich praktisch auf tote Zweige einer kleinen Art von Artemis beschränkte, die auf dem Berghang wuchs. Schließlich hatten sie jedoch einen ansehnlichen Vorrat gesammelt, und bald brieten sie Stücke von Wildschweinfleisch über den Flammen. Sie waren so damit beschäftigt, daß keiner der beiden die drei Reiter sah, die eine Meile entfernt auf einem Berggrat hielten und sie beobachteten.

„Das ist fast wie im Haushalt, stimmt's?" bemerkte „Kanone".

„Was ist das?" fragte Jezebel.

„Wenn ein Bursche und sein Mädchen sich zusammentun und gemeinsam koch'n. Nur in einer Hinsicht sind wir besser dran - wir haben nachher kein'n Abwasch."

„Was heißt 'zusammentun', Danny?" fragte sie.

„Na ja... hm." Danny lief rot an. Er hatte in seinem Leben schon viele Dinge zu vielen Mädchen gesagt, darunter manches, was selbst einen hölzernen Indianer zum Erröten gebracht hätten. Dies war vielleicht das erste Mal, daß er in Verlegenheit war.

„Na ja... hm", wiederholte er. „Zusammentun heißt heiraten."

„Oh", sagte Jezebel. Sie schwieg eine Weile und schaute zu, wie das Fleisch über den kleinen Flammen brutzelte. Dann blickte sie ihn an. „Ich denke mir, ein gemeinsamer Haushalt macht Spaß."

„Das meine ich auch", pflichtete Danny bei. „Mit dir", fügte er hinzu, und seine Stimme klang ein wenig heiser. Er schaute sie an, und in seinen Augen war ein seltsames Licht, das kein anderes Mädchen je darin gesehen hatte. „Du bist wirklich ein drolliges kleines Ding", sagte er dann. „So was wie du ist mir noch nie zuvor begegnet." Dabei gab er nicht auf das Stück Fleisch am Ende des zugespitzten Zweiges acht, den er in der Hand hielt, und es fiel ins Feuer.

„Meine Fresse!" rief er. „Sieh dir das an!" Er angelte das unansehnliche Stück aus der Asche und den Flammen und betrachtete es. „Es sieht nicht mehr so gut aus, aber ich tue so als ob. Ich esse es doch. Wär' mir auch egal, wenn ein Elefant eine Woche lang draufgesessen hätte - ich würde es essen und den Elefanten dazu."

„Sieh mal dort!" sagte Jezebel. „Da kommen ein paar Männer, und sie sind alle schwarz. Auf was für komischen Tieren sie sitzen? Oh, Danny, ich hab Angst."

Er hatte sich gleich bei ihrem ersten Ausruf umgedreht und war aufgesprungen. Ein Blick genügte, und er wußte, wer die Fremden waren - jedenfalls keine Fremden für ihn.

„Hau ab, Kleines!" sagte er. „Husch zurück in den Spalt und lauf wieder ins Tal. Sie könn'n dir auf den Zoss'n nich' folg'n."

Die drei Shiftas waren schon ganz nahe. Als sie sahen, daß man sie entdeckt hatte, spornten sie ihre Pferde zum Galopp an, und Jezebel stand noch immer mit großen Augen neben dem kleinen Feuer und sah ganz verängstigt aus. Sie hatte die seltsamen Worte nicht verstanden, die „Kanone" gebraucht hatte. „Hau ab" und „Zossen" gehörten nicht zu dem Wortschatz, den ihr Lady Barbara Collis beigebracht hatte. Doch selbst wenn sie ihn verstanden hätte, hätte dies nichts geändert, denn sie gehörte nicht zu der Gattung, die angesichts einer Gefahr weichen wird, ihre kleinen Füße waren nicht zum Davonlaufen geschaffen, sie konnte ihren Gefährten nicht in einer Notsituation zurückzulassen.

„Kanone" blickte hinter sich und sah sie. „Um Gottes willen, hau ab, Kleines", sagte er. „Das dort sind harte Burschen. Ich kenne sie." Dann waren die Shiftas bei ihnen.

Um Munition zu sparen, die bei ihnen stets knapp und schwer zu beschaffen war, versuchten sie, ihn niederzureiten und mit den Kolben zu schlagen. Er wich dem vorderen Reiter aus, und als der die Zügel anzog, um sein Pferd zum erneuten Angriff zurückzureißen, sprang „Kanone" an seine Seite und zog ihn aus dem Sattel. Das Pferd des zweiten Shiftas stolperte über die zwei Männer, stürzte und warf den Reiter ab.

„Kanone" ergriff das lange Gewehr, das dem Mann entfallen war, den er aus dem Sattel gezerrt hatte, und raffte sich auf. Jezebel beobachtete ihn mit großen Augen voller Staunen und Bewunderung. Sie sah ihn das Gewehr wie einen Knüppel schwingen und einen dritten Reiter treffen, dann sah sie denjenigen, mit dem er zuerst handgemein geworden war, ihn bei den Beinen packen und zu Boden reißen, während der zweite, der abgeworfen worden war, nun herbeistürzte und ihn ansprang. Gleichzeitig versetzte ihm der dritte Shifta einen schweren Schlag auf den Kopf.

Als Jezebel ihn stürzen sah, und ihm das Blut aus einer gräßlichen Kopfwunde hervorbrach, rannte sie zu ihm. Die Shiftas packten sie jedoch. Einer von ihnen nahm sie vor sich auf sein Pferd, auch die anderen saßen auf, und alle drei galoppierten mit der Gefangenen davon. Danny Patrick, die „Kanone“, ließen sie regungslos in einer Blutlache liegen.

Im Dorf des Elias

Als Tarzan sich dem Dorf von Abraham, des Sohnes von Abraham, näherte, sah ihn ein Wächter, der seine Gefährten sofort warnte, mit dem Ergebnis, daß bei der Ankunft des Affenmenschen alle Hütten verlassen waren und die Dorfbewohner in den Höhlen an der hoch aufragenden Felswand Zuflucht gesucht hatten.

Abraham, der Sohn des Abraham, trieb sein Volk aus der Sicherheit der höchsten Höhle an, das Vordringen dieser seltsamen Kreatur zu verhindern, deren teilweise Nacktheit und ungewöhnliche Bewaffnung ihn mit Sorge erfüllten, die Folge war, daß die Dorfbewohner mit viel Gebrüll Felsbrocken den steilen Hang hinabrollen ließen, als Tarzan den Fuß der Wand erreichte, um ihn zu vernichten.

Der Herr des Dschungels blickte auf die heulenden Kreaturen über ihm. Was immer seine Empfindungen waren, seine Miene verriet sie nicht. Zweifellos herrschte die Verachtung vor, denn er las in dem Empfang, den sie ihm bereiteten, nur Furcht und Feigheit.

Da die pure Neugier ihn zum Besuch dieses seltsamen Dorfes veranlaßte, seit er wußte, daß Smith es bereits verlassen hatte, blieb er gerade lange genug, um sich die Menschen und ihre Kultur kurz anzusehen. Beides war keinesfalls geeignet, ihn länger aufzuhalten. Also machte er kehrt und ging auf der eigenen Spur zu der Stelle am Ufer des Chinnereth zurück, wo er die nach Norden führende Spur von Smith, Lady Barbara und Jezebel entdeckt hatte.

Er nahm sich Zeit bei seinem Marsch, machte am See halt, um seinen Durst zu stillen, und aß von dem kleinen Vorrat Wildschweinfleisch. Dann legte er sich zur Ruhe nieder nach Art der Tiere, die gefressen haben und die nichts drängt.

In dem Dorf, das er soeben verlassen hatte, dankte Abraham, der Sohn des Abraham, Jehova für die Rettung vor dem Barbaren, obwohl er in erster Linie sich das Verdienst vorbehielt, seine Herde so meisterhaft verteidigt zu haben.

Und wie erging es Lady Barbara und Lafayette Smith? Nach ihrer erneuten Gefangennahme gab man ihnen keine zweite Gelegenheit zur Flucht. Schwer bewacht wurden sie nordwärts zum Dorf des Elias, des Sohnes von Noah, geleitet.

Die Lady war sehr niedergeschlagen. Smith versuchte, sie zu trösten, konnte jedoch selbst kaum Gründe dafür anführen.

„Ich kann nicht glauben, daß sie uns etwas zuleide tun werden", sagte er. „Wir haben nichts Böses getan, außer daß wir eine ihrer Ziegen getötet haben, und das nur, weil wir Hunger litten. Ich kann jeden Preis bezahlen, den sie für das Tier nennen. So wird ihnen Ersatz geleistet, also haben sie keinen weiteren Grund, sich über uns zu beklagen."

„Womit wollen Sie denn bezahlen?" fragte Lady Barbara.

„Ich habe Geld bei mir", erwiderte Smith.

„Und was hätten sie davon?"

„Was sie davon hätten? Na, sie könnten sich eine andere Ziege kaufen, wenn sie möchten", erwiderte er.

„Diese Leute kennen kein Geld", sagte sie. „Es hätte für sie keinen Wert."

„Ich glaube, Sie haben recht", gestand er ein. „Daran habe ich nicht gedacht. Aber ich könnte ihnen meine Pistole geben."

„Die haben sie schon."

„Doch sie gehört mir", rief er. „Sie müssen sie mir zurückgeben."

Sie schüttelte den Kopf. „Sie haben es hier nicht mit Leuten zu tun, die sich von den Normen und Bräuchen der Zivilisation leiten lassen oder sich vor Justizorganen verantworten müssen, mit denen wir vertraut und wodurch wir vielleicht alle so zivilisiert sind."

„Wir sind ihnen einmal entkommen, vielleicht gelingt es uns ein zweites Mal", gab er zu bedenken.

„Ich glaube, das ist unsere einzige Hoffnung."

Das Dorf der Nordmidianer, in dem sie sehr bald anlangten, war beeindruckender als das der Leute am Südende des Tales. Neben vielen primitiven Hütten gab es hier auch mehrere Steingebäude, überhaupt wirkte das ganze Dorf sauberer und wohlhabender.

Einige hundert Bewohner kamen der Gruppe entgegen, kaum daß man sie gesichtet hatte, und den Gefangenen fiel auf, daß nirgends Degenerationserscheinungen oder Krankheiten entdeckt werden konnten, die für die Südmidianer so charakteristisch gewesen waren. Im Gegenteil, diese Menschen schienen sich bester Gesundheit zu erfreuen, sie sahen intelligent aus, und ihr Körperbau wies sie als eine prächtige Rasse aus. Einige konnten als attraktiv gelten. Alle hatten goldblonde Haare und blaue Augen. Die Vorstellung, daß sie demselben Stamm zuzurechnen waren, der auch Abraham, den Sohn des Abraham, und seine entartete Herde hervorgebracht hatte, erschien völlig unmöglich, entsprach jedoch den Tatsachen.

Die Frauen und Kinder stießen und schoben einander, die Männer nicht weniger, weil alle den Gefangenen nahekommen wollten. Sie schnatterten und lachten unaufhörlich. Besonders die Kleidung der Gefangenen schien Anlaß ungeheuren Staunens und unbändiger Fröhlichkeit zu sein.

Da ihre Sprache praktisch dieselbe wie die der Südmidianer war, hatte Lady Barbara keine Schwierigkeiten, zu verstehen, was sie sagten. Aus Fetzen der Unterhaltung, die sie auffing, wurde ihr bewußt, daß ihre schlimmsten Befürchtungen gerechtfertigt waren.

Dennoch tastete niemand aus der Menge sie an, und man erkannte deutlich, daß sie ihrem Wesen nach kein grausames Volk waren, obwohl Religion und Brauchtum ihnen offensichtlich für Feinde, die in ihre Hände fielen, eine rauhe Behandlung vorschrieben.

Nach der Ankunft im Dorf wurde Lady Barbara von Smith getrennt. Man brachte sie zu einer Hütte und überantwortete sie einer jungen Frau, während Smith unter Bewachung mehrere Männer in einer anderen untergebracht wurde.

Lady Barbaras Kerkermeisterin, eine recht hübsche Frau, war ihr keineswegs übel gesonnen und erinnerte sie stark an Jezebel. Sie war ebenso gesprächig wie die Männer, die sie gefangengenommen hatten.

„Ich habe noch nie eine derart seltsam aussehende Südmidianerin gesehen wie dich“, sagte sie. „Und der Mann gleicht ihnen überhaupt nicht. Dein Haar hat weder die Farbe derjenigen, die sie am Leben lassen, noch derer, die sie vernichten - es ist so ein Zwischending, und auch deine Kleidungsstücke sind ganz anders als alle, die ich bis jetzt sah.“

„Wir sind keine Midianer“, sagte Lady Barbara.

„Aber das ist unmöglich“, sagte die Frau. „Im Land Midian leben nur Midianer, und es gibt keine Möglichkeit, herein oder hinaus zu kommen. Manche sagen, jenseits der großen Klippen wohnten Menschen, andere meinen, dort sind nur Teufel. Bist du keine Midianerin, dann bist du vielleicht ein Teufel. Aber dann bist du natürlich eine Midianerin.“

„Wir kommen aus einem Land jenseits der Felsenklippen“, erwiderte Lady Barbara. „Und wir möchten nichts weiter, als in unser Heimatland zurückzukehren.“

„Ich glaube nicht, daß Elias das zulassen wird. Er wird dich so behandeln, wie wir immer mit Südmidianern verfahren.“

„Nämlich wie?“

„Die Männer werden ihrer Ketzerei wegen zu Tode gebracht. Wenn die Frauen gut aussehen, werden sie als Sklavinnen gehalten. Das Leben einer Sklavin ist nicht so schlecht. Ich bin eine. Meine Mutter war auch eine. Sie war eine Südmidianerin, die von meinem Vater geraubt wurde, der sie in Besitz nahm. Sie war sehr schön. Die Südmidianer hätten sie nach einer Weile getötet, wie ihr es mit all euren schönen Frauen tut, kurz bevor sie ihr erstes Kind zur Welt bringen.

Wir sind jedoch anders. Wir töten diejenigen, die nicht gut aussehen, Jungen wie Mädchen, und auch jeden, der von den seltsamen Dämonen heimgesucht wird, die die Südmidianer befallen. Hast du diese Dämonen?"

„Ich bin keine Midianerin, wie ich dir schon gesagt habe", erwiderte Lady Barbara.

Die Frau schüttelte den Kopf. „Es stimmt, daß du nicht wie sie aussiehst, doch wenn Elias dir jemals Glauben schenkt, bist du verloren."

„Warum?" fragte Lady Barbara.

„Er gehört zu denen, die glauben, daß die Welt jenseits der Felsenwände von Dämonen bewohnt wird. Wenn du also keine Südmidianerin bist, mußt du eine Dämonin sein. Dann wird er dich ganz gewiß vernichten, wie er auch den Mann vernichten wird. Was mich anbetrifft, so gehöre ich zu denen, die sagen, das man es nicht weiß. Einige meinen nämlich, die Welt um Midian herum sei von Engeln bewohnt. Bist du ein Engel?"

„Ich bin kein Dämon", erwiderte Lady Barbara.

„Dann bist du bestimmt eine Südmidianerin oder ein Engel."

„Ich bin keine Südmidianerin", erwiderte die Engländerin beharrlich.

„Dann bist du ein Engel", räsonierte die Frau. „Und wenn das der Fall ist, hast du keine Schwierigkeiten, es zu beweisen."

„Wie?"

„Verrichte einfach ein Wunder."

„Oh", sagte Lady Barbara.

„Ist der Mann ein Engel?" fragte die Frau.

„Er ist Amerikaner."

„Davon habe ich nie etwas gehört - ist das eine Art Engel?"

„Die Europäer nennen sie nicht so."

„Ich denke wirklich, Elias wird sagen, er ist ein Südmidianer, und wird ihn vernichten."

„Warum haßt dein Volk die Südmidianer so?" fragte Lady Barbara.

„Sie sind Ketzer."

„Sie sind sehr religiös", antwortete Lady Barbara. „Sie beten fortwährend zu Jehova und lächeln nie. Warum glaubst du, daß sie Ketzer sind?"

„Sie bestehen darauf, daß das Haar von Paulus schwarz war, während wir wissen, daß es gelb war. Sie sind sehr böse, gotteslästerliche Leute. Einmal vor langer, langer Zeit waren wir alle ein Volk. Unter uns gab es aber viele böse Ketzer, die schwarzes Haar hatten und alle Gelbhaarigen töten wollten. Deshalb sind die mit gelbem Haar davongelaufen und kamen ans nördliche Ende des Tales. Seit dieser Zeit töten die Nordmidianer stets die Schwarzhaarigen und die Südmidianer alle mit gelbem Haar. Glaubst du, daß Paulus gelbes Haar hatte?"

„Aber gewiß", sagte Lady Barbara.

„Das wird für dich sprechen", sagte die Frau.

In dem Augenblick kam ein Mann zur Tür der Hütte und forderte Lady Barbara auf, mit ihm zu kommen.

Die Engländerin folgte dem Boten, und die Frau, die sie bewachte, begleitete sie. Vor einer großen Hütte aus Stein sahen sie Elias im Kreis einer Anzahl älterer Männer aus dem Dorf, während der Rest der Bewohner sich in einem Halbkreis aufgestellt hatte und sie anblickte. Lafayette Smith stand vor Elias, und Lady Barbara wurde neben den Amerikaner gestellt.

Elias, der Prophet, war ein Mann mittleren Alters und sah nicht unsympathisch aus. Er war klein und stämmig, äußerst muskulös gebaut, und sein Gesicht wurde von einem prächtigen blonden Schnurrbart verziert. Wie die anderen Nordmidianer trug er ein einziges Kleidungsstück aus Ziegenfell. Sein einziger Schmuck bestand aus der Pistole, die er Smith abgenommen hatte und an einem Lederriemen um den Hals trug.

„Dieser Mann will nicht reden", sagte Elias zu Lady Barbara. „Er gibt Laute von sich, doch sie haben keine Bedeutung. Warum will er nicht reden?"

„Er versteht die Sprache des Landes Midian nicht", erwiderte die Engländerin.

„Er muß sie verstehen. Jeder versteht sie", erklärte Elias mit Nachdruck.

„Er kommt nicht aus Midian", sagte Lady Barbara.

„Dann muß er ein Dämon sein", sagte Elias.

„Vielleicht ist er ein Engel", erwiderte Lady Barbara. „Er glaubt, daß das Haar des Paulus gelb war."

Diese Erklärung löste eine wortreiche Debatte aus und beeindruckte Elias und seine Apostel dermaßen, daß sie sich zu einer geheimen Beratung ins Innere der Hütte zurückzogen.

„Was geht hier vor, Lady Barbara?“ fragte Smith, der natürlich nichts von alledem verstanden hatte, was gesagt worden war.

„Du glaubst doch, daß das Haar von Paulus gelb war, stimmt's?“

„Ich weiß nicht, wovon Sie reden.“

„Nun, ich habe ihnen erzählt, Sie seien felsenfest überzeugt, daß Paulus gelbes Haar hatte.“

„Warum haben Sie ihnen das gesagt?“ fragte Smith.

„Weil die Nordmidianer Blonde bevorzugen“, erwiderte sie.

„Aber wer ist Paulus?“

„Sie meinen, wer war er. Er ist tot.“

„Oh, das tut mir natürlich leid, aber wer war er?“ fragte der Amerikaner beharrlich weiter.

„Ich fürchte, Sie haben die Heilige Schrift etwas vernachlässigt“, sagte sie zu ihm.

„Ach, der Apostel. Doch welche Rolle spielt es, was für eine Haarfarbe er hatte?“

„Eigentlich keine“, erklärte sie ihm. „Was hier wirklich eine Rolle spielt, ist die Tatsache, daß Sie durch mich erklärt haben, Sie glaubten fest, daß er gelbe Haare hatte. Das könnte Ihr Leben retten!“

„So ein Unsinn!“

„Natürlich - die Religion der anderen ist immer Unsinn. Nur nicht für die Betreffenden. Man vermutet weiterhin, daß Sie ein Engel sind. Können Sie sich das vorstellen?“

„Nein! Wer behauptet das?“

„Ich. Zumindest habe ich es angedeutet, und ich hoffe, Elias glaubt es inzwischen. Wenn ja, sind wir beide sicher, vorausgesetzt, daß Sie in ihrer himmlischen Eigenschaft für mich eintreten.“

„Dann sind Sie so gut wie gerettet“, sagte er. „Denn da ich ihre Sprache nicht sprechen kann, können Sie mir jedes Wort in den Mund legen, ohne befürchten zu müssen, daß man Sie dafür zur Verantwortung zieht.“

„Das steht doch wohl fest, stimmt's?“ sagte sie lachend. „Wäre unsere Lage nicht so kritisch, so hätte ich eine Menge Spaß, Sie doch auch?“

„Sie scheinen an allem etwas Spaßiges zu finden“, sagte er bewundernd. „Selbst angesichts einer Katastrophe.“

„Dafür pfeife ich vielleicht im Dunkeln“, sagte sie.

Sie redeten noch lange miteinander, während sie auf die Rückkehr des Elias und der Apostel warteten, denn es half ihnen, die bangen Minuten nervlicher Anspannung hinter sich zu bringen, die sich langsam zu Stunden dehnten. Sie konnten das Geplapper und das Summen der Aussprache in der Hütte hören, als Elias und seine Stammesgenossen debattierten, wobei auch die Dorfbewohner draußen ständig miteinander schnatterten.

„Sie sind sehr redselig“, bemerkte Smith.

„Vielleicht haben Sie auch schon bemerkt, daß die Nordmidianer eine besondere Neigung dafür haben.“

„Viele Leute reden gern.“

„Ich meine, die Männer quasseln mehr als die Frauen.“

„Vielleicht in Selbstverteidigung.“

„Jetzt kommen sie!“ sagte sie, als Elias im Eingang der Hütte auftauchte und an der Pistole herumfingerte, die er als Schmuck trug.

Die Dunkelheit brach bereits an, als der Prophet und die zwölf Apostel sich im Freien an ihre Plätze begaben. Elias hob die Hand zum Zeichen, daß alle still sein sollten, und als wieder Ruhe herrschte, sagte er: „Mit Jehovas Hilfe haben wir eine gewichtige Frage behandelt. Es gab einige unter uns, die waren der Meinung, dieser Mann sei ein Südmidianer. Andere wieder hielten dafür, er sei ein Engel. Von besonderem Gewicht war die Feststellung, daß er glaubt, Paulus habe gelbes Haar, denn wenn dies wirklich so ist, kann er wahrlich nicht als Ketzer gelten. Ist er kein Ketzer, so ist er auch kein Südmidianer, denn diese sind Ketzer, wie alle Welt weiß. Anderseits wurde vorgebracht, selbst wenn er ein Dämon sei, könne er doch an den gelben Haarschopf von Paulus glauben, auf daß er uns täusche.

Wie können wir rechtes Wissen erlangen? Wir müssen es herausfinden, damit wir nicht infolge unseres Unwissens gegen einen seiner Engel sündigen und den Zorn Jehovas auf uns ziehen.

Schließlich entdeckte ich, Elias, der Sohn Noahs, der wahre Prophet des Paulus, des Sohnes von Jehova, die Wahrheit. Dieser Mann ist kein Engel! Diese Offenbarung wurde mir in einem Ausbruch von Glorienschein durch Jehova selbst zuteil - der Mann kann kein Engel sein, da er keine Flügel hat!“

Ein vielstimmiges „Amen!“ und „Halleluja!“ seitens der versammelten Dorfbewohner war die Antwort, während Lady Barbara ein eisiger Schauer den Rücken hinabfuhr.

„Demzufolge ist er entweder ein Südmidianer oder ein Dämon und muß vernichtet werden."

Lady Barbara blickte Lafayette Smith totenblaß an - man sah es trotz ihrer Sonnenbräune, wie bleich sie war. Ihre Lippen zitterten ein klein wenig. Dies war der erste Hinweis auf eine schwache weibliche Emotion, die Smith bei diesem bemerkenswerten Mädchen entdeckte.

„Was ist los?" fragte er. „Wollen sie Ihnen etwas zuleide tun?"

„Ihnen, mein lieber Freund", erwiderte sie. „Sie müssen fliehen."

„Doch wie?" fragte er.

„Ach, das weiß ich nicht, das weiß ich nicht", sagte sie. „Es gibt nur eine Möglichkeit. Sie müssen darum laufen - jetzt. Es ist dunkel. Sie sind nicht darauf gefaßt. Ich werde etwas tun, um ihre Aufmerksamkeit abzulenken, dann können Sie zum Wald laufen."

Er schüttelte den Kopf. „Nein", sagte er. „Entweder wir gehen zusammen, oder ich bleibe auch."

„Bitte, sonst ist es zu spät!" flehte sie.

Elias hatte mit einem der Apostel geredet und sprach jetzt mit lauter Stimme weiter, so daß alle es hören konnten. „Um die göttliche Anweisung Jehovas nicht mißverstanden zu haben, werden wir diesen Menschen Jehovas Gnade überliefern, und wie Jehova es will, so soll es sein. Hebt das Grab aus. Ist er wahrhaftig ein Engel, so wird er unverletzt wiederauferstehen."

„Fliehen Sie, o bitte, fliehen Sie!" sagte Lady Barbara.

„Was hat er gesagt?" fragte Smith.

„Sie werden Sie lebendig begraben", antwortete sie.

„Und Sie, was wollen Sie mit ihnen tun?" fragte er.

„Ich soll als Sklavin hierbleiben."

Mit angespitzten Stöcken und Werkzeugen aus Bein und Stein waren einige der Männer schon beschäftigt, in der Mitte der Dorfstraße vor der Hütte des Elias, der im Kreis seiner Apostel wartete, ein Grab auszuheben. Er spielte mit dem neuen Halsschmuck, von dessen Verwendungszweck und Mechanismus er absolut keine Ahnung hatte.

Lady Barbara drängte Smith noch immer, einen Fluchtversuch zu unternehmen, solange Gelegenheit dazu war, und der Amerikaner überlegte, wie er es am besten bewerkstelligen könne.

„Sie müssen mit mir kommen", sagte er. „Ich denke, wenn wir einen plötzlichen Durchbruch nach rechts mitten durchs Dorf zu den Felsenklippen unternehmen, bestehen die größten Erfolgschancen. An der Seite sind weniger Leute versammelt.“

Aus der Dunkelheit jenseits der Dorfes, dort, wo der Wald war, verfolgte ein Paar Augen die Vorgänge vor der Hütte des Elias. Der Besitzer dieser Augen schlich sich langsam und lautlos näher heran, bis er am Dorfrand im Schatten einer Hütte stand.

Plötzlich packte Smith Lady Barbaras Hand und rannte zur Nordseite des Dorfes. Der Durchbruch zur Freiheit kam so unerwartet, daß sich einen Augenblick keine Hand rührte, um ihn aufzuhalten. Einen Augenblick später nahm auf einen Schrei von Elias hin die ganze Schar jedoch die Verfolgung auf, während der Beobachter aus dem Schatten der Hütte, wo er sich verborgen hatte, ins Dorf glitt und sich neben der Hütte des Elias versteckte, von wo aus er die Verfolgung der entlaufenen Gefangenen beobachtete. Er war allein, denn der kleine Dorfplatz hatte sich wie durch Zauberkraft geleert, sogar die Frauen und Kinder nahmen an der Hetzjagd teil.

Smith lief schnell und hielt das Mädchen fest an der Hand. Ihnen dichtauf folgten die Anführer der Verfolgung. Die Feuerstellen des Dorfes erleuchteten ihnen nicht länger den Weg, und nur die Dunkelheit lag vor ihnen, da der Mond noch nicht aufgegangen war.

Der Amerikaner bog langsam nach links in der Absicht, in einem Halbkreis nach Süden zu gelangen. Noch bestand eine Chance, daß ihnen die Flucht glückte, wenn sie den Abstand zu den Verfolgern, die ihnen am dichtesten auf den Fersen waren, aufrechterhalten konnten, bis sie den Wald erreichten, denn die Bedrängnis, in der sie sich befanden, verlieh ihnen Geschwindigkeit und Ausdauer weit über das Normale hinaus.

Als der Erfolg schon greifbar nahe erschien, gelangten sie auf eine Stelle mit zertrümmerten Lavafelsen, die sie in der Dunkelheit nicht hatten sehen können. Smith stolperte, fiel und riß Lady Barbara mit zu Boden. Ehe sie sich wieder aufraffen konnten, war der vorderste Midianer bei ihnen.

Der Amerikaner konnte sich für einen Moment befreien und aufstellen. Abermals suchte der Bursche ihn zu packen, doch Smith versetzte ihm einen heftigen Schlag aufs Kinn und warf ihn um.

Die Verschnaufpause war jedoch von kurzer Dauer, denn fast unmittelbar danach wurden der Amerikaner und die englische Lady von einer überlegenen Anzahl überwältigt und sahen sich wieder als Gefangene, obwohl Smith kämpfte, bis er besiegt wurde, und seine Gegner links und rechts zu Boden warf.

Mutlos und niedergeschlagen wurden sie zum Dorfplatz zurückgeschleppt. Ihre letzte Hoffnung hatte sich zerschlagen. Abermals versammelten sich die Midianer um das offene Grab, um die Qualen ihres Opfers mit anzusehen.

Smith wurde an den Rand der Grube geleitet. Zwei stämmige Männer hielten ihn hier fest, während Elias mit lauter Stimme betete und die übrigen Versammelten niederknieten und nur ab und zu laut ein Halleluja oder Amen von sich gaben.

Als der Prophet sein langes Gebet hinter sich gebracht hatte, hielt er inne. Offensichtlich beunruhigte ihn ein Gedanke. Tatsächlich, es war die Pistole, die noch immer an dem Riemen um seinen Hals baumelte. Er wußte noch immer nicht, wozu sie eigentlich diente, und war im Begriff, die einzige Person zu vernichten, die es ihm sagen konnte.

Die Pistole war für ihn der merkwürdigste Gegenstand, der je in seine Hände gefallen war, und er platzte förmlich vor Neugier, was es damit auf sich hatte. Es war vielleicht ein Zauberkräfte ausstrahlender Talisman, der Böses abwandte, sagte er sich. Andererseits konnte es auch das Amulett eines Dämonen oder Zauberers sein, das ihm Schaden zufügen würde. Bei diesem Gedanken streifte er den Riemen schnell über den Kopf, behielt die Waffe jedoch noch in der Hand.

„Was ist das?“ fragte er, an Lady Barbara gewendet, und zeigte ihr die Pistole.

„Es ist eine Waffe“, sagte sie. „Gib acht, oder sie tötet jemanden.“

„Wie tut sie das?“ fragte Elias.

„Was sagt er?“ fragte Smith.

„Er will wissen, wie die Pistole tötet“, erwiderte sie.

Dem Amerikaner kam blitzartig eine Idee. „Sag ihm, er soll sie mir geben, dann zeige ich es ihm“, sagte er.

Doch als sie Elias sein Angebot übersetzte, lehnte dieser ab. „Dann könnte er mich damit töten“, lautete sein Argument.

„Er will sie Ihnen nicht geben“, sagte sie zu Smith. „Er fürchtet, Sie wollten ihn töten.“

„Stimmt“, erwiderte der Mann.

„Sage ihm, er soll mir erklären, wie ich damit jemanden töten kann“, sagte Elias.

„Geben Sie ihm meine Erklärung haargenau wieder“, sagte Smith, nachdem Lady Barbara ihm den Wunsch des Propheten übersetzt hatte. „Sagen Sie ihm, wie er die Pistole halten soll.“ Und als Lady Barbara dies getan hatte und Elias die Waffe am Griff in der rechten Hand hielt, fuhr er fort. „Nun sagen Sie ihm, er soll den Zeigefinger durch den Bügel stecken, aber ja nicht abdrücken.“

Elias tat, was man ihm sagte. „Nun sagen Sie ihm: Um zu sehen, wie die Waffe funktioniert, soll er ein Auge vor die Mündung halten und in den Lauf blicken“, fuhr Smith fort.

„Ich kann aber gar nichts sehen“, sagte Elias mürrisch, als er Lady Barbaras Anweisung nachgekommen war. „Es ist ganz dunkel in dem kleinen Loch.“

„Er meint, es ist zu dunkel im Lauf, als daß er etwas sehen könnte“, übersetzte Lady Barbara dem Amerikaner.

„Nun erklären Sie ihm: Wenn er den Abzug betätigt, wird Licht im Lauf sein“, sagte Smith.

„Aber das wäre dann Mord“, erklärte das Mädchen.

„Das ist Krieg, und in dem folgenden Durcheinander können wir vielleicht fliehen.“

Lady Barbara nahm allen Mut zusammen. „Du kannst nichts sehen, weil du nicht auf den kleinen Metallstift unter deinem Zeigefinger drückst“, machte sie Elias klar.

„Was geschieht dann?“ fragte der Prophet.

„Das wird in dem kleinen Loch Licht erzeugen“, sagte Lady Barbara.

Elias hielt die Mündung wieder vor sein Auge, und diesmal zog er ab. Als der Knall die gespannte Stille der zuschauenden Dorfbewohner zerriß, fiel Elias, der Sohn Noahs, nach vorn auf sein Gesicht.

Sofort sprang Lady Barbara zu Smith, der gleichzeitig den Männern zu entwischen versuchte, die ihn hielten. So verblüfft sie über die Vorgänge auch waren, sie ließen sich dennoch nicht überrumpeln, und obwohl er verzweifelt kämpfte, hielten sie ihn gepackt.

Eine Weile herrschte Totenstille; dann erhob sich ungeheurer Lärm, als die Dorfbewohner erkannten, daß ihr Prophet tot war, vernichtet von dem bösen Zauber eines Dämonen. Doch als sie gerade ihrem Verlangen nach Rache lautstark Ausdruck verleihen wollten, wurde ihre Aufmerksamkeit durch eine seltsame und bemerkenswerte Gestalt abgelenkt, die aus Elias Hütte sprang, sich bückte und die Pistole aufnahm, die den Händen des Toten entfallen war. Dann sprang sie zu dem Gefangenen, der mit seinen Wächtern kämpfte.

Einen solchen Menschen hatte niemand von ihnen je gesehen - einen weißen Hünen mit einem zerzausten schwarzen Haarschopf und grauen Augen, die ihnen einen Schauder den Rücken hinunterjagten, so wild und unversöhnlich blickten sie. Bis auf einen Lendenschurz aus Fell war er völlig nackt, und die Muskeln, die sich unter seiner braunen Haut bewegten, waren von Ausmaßen, wie sie nie zuvor gesehen hatten.

Als der Ankömmling zu dem Amerikaner sprang, schwang einer der Männer, die Smith bewachten, im richtigen Empfinden, daß hier ein Versuch gemacht wurde, den Gefangenen zu befreien, seinen Knüppel kampfbereit nach oben, um dem fremden Wesen, das gegen ihn vorging, einen heftigen Schlag zu versetzen. Im gleichen Augenblick versuchte die andere Wache, Smith von dem Platz fortzuziehen.

Der Amerikaner erkannte Tarzan von den Affen zunächst gar nicht, war sich jedoch bewußt, daß der Fremde ihn retten wollte, und spürte, daß er ein Feind der Midianer war. So kämpfte er, um seinen Wächter daran zu hindern, daß er ihn fortzog.

Ein anderer Midianer packte Lady Barbara in der Absicht, sie vom Schauplatz wegzutragen, denn alle Dorfbewohner glaubten, der fremde Hüne sei ein Freund der Gefangenen und gekommen, ihre Freilassung zu bewerkstelligen.

Es glückte Smith, sich von dem Mann zu befreien, der ihn hielt. Sofort sprang er dem Mädchen zu Hilfe und streckte ihren Entführer mit einem einzigen Hieb zu Boden, während Tarzan gleichzeitig die Pistole auf den Wächter richtete, der ihn niederschlagen wollte.

Der Knall dieses zweiten Schusses und der Anblick ihres wie Elias zu Boden stürzenden Stammesgenossen erfüllte die Midianer mit Bestürzung, und sie wichen einen Augenblick von den Dreien zurück und ließen sie allein mitten auf dem Dorfplatz stehen.

„Schnell!“ rief Tarzan Smith zu. „Machen Sie sich mit dem Mädchen davon, ehe die sich von ihrem Schrecken erholen. Ich folge ihnen nach. In die Richtung“, fügte er hinzu und wies nach Süden.

Als Lafayette Smith und Lady Barbara aus dem Dorf eilten, wich Tarzan langsam hinter ihnen zurück, wobei er die kleine Pistole so hielt, daß die verängstigten Dorfbewohner sie sehen konnten. Diese hatten zwei Leute unter dem schrecklichen Zauber sterben sehen und dachten nicht daran, ihm allzu nahe auf den Pelz zu rücken.

Tarzan setzte den langsamen Rückzug fort, bis er außer Wurfweite der Knüppel war. Dann fuhr er herum und tauchte, Lafayette Smith und Lady Barbara Collis nachsetzend, in die Nacht.

Die besten drei von fünf

Obwohl Jezebel von den schwarzen Gesichtern ihrer Entführer und der seltsamen Tiere verängstigt war, auf denen sie ritten und dergleichen sie sich nie hatte vorstellen können, war der Schmerz dennoch größer als ihre Sorge. Ihr einziger Gedanke war, zu fliehen und zu „Kanone" zurückzukehren, obgleich sie ihn nach dem furchtbaren Schlag, den sein Gegner ihm versetzt hatte, für tot hielt.

Sie mühte sich verzweifelt, sich aus den Händen des Mannes zu befreien, der sie vor sich aufs Pferd gesetzt hatte. Der Bursche war jedoch viel zu stark, und obwohl sie schwer festzuhalten war, bestand zu keiner Zeit auch nur die geringste Wahrscheinlichkeit, daß sie entrinnen konnte. Ihre Bemühungen erbosten ihn jedoch, und schließlich schlug er sie und machte ihr so auf drastische Weise klar, wie sinnlos es war, sich mit ihm zu messen. Sie mußte demnach warten, bis sie unbemerkt vollbringen konnte, was mit Gewalt nicht zu erreichen war.

Das Dorf der Räuber lag nur ein kurzes Stück von der Stelle entfernt, wo sie überfallen worden war. Nach diesem Vorfall verstrichen nur wenige Minuten, und sie näherten sich dem Tor und ritten auf den zentralen Platz.

Das Geschrei, das die Ankunft einer neuen und schönen Gefangenen verkündete, ließ Capietro und Stabutch aus ihren Hütten treten.

„Was haben die schwarzen Teufel denn da mitgebracht?" rief Capietro.

„Sieht aus wie eine junge Frau", sagte Stabutch.

„Stimmt", pflichtete Capietro bei, als sich die Shiftas mit ihrer Gefangenen der Hütte näherten. „Da haben wir ja Gesellschaft, was, Stabutch? Wen habt ihr denn da, meine Kinder?" fragte er die drei, die Jezebel begleiteten.

„Vielleicht den Gegenwert fürs Lösegeld eines Häuptlings", erwiderte einer der Schwarzen.

„Wo habt ihr sie gefunden?"

„Ein kurzes Stück oberhalb des Dorfes, als wir von unserem Erkundungsritt zurückkehrten. Ein Mann war bei ihr. Derselbe, der mit Hilfe des Affenmenschen entkommen ist."

„Wo ist er? Warum habt ihr ihn nicht auch mitgebracht?" fragte Capietro.

„Er hat gegen uns gekämpft, wir mußten ihn töten."

„Das habt ihr gut gemacht“, sagte Capietro. „Sie ist das Doppelte von ihm wert - in verschiedener Hinsicht. Komm her, Mädchen, nimm den Kopf hoch, laß uns dein hübsches Gesicht sehen. Komm nur, du brauchst dich nicht zu fürchten. Wenn du ein braves Mädchen bist, wirst du bald feststellen, daß Dominic Capietro ein guter Junge ist.“

„Vielleicht versteht sie kein Italienisch“, bemerkte Stabutch.

„Du hast recht, mein Freund. Ich werde sie in Englisch anreden.“

Jezebel blickte auf, als sie Stabutch in einer Sprache reden hörte, die sie verstand. Vielleicht war dieser Mann ein Freund, dachte sie. Aber als sie sein Gesicht sah, verlor sie allen Mut.

„Was für eine Schönheit!“ rief der Russe.

„Wir haben uns schnell in sie verliebt, mein Freund“, bemerkte Capietro. „Möchtest du sie kaufen?“

Wieviel verlangst du für sie?“

„Freunde sollten nicht handeln“, sagte der Italiener. „Warte, ich habe es! Komm her, Mädchen“, und er nahm Jezebel beim Arm und führte sie in die Hütte. Stabutch folgte ihnen.

„Warum hat man mich hierher gebracht?“ fragte Jezebel. „Ich habe euch nichts getan. Laßt mich zu Danny zurückgehen. Er ist verwundet.“

„Er ist tot“, sagte Capietro. „Aber du muß nicht traurig sein, Kleine. Jetzt hast du zwei Freunde statt des einen, den du verloren hast. Bald wirst du ihn vergessen haben. Für eine Frau ist es leicht, zu vergessen.“

„Ich werde ihn nie vergessen“, sagte Jezebel. „Ich möchte zurück zu ihm - vielleicht ist er doch nicht tot.“ Dann brach sie zusammen und weinte.

Stabutch musterte das Mädchen gierig. Ihre Jugend und ihre Schönheit weckten den Teufel in ihm, und er schwor sich im stillen, daß er sie besitzen würde. „Weine nicht“, sagte er freundlich. „Ich bin dein Freund. Alles wird gut sein.“

Der neue Ton in seiner Stimme gab Jezebel Hoffnung, und sie blickte dankbar zu ihm auf. „Wenn du mein Freund bist, dann bring mich von hier weg und zurück zu Danny.“

„Nach einer Weile“, erwiderte er, dann fragte er Capietro: „Wieviel?“

„Einem guten Freund verkaufe ich sie doch nicht“, erwiderte der Italiener. „Wir wollen zusammen einen trinken, dann werde ich dir meinen Plan erläutern.“

Beide tranken aus einer Flasche, die auf dem Boden der Hütte stand. „Setz dich“, sagte Capietro und forderte Jezebel auf, sich auf einen schmutzigen Teppich niederzulassen. Dann suchte er eine Weile in seinem Seesack und förderte einen Stapel schmutziger und abgewetzter Karten zutage. „Nimm Platz, mein Freund“, sagte er zu Stabutch. „Wir trinken noch einen, und dann sollst du meinen Plan hören.“

Stabutch trank aus der Flasche und wischte sich die Lippen mit dem Handrücken ab. „Schön“, sagte er. „Was schlägst du vor?“

„Wir spielen um sie“, erklärte der Italiener und mischte die Karten. „Der Sieger darf sie behalten.“

„Darauf wollen wir trinken“, sagte Stabutch. „Fünf Spiele, hörst du, und derjenige, der davon drei gewinnt, kriegt sie, klar?“

„Darauf noch einen Drink, um die Sache zu besiegeln!“ sagte der Italiener. „Die besten drei aus fünf!“

Stabutch gewann das erste Spiel, während Jezebel dabeisaß, zuschaute und keine Ahnung von dem Zweck dieser Kartenblätter hatte, nur wußte, daß sie in gewisser Weise ihr Schicksal entscheiden sollten. Sie hoffte, der jüngere Mann würde gewinnen, doch nur, weil er gesagt hatte, er sei ihr Freund. Vielleicht konnte sie ihn überreden, sie zu Danny zurückzubringen. Sie fragte sich, was das für Wasser in der Flasche war, aus der sie tranken, denn sie bemerkte, daß es bei ihnen eine Veränderung bewirkte. Sie redeten jetzt viel lauter und brüllten seltsame Worte, wenn sie die kleinen Karten auf den Teppich schleuderten. Dann schien der eine sehr zornig zu sein, während der andere immer unmäßig lachte. Auch schwankten und taumelten sie auf eigentümliche Weise. Als sie noch nicht so viel Wasser aus der Flasche getrunken hatten, war ihr dies nicht aufgefallen.

Capietro gewann das zweite Spiel und auch das dritte. Stabutch war fuchsteufelswild, wurde aber nun sehr ruhig. Er konzentrierte sich ganz aufs Spielen und schien fast nüchtern zu sein, als die Karten zum vierten Spiel gemischt wurden.

„Im Grunde gehört sie mir schon!“ sagte Capietro, als er auf sein Spiel blickte.

„Du wirst sie nie kriegen“, knurrte der Russe.

„Was willst du damit sagen?“

„Daß ich die nächsten zwei Spiele gewinne.“

Der Italiener lachte laut. „Das ist gut!“ sagte er. „Darauf sollten wir wieder trinken.“ Er setzte die Flasche an die Lippen und reichte sie danach Stabutch.

„Ich möchte nicht trinken", sagte der Russe in verdrossenem Ton und schob die Flasche weg.

„Aha! Mein Freund wird nervös. Er befürchtet zu verlieren, deshalb will er nicht trinken. Sapristi! Mir kann's egal sein. Ich kriege den Brandy und das Mädchen dazu."

„Spiel aus!" befahl Stabutch kurz.

„Hast du's so eilig zu verlieren?" höhnte Capietro.

„Zu gewinnen", berichtigte Stabutch, und er gewann auch.

Nun war es an dem Italiener, zu fluchen und mit seinem Geschick zu hadern. Abermals wurden die Karten ausgeteilt, nahmen die Männer ihr Spiel auf.

„Das ist das letzte Spiel", sagte Stabutch.

„Wir haben jeder zwei gewonnen", erwiderte Capietro. „Laß uns auf den Sieger trinken - obwohl es mir zuwider ist, einen Trinkspruch auf mich auszubringen." Dabei lachte er wieder, doch sein Lachen klang diesmal häßlich.

Schweigend nahmen sie ihr Spiel wieder auf. Nacheinander fielen die kleinen Karten auf den Teppich. Das Mädchen schaute verwundert und schweigend zu. Sie spürte die Spannung, die mit einmal herrschte, ohne sie zu verstehen. Arme kleine Jezebel, sie verstand so wenig!

Plötzlich sprang Capietro mit einem triumphierenden Fluch auf. „Ich gewinne!" sagte er. „Komm, Freund, trinke mit mir auf mein Glück."

Der Russe trank plötzlich wieder, er nahm diesmal einen sehr langen Zug. In seinen Augen lag ein tückischer Glanz, als er die Flasche Capietro reichte. Leon Stabutch konnte nicht verlieren.

Der Italiener leerte die Flasche und warf sie auf den Boden. Dann wandte er sich zu Jezebel, bückte sich und stellte sie auf. „Komm, meine Liebe", sagte er mit schwerer Zunge. „Gib mir einen Kuß!"

Jezebel wich zurück, doch der Italiener zog sie grob an sich und versuchte, ihre Lippen auf seine zu ziehen.

„Laß das Mädchen in Ruhe", knurrte Stabutch. „Kannst du nicht sehen, daß sie Angst vor dir hat?"

„Wozu habe ich sie denn gewonnen?" fragte Capietro. „Um sie in Ruhe zu lassen? Kümmre dich um deinen Kram."

„Das werde ich auch tun", sagte Stabutch. „Nimm die Hände von ihr." Er trat vor und legte eine Hand auf Jezebels Arm. „Von Rechts wegen gehört sie mir."

„Was meinst du damit?"

„Du hast betrogen. Beim letzten Spiel habe ich dich dabei erwischt."

„Du lügst!" brüllte Capietro und schlug gleichzeitig nach Stabutch. Der Russe wich dem Schlag aus und packte den anderen.

Beide waren betrunken und konnten sich kaum auf den Beinen halten. Sie mußten sich völlig darauf konzentrieren, nicht umzufallen. Aber während sie im Inneren der Hütte miteinander rangen, wurden auch einige Schläge ausgeteilt - genug, ihren Zorn in rasende Wut zu steigern und sie teilweise zu ernüchtern. Dann wurde der Kampf tödlich, denn jeder versuchte, dem anderen an die Kehle zu fahren.

Jezebel schaute mit angstgeweiteten Augen zu und hatte Mühe, ihnen nicht in den Weg zu geraten, während sie kämpfend auf dem Boden der Hütte hin und her rollten. Die beiden Männer waren dermaßen mit sich selbst beschäftigt, daß sie hätte fliehen können, hätte sie nicht noch mehr Angst vor den schwarzen Männern draußen gehabt als vor den Weißen hier drinnen.

Stabutch ließ mit der rechten Hand mehrmals los und versuchte, unter seiner Jacke etwas zu erreichen. Endlich hatte er es gefunden - einen kleinen Dolch. Capietro sah ihn nicht.

Sie standen nun in der Mitte der Hütte, hielten einander mit den Armen gepackt und standen einen Augenblick wie in gegenseitigem Einvernehmen still. Beide keuchten heftig infolge der Anstrengung, und keiner schien einen wesentlichen Vorteil errungen zu haben.

Langsam glitt die rechte Hand des Russen auf dem Rücken seines Gegners hoch. Jezebel sah es, doch nur ihre Augen spiegelten ihr Entsetzen. Zwar hatte sie oft gesehen, wie Menschen getötet wurden, dennoch graute ihr jedesmal. Sie sah, wie der Russe mit der Daumenspitze nach einer Stelle auf dem Rücken des anderen tastete. Dann sah sie ihn die Hand umdrehen und die Spitze des Dolches dorthin setzen, wo sein Daumen gewesen war.

Ein Lächeln lag auf seinem Gesicht, als er zustieß. Capietro wurde steif, schrie und starb. Als der Körper zu Boden plumpste und auf den Rücken rollte, stand der Mörder bei der Leiche seines Opfers, ein Lächeln auf den Lippen, die Augen auf das Mädchen geheftet.

Doch plötzlich verschwand das Lächeln, denn ihm fiel plötzlich etwas ein. Sein tückischer Verstand arbeitete fieberhaft, und sein Blick wanderte vom Gesicht Jezebels zum Eingang der Hütte, wo eine schmutzige Decke als Tür diente.

Er hatte die Horde Halsabschneider vergessen, die diese elende Kreatur auf dem Fußboden als ihren Chef bezeichneten! Nun waren sie ihm wieder eingefallen, und er bekam es mit der Angst. Schließlich konnte er sich gut vorstellen, was mit ihm geschehen würde, falls sie das Verbrechen entdeckten.

„Du hast ihn ermordet!" sagte das Mädchen plötzlich mit angstbebender Stimme.

„Sei still!" fuhr er sie an. „Willst du auch sterben? Sie werden uns töten, wenn sie es entdecken."

„Ich habe es nicht getan", protestierte Jezebel.

„Dennoch werden sie dich auch töten - danach. Sie sind Tiere."

Er bückte sich plötzlich, packte den Toten bei den Fußknöcheln, zog ihn auf die andere Seite der Hütte und deckte ihn mit Lumpen und Kleidungsstücken zu.

„Nun verhalte dich still, bis ich zurückkomme", sagte er zu Jezebel. „Wenn du Alarm schlägst, töte ich dich, ehe sie die Möglichkeit dazu haben."

Er stöberte in einer dunklen Ecke der Hütte herum und förderte einen Revolver mit Gurt und Halfter zutage. Er schnallte ihn um und ergriff ein Gewehr, das neben dem Eingang lehnte.

„Bereite dich darauf vor, mit mir zu kommen, wenn ich zurückkehre", sagte er kurz, hob die Decke, die vor dem Eingang hing, und trat hinaus ins Dorf.

Schnell ging er zu der Stelle, wo die Pferde der Bande angebunden waren. Einige der Schwarzen lungerten bei den Tieren herum.

„Wo ist der Anführer?" fragte er, doch keiner von ihnen verstand Englisch. Er versuchte, ihnen durch Gesten begreiflich zu machen, daß sie zwei Pferde satteln sollten, doch sie schüttelten nur die Köpfe. Wenn sie ihn verstanden, was zweifellos der Fall war, so weigerten sie sich, von ihm Befehle zu empfangen.

In diesem Moment kam der Anführer, von einer der in der Nähe stehenden Hütten angezogen, zu ihnen. Er verstand etwas Pidginenglisch, und Stabutch katte keine Schwierigkeiten, ihm begreiflich zu machen, daß er zwei gesattelte Pferde brauche. Der Anführer wollte jedoch mehr wissen. Braucht der Chef sie?

„Ja, er will sie haben, hat mich hergeschickt, sie zu holen. Er ist krank. Trinkt zu viel." Stabutch lachte, und der Anführer schien zu verstehen.

„Wer reitet mit euch?" fragte der Anführer.

Stabutch zögerte. Aber eigentlich konnte er es ihm auch sagen - jeder würde schließlich sehen, wie er mit dem Mädchen ausritt. „Das Mädchen", sagte er.

Die Augen des Anführers verengten sich. „Der Chef sagen?“ fragte er.

„Ja. Das Mädchen denkt, der Weiße noch nicht tot. Der Chef schickt mich, nach ihm zu sehen.“

„Du Männer mitnehmen?“

„Nein. Mann kommt mit uns zurück, wenn Mädchen es sagen. Hat Angst vor schwarzen Männern. Nicht mitkommen.“

Der andere nickte verständnisvoll und befahl, daß zwei Pferde gesattelt und aufgezäumt wurden. „Eins für den Toten“, bot der andere an.

Stabutch zuckte die Schultern. „Wir sehen“, erwiderte er, während er die zwei Pferde zur Hütte führte, wo Jezebel auf ihn wartete.

Der Anführer begleitete ihn, und Stabutch bekam es mit der Angst. Wie nun, wenn der Mann darauf bestand, in die Hütte zu treten und nach seinem Chef zu schauen? Stabutch lockerte den Revolver im Halfter. Nun war seine größte Furcht, daß der Schuß andere zur Hütte führen könnte. Das mußte vermieden werden. Er mußte eine andere Möglichkeit finden. Also blieb er stehen und der Anführer mit ihm.

„Komm noch nicht zur Hütte“, sagte Stabutch.

„Warum?“ fragte der Anführer.

„Das Mädchen fürchtet sich. Wenn sie dich sieht, denkt sie, wir täuschen sie, und dann weigerte sie sich vielleicht, mir zu zeigen, wo der Mann liegt. Wir haben ihr versprochen, daß kein Schwarzer mitkommt.“

Der Anführer zögerte. Dann zuckte er die Schultern und machte kehrt. „Meinetwegen“, sagte er.

„Und sage den anderen, sie sollen das Tor offen lassen, bis wir weg sind“, rief Stabutch.

Beim Eingang zur Hütte rief er nach dem Mädchen. „Alles ist bereit“, sagte er. „Und gib mir das Gewehr, wenn du herauskommst.“ Sie wußte jedoch nicht, was ein Gewehr war, und er mußte eintreten und es selbst holen.

Jezebel blickte entsetzt auf die Pferde.

Bei dem Gedanken, eines dieser seltsamen Tiere reiten zu müssen, ergriff sie panische Angst. „Ich kann das nicht“, sagte sie zu ihm.

„Du mußt - oder du stirbst“, flüsterte er. „Ich werde das führen, auf dem du sitzt. Los, schnell.“

Er hob sie in den Sattel und zeigte ihr, wie sie die Steigbügel verwenden und die Zügel halten sollte. Dann legte er eine Leine um den Hals ihres Pferdes, bestieg seines und führte das ihre durch das

Dorftor hinaus, während ein halbes Hundert Mörder sie wegreiten sahen.

Als sie sich den höheren Bergen zuwandten, warf die untergehende Sonne ihre Schatten weit voraus, dann senkte sich die Nacht auf sie herab und verbarg die plötzliche Veränderung der Marschrichtung vor jedwedem Beobachter, der vielleicht noch am Tor stand.

Ein Erwachen

„Kanone“ Danny Patrick schlug die Augen auf und starrte in den blauen afrikanischen Himmel. Langsam kehrte sein Bewußtsein zurück und damit die Erkenntnis, daß sein Kopf arg schmerzte. Er hob eine Hand und betastete ihn. Was war das? Er sah seine Hand an und stellte fest, daß sie blutig war.

„Meine Fresse!“ murmelte er. „Die hab’n mich erwischt!“ Er versuchte, sich zu erinnern, was geschehen war. „Ich wußte, der Kerl hatt’s auf mich abgeseh’n, aber wie hab’n sie mich gekriegt? Wo war ich?“ In Gedanken war er wieder in Chicago und äußerst verwirrt. Unklar erinnerte er sich, daß er sich davonmachen wollte, und dennoch hatten sie ihn „geschnappt“. Er kam einfach nicht dahinter.

Dann wandte er leicht den Kopf und sah ganz in seiner Nähe steile Berge aufragen. Langsam und unter Schmerzen setzte er sich auf und blickte in die Runde. Das Erinnerungsvermögen kehrte zurück, langsam und bruchstückhaft. „Ich muß von den Berg’n dort ‘runtergefall’n sein, während ich nach dem Lager Ausschau hielt“, sagte er zu sich.

Vorsichtig stellte er sich auf die Beine und war erleichtert, als er feststellte, daß er sich nicht ernsthaft verletzt hatte - zumindest Arme und Beine waren intakt. „Meine Birne war ja nie viel wert. Meine Fresse, weh tun tut sie aber!“

Ihn beseelte ein einziger Wunsch - das Lager zu finden. Old Smithy würde sich bestimmt um ihn Sorgen machen, falls er nicht zurückkehrte. Wo war Obambi? „Möchte wiss’n, ob der auch hinüber ist“, murmelte er und blickte in die Runde. Doch von Obambi, ob tot oder lebendig, war nichts zu sehen. So machte sich „Kanone“ auf die erfolglose Suche nach dem Lager.

Zuerst wanderte er nach Nordwest, genau weg von Smiths letztem Lager. Tongani, der Pavian, saß auf seinem Wachfelsen, sah ihn kommen und schlug Alarm. Danny sah zuerst nur ein paar von den Affen auf sich zukommen, bellend und knurrend. Er sah, wie sie ab und zu haltmachten und den Hinterkopf gegen die Erde drückten, und er klassifizierte sie als „irre Affen“. Doch als ihre Zahl auf einhundert angewachsen war und er schließlich einsah, daß sie mit ihren kräftigen Schnauzen und scharfen Zähne eine potentielle Bedrohung darstellten, änderte er die Marschrichtung und wandte sich nach Südwesten.

Die Tongani folgten ihm ein kurzes Stück, aber als sie sahen, daß er ihnen nichts zuleide tun wollte, ließen sie ihn weiterziehen und kehrten zu ihrer unterbrochenen Futtersuche zurück, während der Mann mit einem Seufzer der Erleichterung seinen Weg fortsetzte.

In einer Schlucht fand er Wasser, und mit der Entdeckung kam die Erkenntnis, daß er Durst und Hunger hatte. Er trank aus demselben Teich, an dem Tarzan Horta, das Wildschwein, getötet hatte, und wusch sich dort auch das Blut vom Kopf und aus dem Gesicht, so gut er konnte. Dann setzte er seine ziellose Wanderung fort. Diesmal kletterte er den Hang höher hinauf, zu den Bergen in südöstlicher Richtung, und bewegte sich schließlich auf den letzten Standort des nun verlassenen Lagers zu. Der Zufall und die Tongani hatten ihn auf die richtige Spur geführt.

In kurzer Zeit erreichte er eine Stelle, die ihm bekannt vorkam. Hier machte er halt und schaute in die Runde - im Bemühen, seine das Wandern betreffenden geistigen Fähigkeiten wachzurufen, die, das war ihm völlig klar, noch nicht wieder richtig funktionierten.

„Dieser Schlag auf die Birne hat mich wirklich dumm gemacht“, bemerkte er halblaut. „Meine Fresse, was ist das?“ In dem hohen Gras, durch das er gerade gekommen war, bewegte sich etwas. Er blickte scharf hin und sah einen Moment später den Kopf von Sheeta, dem Panther, der nur ein kleines Stück von ihm entfernt das Gras teilte. Die Szene kam ihm plötzlich bekannt vor.

„Jetzt hab' ich's!“ rief er laut. „Ich und der Tarzan sind letzte Nacht hier 'rumgestolpert - jetzt fällt's mir wieder ein.“

Er erinnerte sich auch, wie Tarzan den Panther verjagt hatte, indem er „ihn mächtig verarscht hatte“, und fragte sich, ob er das auch fertigbrächte.

„Meine Fresse, wie ordinär das Vieh aussieht! Ich wette, du bist stinksau'r - und der Tarzan hat einfach geknurrt und ist auf dich losgegang'n, und du bist abgehau'n. Weiß Gott, ich tät's nich' glaub'n, wenn ich's nich' selbst geseh'n hätte. Warum kümmerst du dich nicht um dein'n Kram, du dummes Vieh? Jagst mir dauernd so'n Schrecken ein.“ Er bückte sich und hob ein Felsstück auf. „Hau ab!“ schrie er gellend und schleuderte es nach dem Panther.

Die große Katze fuhr herum, sprang davon und verschwand in dem hohen Gras, das „Kanone“ auf der Bahn des davonlaufenden

Panthers zucken sah. „Haste Töne? Was sagt man dazu! Ich hab's geschafft!" rief Danny. „Ich hab's geschafft! Meine Fresse, diese Löw'n tun immer nur so."

Sein Hunger machte sich nun bemerkbar, als sein zurückkehrendes Erinnerungsvermögen ihn auf eine Möglichkeit verwies, diesen zu stillen. „Möchte wiss'n, ob ich das fertigbringe!" sagte er sich, während er den Boden absuchte, bis er ein dünnes Felsenstück fand, mit dem er die Erde von einem losen Haufen wegscharren konnte, der das allgemeine Bodenniveau um einige Zoll überragte. „Möchte wiss'n, ob ich's fertigbringe!"

Sein Graben förderte sehr bald die Überreste des Wildschweins zutage, die Tarzan für den Fall ihrer Rückkehr hier verwahrt hatte. Mit dem Taschenmesser hackte „Kanone" einige Stücke ab. Dann schob er die Erde wieder über den Körper und ging daran, Feuer zu entfachen, wo er das Fleisch oberflächlich briet. Die dadurch erzeugten kulinarischen Ergebnisse hätten ihn normalerweise veranlaßt, sich angewidert abzuwenden. Heute war er weit davon entfernt, allzu empfindsam zu sein. Vielmehr verschlang er die teils gebratenen, teils verkohlten Bissen hinter wie ein gieriger Wolf

Die Erinnerung war inzwischen bis zu dem Punkt zurückgekehrt, wo er mit Tarzan an eben der Stelle gegessen hatte. Von da an klaffte eine Lücke bis zu dem Augenblick, als er das Bewußtsein wiedererlangte - ein ziemlich langer Filmriß. Er wußte jetzt, daß er den Weg von jenem Punkt über dem Dorf der Räuber, wo er und Obambi gegessen hatten, zum Lager zurückfinden würde, und so lenkte er seine Schritte in eben diese Richtung.

Als er die Stelle gefunden hatte, kroch er hinab zum Rand der Klippe, von wo man auf das Dorf sah. Hier legte er sich hin, um auszuruhen und die Räuber auszuspionieren, denn er war sehr müde.

„Diese lausige Bande!" murmelte er vor sich hin, als er die Shiftas im Dorf umherlaufen sah. „Ich wünschte, ich hätt' meine Schreibmaschine hier. Da würd' ich vielleicht aufräum'n!"

Er sah Stabutch aus einer Hütte kommen und zu den Pferden gehen. Er beobachtete ihn, wie er mit den Schwarzen und dem Anführer redete. Dann sah er, wie er zwei gesattelte Pferde zur Hütte zurückführte.

„Der Hund hat zwar keine Ahnung, aber ich hab ihn schon im Visier. Ich werde ihn eines Tages erwisch'n, und sollte ich den Rest meines natürlich'n Lebens dafür brauch'n. Meine Fresse, seht euch dieses Weibsstück an!“ Stabutch hatte Jezebel aus der Hütte gerufen. Plötzlich ereignete sich etwas Seltsames im Kopf von „Kanone“ Danny Patrick. Es war, als habe jemand plötzlich ein Fenster aufgestoßen und das Licht hereingelassen. Er sah jetzt alles im Rückblick. Mit dem Anblick von Jezebel war sein Gedächtnis zurückgekehrt!

Mit Mühe unterdrückte er ein Verlangen, laut zu rufen und ihr zu sagen, daß er hier war. Doch die Vorsicht lähmte seine Zunge, und er verfolgte genau, wie die zwei aufsaßen und durchs Tor ritten.

Er sprang auf und rannte den Felsengrat entlang nach Norden, parallel zu der Richtung, die sie einschlugen. Es war schon dämmrig. In wenigen Minuten würde es dunkel sein! Könnte er sie nur im Auge behalten, bis er wußte, welche Richtung sie letztendlich einschlugen!

Seine Müdigkeit war vergessen, als er durch die hereinbrechende Nacht rannte. Er konnte sie nur noch unklar sehen. Sie ritten ein Stück aufwärts zu den Felsen, doch kurz, bevor die Dunkelheit sie verschluckte, sah er, wie sie wendeten und nach Nordwesten und zu dem großen Waldgebiet galoppierten, das in dieser Richtung lag.

Ohne Rücksicht auf sein Leben und seine Gliedmaßen stürmte „Kanone“ halb stolpernd, halb fallend die Felsenklippen hinunter, die hier weggebrochen waren und ihre Bruchstücke über den daruntergelegenen Hang verstreut hatten.

„Ich muß sie erwisch'n. Ich muß sie erwisch'n“, sagte er sich immer wieder. „Das arme Kind! Das arme kleine Kind! So helfe mir Gott, wenn ich sie erreiche, daß ich dann nicht tu, was... Wenn er ihr was zuleide getan hat!“

Er taumelte weiter durch die Nacht, fiel immer wieder, doch nur, um wieder aufzustehen und seine wahnwitzige und aussichtslose Suche nach der kleinen goldblonden Jezebel fortzusetzen, die für wenige kurze Stunden in sein Leben getreten war, um in seinem Herzen eine Spur zu hinterlassen, die niemals getilgt werden konnte.

Allmählich dämmerte ihm diese Erkenntnis, während er sich blind ins Unbekannte tastete, und sie verlieh ihm die Kraft, weiterzugehen trotz einer physischen Erschöpfung, wie er sie nie zuvor erlebt hatte.

„Meine Fresse, ich glaube, es hat mich ziemlich erwischt, was die Kleine angeht“, murmelte er vor sich hin.

An einem einsamen Teich

Die Nacht war hereingebrochen. Tarzan von den Affen führte Lady Barbara Collis und Lafayette Smith aus dem Tal des Landes Midian und übersah die Spuren von Jezebel und „Kanone“.

Seine beiden Schützlinge befanden sich am Rand der Erschöpfung, doch er führte sie weiter durch die Nacht entsprechend einem Plan, für den er sich entschieden hatte. Er wußte, daß noch zwei weitere Weiße fehlten - Jezebel und Danny Patrick -, und er wollte Lady Barbara und Smith an einen sicheren Ort bringen, so daß er die Suche nach den anderen unbehindert aufnehmen konnte.

Für Lady Barbara und Smith schien der Marsch kein Ende zu finden, dennoch beklagten sie sich nicht, denn der Affenmensch hatte ihnen den Zweck dieses Eilmarsches erläutert. Außerdem waren sie sogar noch besorgter über das Schicksal ihrer Freunde als er.

Smith stützte die Lady, so gut er konnte, war jedoch fast selbst schon am Ende seiner Kräfte, und zuweilen war sein Verlangen, ihr beizustehen, eher geeignet, sie zu behindern als zu unterstützen. Schließlich strauchelte sie und fiel. Als Tarzan, der vorausging, dies hörte und zu ihnen zurückkam, sah er, wie Smith sich vergeblich bemühte, Lady Barbara aufzuheben.

Dies war für den Affenmenschen der erste Hinweis, daß seine Schützlinge am Rande der Erschöpfung waren, denn beide hatten sich bisher nicht ein einziges Mal beklagt. Angesichts dieser Situation nahm er Lady Barbara auf und trug sie, während Smith zumindest die weitere Sorge um sie los war und nun allein weitergehen konnte, wenngleich er sich wie ein Automat und offensichtlich ohne bewußtes Wollen bewegte. Sein Zustand kann auch nicht verwundern, wenn man bedenkt, was er während der zurückliegenden drei Tage hatte durchmachen müssen.

Gleich Lady Barbara staunte er über die Kraft und Ausdauer des Affenmenschen, die ihm angesichts seines geschwächten Zustands als unglaublich erschienen, obwohl er sich mit eigenen Augen davon überzeugen konnte.

„Es ist nicht mehr weit“, sagte Tarzan, der zu Recht ahnte, daß der Mann einer Ermutigung bedurfte.

„Sind Sie überzeugt, daß der Jäger, von dem Sie uns erzählten, sein Lager nicht weiterverlegt hat?“ fragte Lady Barbara.

„Er war vorgestern dort, und ich glaube, wir werden ihn am Abend auch dort finden."

„Wird er uns aufnehmen?" fragte Smith.

„Bestimmt, ebenso wie Sie unter ähnlichen Umständen jeden aufnehmen würden, der Hilfe braucht", erwiderte der Herr des Dschungels. „Er ist ein Engländer", fügte er hinzu, als sei dieser Umstand eine ausreichende Antwort auf ihre Fragen und Zweifel.

Sie befanden sich jetzt in einem dichten Wald und folgten einem alten Wildpfad. Auf einmal sahen sie weiter vorn Lichter flackern.

„Das muß das Lager sein", sagte Lady Barbara.

„Stimmt", erwiderte Tarzan und rief einen Augenblick später laut im Eingeborenendialekt.

Sofort kam eine Antwort, und kurze Zeit später blieb Tarzan am Rand des Lagers gleich außerhalb des Kreises der Feuer stehen, die zur Abschreckung wilder Tiere loderten.

Einige Askaris hielten Wache. Tarzan sprach kurz mit ihnen, ging dann weiter und stellte Lady Barbara auf die Füße.

„Ich habe ihnen gesagt, sie sollen ihren Bwana nicht stören", erklärte er. „Es gibt noch ein anderes Zelt, das Lady Barbara beziehen kann. Der Anführer wird auch Sorge tragen, daß ein Schutzdach für Smith aufgestellt wird. Hier sind Sie völlig sicher. Die Männer erzählten mir, ihr Bwana sei Lord Passmore. Er wird zweifellos alles tun, Sie zum Eisenbahnendpunkt zu bringen. In der Zwischenzeit versuche ich, Ihre Freunde ausfindig zu machen."

Das war alles - der Affenmensch machte kehrt und tauchte in die schwarze Nacht, noch ehe sie ihren Dank ausdrücken konnten.

„Warum ist er nur verschwunden!" sagte die Lady. „Ich konnte mich nicht einmal bedanken."

„Ich dachte gleichfalls, er würde bis zum Morgen hierbleiben", sagte Smith. „Er ist bestimmt auch müde."

„Er scheint niemals zu ermüden", bemerkte Lady Barbara. „Wenn es je einen Übermenschen gegeben hat, dann ist er es."

„Kommen Sie", sagte der Anführer. „Ihr Zelt ist dort drüben. Die Boys errichten auch schon ein Schutzdach für den Bwana."

„Gute Nacht, Mr. Smith", sagte das Mädchen. „Ich hoffe, Sie schlafen gut."

„Gute Nacht, Lady Barbara", erwiderte Smith. „Ich hoffe, wir wachen irgendwann wieder auf."

Während sie sich für die ersehnte Nachtruhe rüsteten, ritten Stabutch und Jezebel durch die Nacht, wobei der Mann sich gründlich verirrt hatte und nicht mehr wußte wohin.

Am Morgen hielten sie die Pferde am Rand eines großen Waldes an, nachdem sie in der Nacht größtenteils im Kreis geritten waren. Stabutch war nahezu erschöpft, und Jezebel erging es nicht viel besser, doch sie war jung und gesund und verfügte über Kraftreserven, die der Mann durch sein ausschweifendes Leben zerrüttet und vergeudet hatte.

„Ich glaube, ich muß jetzt erst mal schlafen", sagte er und saß ab.

Jezebel brauchte keine Einladung, aus dem Sattel zu gleiten, denn sie war steif und wund infolge dieser ungewohnten Fortbewegungsart. Stabutch führte die Pferde in den Wald und band sie an einen Baum. Dann streckte er sich am Boden aus und schlief auch sogleich ein.

Jezebel saß schweigend und lauschte auf das regelmäßige Atmen des Mannes. Jetzt ist genau der Zeitpunkt zur Flucht, dachte sie. Sie erhob sich lautlos. Wie dunkel es war! Vielleicht war es besser, sie wartete, bis es hell genug war, um etwas zu sehen. Sie war überzeugt, der Mann würde lange schlafen, denn man sah, daß er sehr müde war.

Sie setzte sich wieder und lauschte auf die Geräusche des Dschungels. Diese ängstigten sie. Ja, sie würde besser warten, bis es hell war; dann würde sie die Pferde losbinden, bei einem aufsitzen und das andere mitnehmen, so daß der Mann sie nicht verfolgen konnte.

Langsam verstrichen die Minuten. Im Osten, über den fernen Bergen, hellte sich der Himmel auf. Die Pferde wurden unruhig. Sie bemerkte, daß sie die Ohren aufstellten, tiefer in den Dschungel blickten und zitterten.

Plötzlich knackte etwas im Unterholz. Die Pferde schnaubten und rissen an den Seilen, die beide rissen. Das Geräusch weckte Stabutch, der sich im gleichen Augenblick aufsetzte, als die verängstigten Tiere herumfuhren und davonsprengten. Einen Augenblick später sprang ein Löwe an dem Mädchen und dem Mann vorbei und setzte den zwei fliehenden Pferden nach.

Stabutch sprang auf, das Gewehr in der Hand. „Mein Gott! Das ist kein Ort zum Schlafen!" sagte er. Jezebels Gelegenheit war vorbei.

Die Sonne stieg über den Bergen im Osten auf. Der Tag war gekommen. Bald würden die Verfolger im Sattel sitzen. Stabutch erkannte, daß er jetzt, da er zu Fuß gehen mußte, nicht länger verweilen konnte. Dennoch mußten sie etwas essen, sonst waren sie nicht kräftig genug, weiterzumarschieren. Und nur das Gewehr konnte ihnen Nahrung beschaffen.

„Klettre auf den Baum dort, Kleine", sagte er zu Jezebel. „Dort bist du sicher, während ich losgehe und uns etwas zum Frühstück schieße. Paß auf den Löwen auf, und wenn du siehst, daß er hierher zurückkommt, dann warne mich laut. Ich gehe weiter in den Wald und suche nach Wild."

Jezebel kletterte auf den Baum, und Stabutch ging los, um das Frühstück zu beschaffen. Das Mädchen hielt nach dem Löwen Ausschau in der Hoffnung, daß er zurückkehren würde, denn sie war entschlossen, den Mann in diesem Fall nicht zu warnen.

Sie fürchtete den Russen wegen der Dinge, die er während des langen Nachtritts zu ihr gesagt hatte. Vieles davon hatte sie nicht verstanden, wohl aber genug, um zu erkennen, daß er ein ganz schlechter Mensch war. Der Löwe kehrte jedoch nicht zurück. Da nickte Jezebel ein und wäre beinahe vom Baum gefallen.

Stabutch stieß während seiner Pirsch auf ein Wasserloch nicht weit von der Stelle entfernt, wo er Jezebel zurückgelassen hatte. Hier versteckte er sich hinter Büschen und wartete, daß ein Tier zur Tränke kam. Er brauchte auch nicht lange zu warten, da sah er plötzlich auf der anderen Seite des Teiches ein Lebewesen auftauchen. Es hatte sich so leise genähert, daß der Russe nie vermutet hätte, im Umkreis von einer Meile könnte sich eine lebende Kreatur bewegen. Das Überraschendste an dem Vorfall war jedoch, daß das Tier, welches plötzlich in sein Blickfeld trat, ein Mann war.

Stabutchs böse Augen verengten sich. Es war der Mann - derjenige, um dessentwillen er dic wcitc Rcisc von Moskau hierher unternommen hatte mit dem einzigen Ziel, ihn zu töten. Was für eine Gelegenheit! Das Schicksal war ihm wirklich gewogen. Nun konnte er seine Mission völlig ungefährdet durchführen, danach würde er mit dem Mädchen fliehen - diesem wundervollen Mädchen! Stabutch hatte in seinem ganzen Leben noch nie eine so schöne Frau gesehen, und nun würde er sie bald besitzen - sie sollte ihm gehören.

Zuerst mußte er sich jedoch mit der anstehenden Sache befassen. Zudem einer höchst angenehmen Sache. Er legte ganz leise an und zielte sorgfältig. Tarzan war stehengeblieben und wandte den Kopf zur Seite. Er konnte den Gewehrlauf des Gegners nicht sehen, weil

Stabutch hinter dem Busch hockte. Außerdem war sein Blick auf etwas in der anderen Richtung konzentriert.

Der Russe bemerkte, daß er zitterte, und verwünschte sich im stillen. Die nervliche Anspannung war zu groß. Er spannte die Muskeln im Bemühen, die Hände fest und das Gewehr ruhig und zielgerecht zu halten. Das Korn beschrieb jedoch einen winzigen Kreis, statt auf der breiten Brust zu verharren, die ein solch hervorragendes Ziel darstellte.

Aber er mußte schießen! Der Mann würde nicht ewig dort stehen. Der Gedanke trieb ihn an, und als das Korn wieder über den Körper des Affenmenschen glitt, drückte der Russe ab.

Beim Krachen des Schusses schlug Jezebel die Augen auf. Vielleicht ist der Löwe zurückgekehrt, dachte sie bei sich. Oder der Mann hat etwas erlegt. Wäre es der Löwe, so hoffe ich, er hat fehlgeschossen.

Als das Gewehr krachte, war auch das Ziel in die Luft gesprungen, hatte einen herabhängenden Zweig ergriffen und war im Blattwerk der Baumwipfel verschwunden. Stabutch hatte fehlgeschossen - er hätte die Muskeln lockern sollen, statt sie zu spannen.

Der Russe bekam es mit der Angst. Er fühlte sich wie jemand, der schon auf der Falltür steht mit der Schlinge um den Hals. Also machte er kehrt und floh. Verschlagen, wie er war, sagte er sich, daß er besser nicht zu dem Mädchen zurückkehrte. Sie war für ihn schon verloren, denn er konnte sich bei einer Flucht, von der sein Leben abhing, nicht mit ihr belasten. Demzufolge rannte er nach Süden.

Hals über Kopf durch den Wald stürmend, war er bereits außer Atem, als er plötzlich einen beißenden Schmerz im Arm verspürte und gleichzeitig beim Laufen das gefiederte Ende eines Pfeiles neben sich hin und her schwingen sah.

Der Schaft hatte den Unterarm durchbohrt, so daß die Spitze auf der anderen Seite herausragte. Dem Russen wurde ganz schlecht vor Angst, und er steigerte die Geschwindigkeit. Irgendwo über ihm lauerte Nemesis, die Rachegöttin, doch er konnte sie weder sehen noch hören. Es war, als verfolge ihn ein gespenstischer Mörder auf lautlosen Schwingen.

Abermals traf ihn ein Pfeil und drang in den Oberarmmuskel des anderen Armes. Vor Schmerzen und Angst laut schreiend, blieb Stabutch stehen, sank auf die Knie und hob flehentlich die Hände.

„Verschone mich!“ sagte er. „Verschone mich! Ich habe dir nie Unrecht getan. Wenn du mich verschonst...“

Ein Pfeil kam schnurgerade angeschwirrt und fuhr ihm in die Kehle. Er schrie auf, packte das Geschoß und fiel nach vorn aufs Gesicht.

Jezebel saß lauschend auf dem Baum und hörte den qualvollen Aufschrei des getroffenen Mannes. Sie schauderte. „Der Löwe hat ihn erwischt“, flüsterte sie. „Er war böse. Es ist Jehovas Wille!“

Tarzan von den Affen ließ sich behend aus einem Baum fallen und näherte sich dem Sterbenden vorsichtig. Stabutch wand sich in Todesqualen und wälzte sich auf eine Seite. Er sah den Affenmenschen herankommen, Pfeil und Bogen in der Hand, und langte im Sterben nach dem Revolver an seiner Seite, um das Werk zu vollenden, um dessentwillen er so weit hergereist war und für das er sein Leben opfern sollte.

Die Hand hatte den Griff der Waffe noch nicht erreicht, als der Herr des Dschungels einen weiteren Pfeil abschoß, der dem Russen in die Brust drang, mitten durchs Herz. Lautlos sank Leon Stabutch zusammen, und einen Augenblick später ertönte der wilde, unheimliche Siegesschrei des Affenmännchens durch den Dschungel.

Als die wilde Kunde noch im Wald widerhallte, glitt Jezebel zu Boden und floh entsetzt. Sie wußte nicht wohin, und auch nicht, welchem Schicksal sie entgegeneilte. Sie hatte nur den einen Gedanken - dem Grauen dieses einsamen Ortes zu entrinnen.

Gefangen

Bei Tagesanbruch sah sich „Kanone“ in der Nähe eines Waldstücks. Er hatte während der ganzen Nacht keine Pferdegeräusche gehört, und da es nun hell geworden war und er in die Ferne schauen konnte, ließ er den Blick über die Landschaft schweifen, um eine Spur von Stabutch und Jezebel zu entdecken, doch ohne Erfolg.

„Meine Fresse“, murmelte er. „Das ist sinnlos, ich muß mich ausruh'n. Das arme Kind! Wüßte ich nur, wohin die Ratte sie gebracht hat! Doch das weiß ich nich', und ich muß mich ausruh'n.“ Er blickte zum Wald. „Dort kann ich mich bestimmt gut verstecken. Ich hau mich hin und nehme eine Mütze voll Schlaf. Meine Fresse, bin ich fertig!“

Als er auf den Wald zuging, wurde seine Aufmerksamkeit durch eine Bewegung ein paar Meilen nördlich von ihm abgelenkt. Er blieb abrupt stehen und schaute genauer. Zwei Pferde kamen aus dem Wald gejagt, verfolgt von einem Löwen, und preschten wie von Sinnen zu den Ausläufern der Berge.

„Meine Fresse!“ rief „Kanone“. „Das müssen deren Pferde sein. Was nun, wenn der Löwe sie erwischt hat!“

Im Nu war seine Müdigkeit vergessen, und er rannte Richtung Norden. Doch er konnte das Tempo nicht für lange Zeit aufrechterhalten. Bald ging er wieder langsamer, und in seinem Gehirn brodelten alle möglichen Vermutungen und Befürchtungen.

Er sah den Löwen die Jagd aufgeben und fast im rechten Winkel abbiegen, um den Hang in nordöstlicher Richtung zu überqueren. „Kanone“ war froh, ihn verschwinden zu sehen, weniger um seiner selbst willen als vielmehr wegen Jezebel, die der Löwe vielleicht doch nicht getötet hatte. Immerhin bestand die Möglichkeit, daß sie Zeit gehabt hatte, auf einen Baum zu klettern. Wenn nicht, hatte die Raubkatze sie bestimmt getötet.

Seine Kenntnisse über Löwen waren gering. Wie die meisten Menschen glaubte er, sie wanderten nur zu dem Zweck umher, jedes Wesen zu töten, das ihnen unglücklicherweise über den Weg lief - es sei den, sie wurden getäuscht, wie er tags zuvor den Panther getäuscht hatte. Doch Jezebel war schwerlich imstande, einen Löwen zu täuschen, sagte er sich.

Er ging so schnell er konnte dicht am Waldrand entlang, als er in der Ferne einen Schuß hörte. Das war Stabutch, der auf Tarzan schoß. „Kanone“ versuchte, sein Tempo zu steigern. Zu viel ging dort vor, wo sich Jezebel seiner Vermutung nach befand, als daß er sich hätte erlauben können zu säumen. Andererseits war er zu erschöpft, um sich schnell fortzubewegen.

Einige Minuten später schlug der Todesschrei des Russen an sein Ohr und trieb ihn wieder vorwärts. Dem folgte der unheimliche Schrei des Affenmenschen, den er aus irgendeinem Grund nicht erkannte, obwohl er ihn zuvor schon zweimal gehört hatte. Vielleicht wurde der Schrei durch die Entfernung und die dazwischen stehenden Bäume gedämpft oder verzerrt.

Er schleppte sich weiter und versuchte ab und zu zu rennen. Die überbeanspruchten Muskeln hatten die Grenze ihres Leistungsvermögens erreicht, und er mußte den Versuch aufgeben, denn er stolperte und taumelte, auch wenn er langsam ging.

„Ich tauge zu nichts mehr“, murmelte er. „Bin nichts als ein armseliger Schwächling. Da haut ein Kerl mit mein'm Mädch'n ab, un' ich hab' nich' den Mumm, ihn zu schnapp'n. Meine Fresse, bin ich 'n Versager!“

Ein Stück weiter bog er in den Wald, um sich der Stelle zu nähern, wo er die Pferde hatte auftauchen sehen. Er hielt sich jedoch in Deckung, falls Stabutch noch dort war.

Plötzlich blieb er stehen. Etwas kam prasselnd durch das Gebüsch auf ihn zu. Er dachte an den Löwen und zog sein Taschenmesser. Dann verbarg er sich hinter einem Busch und wartete. Es dauerte auch nicht lange, als die Urheberin des Lärms in sein Blickfeld trat.

„Jezebel!“ sagte er und kam aus seiner Deckung. Seine Stimme zitterte vor Rührung.

Mit einem erschrockenen Aufschrei blieb sie stehen, dann erkannte sie ihn. „Danny!“ Das war der letzte Tropfen - ihre überbeanspruchten Nerven hielten nicht mehr stand, sie sank zu Boden und weinte hysterisch.

„Kanone“ ging ein, zwei Schritte auf sie zu. Er taumelte, seine Beine knickten ein, und er ließ sich einige Yards von ihr entfernt schwer zu Boden fallen. Nun geschah etwas Seltsames. Tränen brachen ihm aus den Augen. „Kanone“ Danny Patrick warf sich mit dem Gesicht nach unten auf die Erde und weinte gleichfalls.

Einige Minuten lagen sie so, dann gewann Jezebel die Fassung wieder und setzte sich. „O Danny", sagte sie. „Bist du verletzt? Oh, dein Kopf! Du sollst nicht sterben, Danny."

Er unterdrückte seine Rührung und wischte sich grob die Augen mit dem Hemdsärmel. „Ich sterbe schon nicht, obwohl ich sollte", sagte er. „Jemand sollte mich wirklich kaltmachen - ein großer Kerl wie ich flennt!"

„Bestimmt, weil du verwundet bist, Danny", sagte Jezebel.

„Nein, das isses nich'. Ich hab' schon öfters was abgekriegt und nie geflennt, seit ich ein kleines Kind war, als meine Mutter starb. Es war was andres. Es packte mich einfach, als ich dich sah und erkannte, daß du o.k. warst. Da sin' mir die Nerven durchgegang'n - einfach so!" Er schnippte mit den Fingern. „Weißt du, ich vermute, ich mag dich einfach ganz schrecklich, Kleines", fügte er zögernd hinzu.

„Ich mag dich auch, Danny", sagte sie zu ihm. „Du bist tipptopp."

„Ich bin was? Was bedeutet das?"

„Ich weiß es auch nicht", gestand Jezebel. „Es ist Englisch, und du verstehst doch Englisch, oder?"

Er kroch näher zu ihr und nahm ihre Hand in die seine. „Meine Fresse, ich dachte wirklich, ich würde dich nie wiederseh'n." Plötzlich fragte er aufgebracht: „Hat der Saukerl dir vielleicht was angetan, Kleines?"

„Du meinst den Mann, der mich von den schwarzen Männern im Dorf wegbrachte?"

„Ja."

„Nein, Danny. Nachdem er seinen Freund umgebracht hatte, sind wir die ganze Nacht geritten. Er hatte Angst, die schwarzen Männer würden ihn einfangen."

„Und was wurde aus der Ratte? Wie konntest du ihm entwischen?"

Sie erzählte ihm alles, was sie wußte, doch beide konnten sich die Geräusche nicht erklären, die sie gehört hatten, und sie wußten auch nicht, ob sie als Zeichen für Stabutchs Tod anzusehen waren oder nicht.

„Ich würde kaum zu was taug'n, wenn er jetzt auftauch'n würde", sagte Danny. „Ich muß erst wieder zu Kräft'n komm'n."

„Du mußt dich ausruhen", sagte sie zu ihm.

„Ich sage dir, was wir tun werden", antwortete er. „Wir bleib'n hier lieg'n, bis wir uns 'n bißch'n erholt hab'n. Dann lauf'n wir zurück zu den Bergen, wo ich eine Stelle weiß, da gibt's Wasser und was zu essen. Es ist nich' berühmt, aber besser als gar nichts. Na eben, ich hab noch was davon in meiner Tasche. Da könn'n wir jetzt schon was ess'n." Er holte einige schmutzige Stücke halbverbrannten Schweinefleischs aus einer seiner Taschen und betrachtete sie bekümmert.

„Was ist das?" fragte Jezebel.

„Schweinefleisch, Kleines", erklärte er. „Es sieht nicht gerade verlockend aus, nicht wahr? Und es schmeckt auch so, wie's aussieht. Aber es ist was zu ess'n, und genau das brauch'n wir jetzt dringend. Hier, lang zu." Er hielt ihr eine Handvoll davon hin. „Schließ die Aug'n und halt dir die Nase zu, da isses nich so schlimm", versicherte er ihr. „Stell dir einfach vor, du bist im alten College Inn."

Jezebel lächelte und nahm ein Stück. „Amerikanisch ist eine drollige Sprache, stimmt's, Danny?"

„Warum, ich weiß nicht - meinst du?"

„Ja, ich denke doch. Manchmal klingt sie wie Englisch, und dennoch kann ich sie überhaupt nicht verstehen."

„Das kommt, weil du nicht dran gewöhnt bist", sagte er zu ihr. „Aber ich bringe sie dir bei, wenn du willst. Möchtest du?"

„O.k., geht in Ordnung", erwiderte Jezebel.

„Na bitte, bist ja schon dabei", sagte Danny bewundernd.

Sie lagen in der zunehmenden Wärme des neuen Tages und unterhielten sich über viele Dinge, während sie sich ausruhten. Jezebel erzählte ihm etwas über die Geschichte des Landes Midian sowie einiges aus ihrer Kindheit. Sie schilderte die ereignisreiche Ankunft von Lady Barbara und den seltsamen Auswirkungen auf ihr Leben. Danny berichtete über Chicago, doch es gab viele Dinge in seinem Leben, die er ihr nicht kundtat - Dinge, deren er sich zum ersten Mal schämte. Und er fragte sich, warum er sich schämte.

Während sie plauderten, verließ Tarzan von den Affen den Wald und nahm die Suche nach ihnen wieder auf, wobei er zu den Bergen hinaufstieg in der Absicht, die Spur am Ausgang des Erdspaltes aufzunehmen. Fand er sie dort nicht, dann wußte er wenigstens, daß sie noch im Tal waren. Entdeckte er sie, so würde er ihr folgen, bis er sie erreicht hatte.

Bei Tagesanbruch ritten einhundert Shiftas aus dem Dorf. Sie hatten Capietros Leiche entdeckt und wußten nun, daß der Russe sie hinters Licht geführt hatte und nach der Ermordung ihres Chefs geflohen war. Nun wollten sie das Mädchen haben, um Lösegeld zu erzielen, und natürlich Stabutch ans Leder.

Sie waren noch gar nicht weit geritten, als sie zwei reiterlosen Pferden begegneten, die zum Dorf zurückgaloppierten. Sie erkannten sie sofort und wußten, daß Stabutch und das Mädchen nun zu Fuß gehen mußten. Demzufolge erwarteten sie, die beiden ohne große Mühe einzuholen.

Die leicht gewellten Ausläufer der Berge wurden von sumpfigen Senken und Cañons zerschnitten, so daß das Gesichtsfeld der Reiter zuweilen eingeschränkt wurde. Auch ritten sie eine Zeitlang den Grund eines flachen Cañons entlang, wo sie weder weit voraus blicken, aber auch selbst nicht gesehen werden konnten. Dann lenkte ihr Führer sein Pferd auf höheres Gelände, und als er den Gipfel eines flachen Bergrückens erreicht hatte, sah er einen Mann aus Richtung des Waldes auf sie zukommen.

Tarzan entdeckte den Shifta zur gleichen Zeit, bog schräg nach links ab und ging in Laufschritt über. Ihm war klar, daß der einzelne Reiter eine ganze Streitmacht berittener Shiftas ankündigte, der er nicht gewachsen war. Vom Instinkt des wilden Tieres geleitet, suchte er ein Gelände, wo der Vorteil auf seiner Seite war - den felsigen, unwegsamen Grund, der zu den Felsklippen führte. Dorthin konnte kein Pferd folgen.

Mit einem gellenden Schrei, der seinen Kumpanen galt, stieß der Shifta-Häuptling seinem Tier die Sporen in die Flanken und ritt mit höchster Geschwindigkeit los, um den Affenmenschen abzufangen. Dicht hinter ihm kam die schreiende wilde Horde.

Tarzan erkannte sofort, daß er die Felsenklippen nicht vor ihnen erreichen konnte, behielt seinen stetigen, unermüdlichen Laufschritt jedoch bei, um auf diese Weise seinem Ziel näher zu sein, wenn der Angriff erfolgte. Vielleicht konnte er sie eine Weile abwehren, bis er die Zuflucht der Klippen erreichte. Jedenfalls hatte er nicht die Absicht, sich zu ergeben, ohne sich in jeder Weise zu bemühen, dem ungleichen Kampf zu entgehen, der unausweichlich folgen würde, falls sie ihn überholten.

Die Shiftas kamen mit wildem Geschrei näher, ihre losen Baumwollgewänder flatterten im Wind, und sie schwangen die Gewehre über den Köpfen. Der Häuptling ritt voran, und als er nahe genug war, blieb der Affenmensch, der immer wieder über die Schulter zurückgeblickt hatte, plötzlich stehen, fuhr herum und jagte seinem Gegner einen Pfeil entgegen. Danach rannte er sofort wieder weiter, während das Geschoß dem Shifta-Häuptling in die Brust drang.

Mit einem Schrei kippte dieser aus dem Sattel. Die anderen Reiter zogen kurz die Zügel an, doch nur für einen Augenblick. Schließlich hatten sie es mit einem einzelnen Gegner zu tun, der mit primitiven Waffen kümmerlich ausgestattet war - er stellte für berittene Männer mit Gewehren keine echte Bedrohung dar.

Sie brüllten vor Zorn und stießen Rachedrohungen aus, dann preschten sie Tarzan wieder nach. Aber dieser hatte einen gewissen Vorsprung gewonnen, das felsige Gelände war nicht mehr weit weg.

Die Shiftas bildete nun einen weiten Halbkreis und versuchten, ihr Opfer zu umzingeln und es von seinem Ziel abzubringen, denn sie hatten seine Strategie in dem Augenblick erkannt, als sie sahen, wohin er sich wandte. Wieder wagte sich ein weiterer Reiter allzu nahe, und Tarzan blieb ganz kurz stehen, um einen weiteren Pfeil abzuschießen. Als auch dieser zweite Gegner tödlich verwundet fiel, setzte der Affenmensch seine Flucht unter der Begleitmusik von prasselndem Musketenfeuer fort, mußte jedoch sehr bald schon abermals haltmachen, da einige der Reiter an ihm vorbeigeprescht waren und ihm den Rückzug abschnitten.

Ein Hagel von Kugeln pfiff an ihm vorbei oder ließ Erde um ihn aufspritzen auf, aber das kümmerte ihn wenig, denn mit der Treffsicherheit dieser umherstreifenden Räuberbanden war es traditionsgemäß nicht weit her. Meist waren sie nur kümmerlich mit alten Feuerwaffen ausgerüstet. Chronischer Munitionsmangel hinderte sie daran, sich in deren Gebrauch zu üben.

Nun rückten sie ihm in einem ungefähren Kreis, dessen Mittelpunkt er darstellte, näher zu Leibe. Sie schossen von allen Seiten nach ihm, und es erschien unmöglich, daß sie ihn ständig verfehlten. Doch genau das taten sie, wobei ihre Kugeln ihre Ziele eher unter den eigenen Leuten und Pferden fanden, bis einer, der den getöteten Häuptling ersetzte, das Kommando übernahm und den Befehl zur Feuereinstellung erteilte.

Tarzan wandte sich wieder in die Richtung, in der er fliehen wollte, und versuchte, sich den Weg durch den Kordon von Reitern, die ihn daran hindern wollten, freizuschießen. Obwohl jeder seiner Pfeile ins Ziel traf, schloß sich die schreiende Horde immer enger um ihn zusammen, bis er, nachdem er den letzten Pfeil verschossen hatte, sich genau in der Mitte einer durcheinanderquirlenden Masse schreiender Shiftas befand.

Die schrillen Rufe des neuen Führers übertönten den Kampfeslärm.

„Nicht töten! Nicht töten!“ brüllte er. „Es ist Tarzan von den Affen, und er ist das Lösegeld eines Ras wert!“

Plötzlich warf sich ein hünenhafter Schwarzer von seinem Pferd voll auf den Herrn des Dschungels, doch Tarzan packte ihn und schleuderte ihn wieder unter die Reiter. Sie rückten ihm indes immer näher auf den Pelz. Dann ließen sich einige aus dem Sattel fallen und zerrten ihn unter die Hufe der nun wie tollwütig tobenden Pferde.

Im Kampf um Leben und Freiheit erwehrte sich der Affenmensch einer überwältigenden Übermacht, die ständig durch neue Leute vergrößert wurde, welche sich von ihren Pferden auf den wachsenden Menschenhaufen fallen ließen, unter dem er sich befand. Einmal gelang es ihm, sich aufzustellen, indem er die meisten seiner Gegner abschüttelte. Da packten sie ihn jedoch bei den Beinen und rissen ihn wieder zu Boden. Bald gelang es ihnen auch, Schlingen um seine Handgelenke und Fußknöchel zu streifen und ihn so wirksam unschädlich zu machen.

Da er sich nun nicht mehr wehren konnte, beschimpften ihn manche und schlugen ihn. Es gab aber auch viele, die am Boden lagen, um nie mehr aufzustehen. Die Shiftas hatten den großen Tarzan gefangen, doch einen hohen Preis dafür gezahlt.

Nun sammelten einige von ihnen die reiterlosen Pferde ein, während andere den Toten die Waffen, Munition und sämtliche Wertsachen abnahmen, auf die die Lebenden erpicht waren. Man hob Tarzan in den Sattel und band ihn zuverlässig fest. Vier Mann wurden beauftragt, ihn und die Pferde der Toten ins Dorf zu bringen, wobei die Verwundeten sie begleiteten, während die Hauptgruppe der Schwarzen die Suche nach Stabutch und Jezebel fortsetzte.

Die lange Nacht

Die Sonne stand hoch am Himmel, als Lady Barbara, von dem langen, ungestörten Schlaf erquickt, aus ihrem Zelt im Lager von Lord Passmore trat. Ein hübscher, schwarzer Boy kam lächelnd zu ihr gerannt. „Frühstück ist gleich fertig“, verkündete er. „Lord Passmore tut es sehr leid. Er mußte auf die Jagd gehen.“

Sie erkundigte sich nach Lafayette Smith, und man sagte ihr, er sei gerade erwacht, doch es dauerte nicht lange, bis er sich zu ihr gesellte, und bald frühstückten sie gemeinsam.

„Wären Jezebel und Ihr Freund hier, so wäre ich sehr glücklich“, sagte sie. „Ich bete inständig, daß Tarzan sie findet.“

„Dessen können Sie gewiß sein“, versicherte ihr Smith „Ich mache mir nur Sorgen um Jezebel. Danny kann auf sich selbst aufpassen.“

„Ist das nicht himmlisch, wieder eine ordentliche Mahlzeit zu sich zu nehmen?“ bemerkte die Lady. „Wissen Sie, daß es Monate her ist, seit ich etwas gegessen habe, daß sich auch nur annähernd mit einem zivilisierten Mahl vergleichen ließe. Lord Passmore hatte eine glückliche Hand, einen solchen Koch für seine Safari zu finden. Ich hatte nicht dieses Glück.“

„Ist Ihnen aufgefallen, wie prächtig seine Männer alle aussehen?“ fragte Smith. „Verglichen mit ihnen wirkt meine Truppe wie eine Ansammlung viertklässiger Handlanger, die ständig unter der Hakenwurm- oder Schlafkrankheit leiden.“

„Noch etwas anderes fällt an ihnen auf“, sagte Lady Barbara.

„Nämlich?“

„Keiner von ihnen trägt auch nur ein Stück abgelegter europäischer Kleidung - ihre Gewänder stammen von hier und sind echt und einfach, und wenn ich auch zugeben muß, daß nichts Besonders dran ist, verleihen sie ihnen dennoch eine besondere Würde, während europäische Sachen absurd wirken würden.“

„Da stimme ich ihnen voll und ganz zu“, sagte Smith. „Ich frage mich nur, warum ich keine solche Safari wie diese hier zusammenbekommen habe.“

„Lord Passmore ist offensichtlich ein Afrikareisender und Jäger mit langer Erfahrung. Kein Amateur könnte hoffen, solche Männer wie diese um sich zu scharen.“

„Mir wird die Rückkehr in mein Lager verhaßt sein, wenn ich allzu lange hier bleibe", sagte Smith. „Vermutlich muß ich es aber. Das bringt mich auf ein weiteres unangenehmes Symptom des Ortswechsels."

„Und das wäre?"

„Ich werde Sie dann nicht wiedersehen", sagte er schlicht und direkt, und dies zeigte, wie aufrichtig er es bedauerte.

Sie schwieg einen Augenblick, als habe diese Bemerkung bei ihr einen Gedankengang ausgelöst, den sie zuvor nicht in Erwägung gezogen hatte. „Das stimmt, nicht wahr?" sagte sie dann. „Wir werden uns nicht wiedersehen - doch nicht für immer. Ich bin überzeugt, Sie werden in London einen Zwischenaufenthalt einlegen und mich besuchen. Ist es nicht seltsam, was für alte Freunde wir geworden sind? Dennoch sind wir uns erst vor zwei Tagen begegnet. Aber vielleicht sehen Sie das anders. Wissen Sie, ich habe so lange kein menschliches Wesen meiner Welt zu Gesicht bekommen, daß Sie mir wirklich wie ein lang vermißter Bruder vorkamen, als Sie so unerwartet auftauchten."

„Mir ging es ähnlich", sagte er. „Ich hatte das Empfinden, Sie schon seit langem zu kennen und ..." er zögerte, „...als könnte ich künftig nicht mehr ohne Sie auskommen." Er errötete ein wenig, als er dies sagte.

Sie blickte ihn an und lächelte flüchtig - es war ein sympathisches, verständnisvolles Lächeln. „Nett, daß Sie das sagen", erklärte sie. „Es klang ja fast wie eine Liebeserklärung", fügte sie mit fröhlichem, freundschaftlichem Lachen hinzu.

Er streckte die Hand über den kleinen Campingtisch und legte sie auf die ihre. „Dann nehmen Sie sie als solche", sagte er. „Ich bin nicht sehr geschickt, derartige Dinge zu sagen ... wie eben dies."

„Wir wollen die Dinge nicht allzu ernst nehmen", bat sie. „In der Tat, wir kennen einander schließlich kaum."

„Ich kenne Sie schon immer", erwiderte er. „Ich glaube, wir waren schon als Amöben zusammen, vor der ersten Dämmerung des Cambrium."

„Nun haben Sie mich aber kompromittiert", sagte sie lachend. „Ich bin mir nämlich ziemlich sicher, daß es damals noch keine Anstandsdamen gab. Also hoffe ich, Sie waren eine anständige Amöbe. Sie haben mich doch nicht geküßt, oder?"

„Zu meinem Unglück haben Amöben keine Münder", sagte er. „Doch ich habe aus mehreren Millionen Jahren der Evolution Nutzen gezogen, um diesen Makel zu tilgen."

„Dann wollen wir wieder Amöben sein", schlug sie vor.

„Nein, denn dann könnte ich Ihnen nicht sagen, daß ich...ich..." Er stockte und lief rot an.

„Bitte! Bitte! Sagen Sie es mir nicht", erwiderte sie. „Wir sind so gute Freunde - verderben Sie es nicht."

„Wäre dies denn der Fall?" fragte er.

„Ich weiß nicht. Vielleicht. Ich befürchte es einfach."

„Kann ich es Ihnen niemals sagen?" fragte er.

„Vielleicht eines Tages", sagte sie.

Plötzliches Krachen fernen Gewehrfeuers ließ sie auffahren. Die Schwarzen im Lager waren sofort hellwach. Einige sprangen auf die Beine, und alle lauschten gespannt auf den Lärm dieser rätselhaften Auseinandersetzung zwischen Bewaffneten.

Der Mann und das Mädchen hörten, wie der Anführer seinen Stammesgenossen etwas in einem afrikanischen Dialekt sagte. Sein Auftreten deutete nicht darauf hin, daß er aufgeregt war, seine Worte klangen leise, aber deutlich. Man sah, daß er Anweisungen erteilte. Die Männer gingen schnell zu ihren Unterkünften, und einen Augenblick später erkannte Lady Barbara, wie sich das friedliche Lager verwandelte. Jedermann war nunmehr bewaffnet. Wie durch Zauberkraft trug jeder der Schwarzen plötzlich ein modernes Gewehr und einen vollen Patronengurt. Hinzu kamen ein weißer Kopfschmuck, außerdem trugen alle Kriegsbemalung.

Smith trat zu dem Anführer. „Was ist los?" fragte er. „Ist etwas nicht in Ordnung?"

„Ich weiß nicht, Bwana", erwiderte der Schwarze. „Wir bereiten uns lieber vor."

„Besteht irgendeine Gefahr?" fragte der Weiße weiter.

Der Anführer richtete sich zu voller Größe auf und fragte mit Nachdruck: „Sind wir nicht hier?"

Jezebel und „Kanone" gingen langsam in Richtung des entfernten Wasserloches und des dort vergrabenen Schweinefleisches. Sie folgten der Sohle einer Senke, die den Ausgang eines kleinen, in die Berge führenden Cañons darstellte.

Sie waren steif und lahm und sehr müde. „Kanones" Kopfwunde schmerzte, und dennoch waren sie glücklich, als sie sich Hand in Hand mit müden Schritten zu der Wasser- und Nahrungsquelle begaben.

„Meine Fresse, Kleines!" sagte Danny. „Es ist wirklich 'ne komische Welt. Grade hab ich mir überlegt: Hätte mich Old Smithy nicht an Bord des Schiffes genomm'n, so wär'n wir uns nie begegnet. Damit hat alles angefang'n." Aber schließlich konnte Danny nichts über Angustus den Epheser wissen.

„Ich hab'n paar Riesen beiseitegelegt, Kleines, un' wenn wir aus dem Schlamassel hier herauskomm'n, geh'n wir dorthin, wo mich niemand kennt, und dann fange ich ganz von vorn an. Ich bau' mir eine Garage oder eine Tankstelle, dazu werden wir eine kleine Wohnung hab'n. Meine Fresse, das wird großartig, wenn ich dir alles zeige. Du weißt ja gar nicht, was du noch nich' geseh'n hast - Kinos und Eisenbahnen und Schiffe! Meine Fresse! Du hast noch nichts geseh'n, und es gibt auch niemand'n, der dir das alles zeig'n kann, außer mir."

„Ja, Danny", sagte Jezebel. „Das wird prima."

In dem Augenblick wurden sie durch Gewehrfeuer weit vor ihnen aufgeschreckt.

„Was war das?" fragte Jezebel.

„Es klang wie das Massaker am Valentinstag", sagte Danny. „Ich vermute, das sind die Kerle aus dem Dorf. Wir verstecken uns lieber, Kleines." Er zog sie zu einigen niedrigen Büschen. Dort legten sie sich hin und lauschten auf das Geschrei und die Schüsse, die von jener Stelle zu ihnen drangen, wo Tarzan gegen eine Übermacht von hundert zu eins um sein Leben und seine Freiheit kämpfte.

Nach einer Weile hörte der Lärm auf, und etwas später hörten die beiden den Donner vieler galoppierender Hufe. Das Dröhnen schwoll in dem Maße, in dem es sich näherte. Danny und Jezebel versuchten, sich unter dem kleinen Busch, in dessen unzureichender Deckung sie lagen, so klein wie möglich zu machen.

Im donnernden Galopp durchquerten die Shiftas die Senke gleich über ihnen, und fast alle waren schon vorbei, als ein Nachzügler sie entdeckte. Sein Gebrüll zog die Aufmerksamkeit der anderen auf sich und wurde nach vorn weitergegeben, bis es den neuen Häuptling erreichte. Im Nu kehrte die ganze Bande zurück, um herauszufinden, was ihr Kumpan entdeckt hatte.

Arme „Kanone"! Arme Jezebel! Ihr Glück war von kurzer Dauer. Sie empfanden tiefe Erniedrigung angesichts der Mühelosigkeit, mit der sie wieder ergriffen wurden. Niedergeschlagen und bedrückt befanden sie sich unter der Bewachung von zwei schwarzen Halunken bald wieder auf dem Weg ins Dorf.

Man stieß sie an Händen und Füßen gefesselt in die Hütte, die vormals von Capietro bewohnt worden war, und ließ sie ohne Essen oder Wasser auf einem Haufen schmutziger Lumpen und Kleidung, die auf dem Fußboden lagen.

Daneben lag die Leiche des Italieners, die seine Anhänger im Bestreben, den Mörder einzufangen, noch nicht hatten entfernen können. Er lag auf dem Rücken, die toten Augen nach oben gerichtet.

Nie zuvor in seinem Leben war Danny Patrick so mutlos, vielleicht aus dem einfachen Grund, daß er während der kurzen Zwischenphase des Glücks, die seiner Wiedervereinigung mit Jezebel gefolgt war, solche Höhenflüge erlebt hatte. Nun hatte er keine Hoffnung, denn nachdem die zwei Weißen eliminiert waren, fürchtete er, daß er nicht einmal in der Lage war, mit diesen unwissenden Schwarzen um ein Lösegeld zu feilschen, das er bereitwillig zahlen würde, um Jezebel und sich selbst freizukaufen.

„Das wär's dann, von weg'n Garage, Tankstelle und Wohnung", sagte er traurig.

„Wo?"

„Futsch ist alles", erklärte Danny.

„Aber du bist hier bei mir", sagte die Goldblonde. „Da mache ich mir keine Sorgen, was sonst noch geschieht."

„Das ist schön von dir, Kleines, doch ich bin keine große Hilfe, so fest verschnürt wie ein Weihnachtsgeschenk. Außerdem hab'n die ein feines Bett für mich ausgesucht - es kommt mir vor, als liege ich auf einem Stück Küchenherd." Er wälzte sich auf eine Seite und näher zu Jezebel. „Das ist besser, doch ich möchte wiss'n, worauf ich bis jetzt geparkt habe", sagte er.

„Vielleicht kommt dein Freund und holt uns hier heraus", bemerkte Jezebel.

„Wer, Smithy? Womit sollte er uns hier heraushol'n - mit seiner drolligen Spielzeugpistole?"

„Ich dachte an den anderen, von dem du mir erzählt hast."

„Ach der, Tarzan! Ich will dir was sag'n, Kleines: Wüßte er, daß wir hier sind, so würde er einfach 'reinspazier'n, diese mies'n Typen mit einem Schlag zusammenhau'n und die ganze Bande hinten übern Zaun schmeiß'n. Meine Fresse, ich wollte, er wäre hier, das kannst du glaub'n. Der is' wirklich der Größte - ohne Wenn und Aber."

In einer Hütte am Rand des Dorfes lag das Objekt von „Kanones" Wunsch, an Händen und Füßen ebenso verschnürt wie Danny selbst und offenbar ebenso hilflos. Der Affenmensch mühte sich ständig mit seinen Fesseln, die seine Handgelenke zusammenhielten - er drehte, zog und riß.

Der lange Tag verstrich, und der hünenhafte Gefangene ließ in seinen Bemühungen nicht nach, hier wegzukommen. Die Fesseln waren dick und zuverlässig geknotet, doch er spürte, daß sie sich allmählich lockerten.

Gegen Abend kehrte der neue Häuptling mit dem Trupp zurück, der nach Stabutch gesucht hatte. Sie hatten ihn nicht gefunden, doch Späher hatten Lord Passmores Lager ausfindig gemacht, und nun diskutierten die Shiftas Angriffspläne für den morgigen Tag.

Sie hatten sich dem Lager nicht genug nähern können, um die Anzahl bewaffneter Eingeborener zu entdecken, die sich dort aufhielten. Sie hatten jedoch Smith und Lady Barbara erspäht. Überzeugt, daß sich höchstens zwei weiße Männer dort befanden, trugen sie keine Bedenken in bezug auf einen Überfall, zumal sie gedachten, sich am Morgen auf den Rückweg nach Abessinien zu machen.

„Wir töten den Weißen, den wir jetzt haben, und nehmen die beiden Mädchen und Tarzan mit. Der sollte uns ein gutes Lösegeld einbringen und die Mädchen einen guten Preis."

„Warum wollen wir sie nicht für uns behalten?" schlug ein anderer vor.

„Wir verkaufen sie", entschied der Häuptling.

„Wer bist du, daß du uns sagst, was wir tun sollen?" fragte der andere. „Du bist nicht der Häuptling."

„Nein", knurrte ein schurkisch aussehender Schwarzer, der neben dem ersten Protestierer hockte.

Der Prätendent auf die Häuptlingswürde sprang den ersten Sprecher wie eine Katze an, noch ehe jemand seine Absicht ahnte. Ein Schwert blitzte kurz im Licht der neu entfachten Herdfeuer und fiel mit furchtbarer Wucht auf den Schädel des Opfers.

„Wer ich bin?" wiederholte der Mörder, während er die blutbefleckte Klinge an der Kleidung des Getöteten abwischte. „Ich bin Häuptling!" Er blickte in die finsteren Gesichter um ihn herum. „Ist noch jemand, der behauptet, ich wäre kein Häuptling?" Kein Widerspruch war zu hören. Ntale war Häuptling der Shifta-Bande.

In der dunklen Hütte, wo der Affenmensch den ganzen Tag ohne Nahrung oder Wasser gefesselt gelegen hatte, zog und riß er an den Stricken, bis er schweißgebadet war, doch nicht vergebens. Langsam glitt eine Hand durch den gedehnten Strang, und er war frei. Zumindest waren es erst einmal seine Hände, doch brauchte er nur einen Augenblick, um auch die Fußfesseln zu lösen.

Mit einem leisen, unhörbaren Knurren sprang er auf und trat zum Eingang. Vor ihm lag der Dorfplatz. Er sah die Shiftas dort hocken, während Sklaven ihnen die Abendmahlzeit bereiteten. In der Nähe war die Palisade. Sie mußten ihn sehen, wenn er dorthin lief, aber was machte das schon?

Er würde verschwunden sein, ehe sie zur Besinnung kamen. Vielleicht würden sie ihm aufs Geratewohl ein paar Schüsse nachsenden. Aber hatten sie nicht auch am Morgen wild nach ihm geschossen, und keine Kugel hatte ihn gestreift?

Er trat ins Freie, und im gleichen Augenblick tauchte ein kräftiger Schwarzer aus der nächsten Hütte auf und sah ihn. Ohne seine Kumpane laut zu warnen, sprang er den fliehenden Gefangenen an. Die an den Feuern sprangen auf und kamen auf die zwei zugerannt.

Jezebel und Danny hörten den Lärm in ihrem Gefängnis und wunderten sich.

Der Affenmensch packte den Schwarzen, der ihn aufhalten wollte, hielt ihn vor sich wie einen Schild und wich schnell zur Palisade zurück.

„Bleibt, wo ihr seid“, rief er den vorrückenden Shiftas in ihrer Sprache zu. „Bleibt, wo ihr seid, oder ich töte diesen Mann.“

„Er soll das ruhig tun“, brummte Ntale. „Der Kerl ist das Lösegeld nicht wert, das wir sonst verlieren.“ Dann ermunterte er seine Kumpane lautstark und sprang selbst nach vorn, um den Affenmenschen abzufangen.

Dieser befand sich schon in der Nähe der Palisade, als Ntale angriff. Er hob den sich wehrenden Schwarzen über den Kopf und schleuderte ihn auf den vorstürzenden Häuptling, und als die beiden zu Boden gingen, fuhr er herum und lief auf die Palisade zu.

Wie Manu, die Meerkatze, erklomm er die hohe Holzwand. Einige ziellos abgegebene Schüsse folgten ihm, doch er ließ sich heil und unversehrt draußen zu Boden fallen und verschwand in der anwachsenden Düsternis der vorrückenden Nacht.

Die lange Nacht ihrer Gefangenschaft dehnte sich endlos, und noch immer lagen „Kanone“ und Jezebel, wie man sie verlassen hatte, ohne Nahrung oder etwas zu trinken, während der reglose Capietro an die Decke starrte.

„Ich würde niemand'n so behandl'n", sagte „Kanone". „Nich' mal 'ne Ratte."

Jezebel richtete sich auf einem Ellenbogen auf. „Warum sollten wir es nicht versuchen?" flüsterte sie.

„Was?" fragte Danny. „Ich würde alles sofort versuch'n."

„Das mit der Ratte hat mich auf einen Gedanken gebracht", sagte Jezebel. „Wir haben eine Unmenge Ratten im Lande Midian. Manchmal fangen wir sie - sie ergeben ein gutes Essen. Wir stellen Fallen auf, doch wenn wir sie nicht kurz nach ihrer Gefangennahme töten, nagen sie sich einen Weg in die Freiheit. Sie zernagen die Stricke, die die Fallen zusammenhalten."

„Na gut, und?" fragte Danny. „Wir hab'n keine Ratten hier, und wenn wir welche hätt'n - nun, ich sage nicht, daß ich sie nicht ess'n würde, Kleines. Nur kann ich nicht erkenn'n, was das mit dem Schlamassel zu tun hat, in dem wir steck'n."

„Wir gehen wie die Ratten vor, Danny", sagte sie. „Verstehst du nicht? Wir sind wie Ratten - wir können uns einen Weg in die Freiheit nagen!"

„Naja, Kleines, wenn du dir durch die Wand dieser Hütte einen Weg in die Freiheit nag'n willst - bitte!" sagte Danny. „Doch wenn ich eine Chance zum Abhau'n kriege, laufe ich durch die Tür."

„Du verstehst mich nicht, Danny", sagte Jezebel hartnäckig. „Du bist ein Ei, das nicht reden kann. Ich meine, ich könnte die Stricke durchnagen, die deine Handgelenke zusammenschnüren."

„Meine Fresse, Kleines!" rief Danny. „Dämlich ist kein Ausdruck für mich, und ich dachte immer, ich wär 'n helles Köpfch'n! Du hast wirklich Grips, ohne Wenn und Aber."

„Ich wünschte, ich wüßte, wovon du redest, Danny, und du ließest mich versuchen, die Fesseln an deinen Händen durchzunagen", sagte Jezebel. „Kannst du nicht verstehen, wovon ich rede?"

„Aber sicher, Kleines, nur werde ich das Nagen übernehm'n - meine Kiefer sind kräftiger. Roll' herüber, dann geht's los. Wenn du frei bist, kannst du mir die Fesseln lös'n."

Jezebel wälzte sich auf den Bauch, und Danny robbte in eine Position, wo er ihre Handfesseln mit den Zähnen erreichen konnte. Er ging mit Eifer ans Werk, mußte jedoch sehr bald feststellen, daß die Sache weit schwieriger war, als er vermutet hatte.

Auch mußte er entdecken, daß er sehr schwach war und schnell ermüdete. Doch obwohl er infolge seiner Erschöpfung oft innehalten mußte, gab er nie auf. Einmal, als er sich abermals ausruhte, küßte er die kleinen Hände, die er zu befreien suchte. Es war ein sanfter, ehrfürchtiger Kuß, gar nicht typisch für „Kanone". Die Liebe ist jedoch eine starke Kraft, und hat eine reine, tugendhafte weibliche Seele sie einmal in der Brust eines Mannes entfacht, macht sie ihn immer ein wenig zärtlicher und ein wenig besser.

Die Morgendämmerung verdrängte langsam die Dunkelheit in der Hütte, und noch immer nagte „Kanone" an den Fesseln, die anscheinend einfach nicht zerreißen wollten. Capietro starrte weiterhin die Decke an, die Augen nach oben gedreht, so wie er die ganze Nacht lang mit weit aufgerissenen Augen dort gelegen hatte, ohne etwas zu sehen.

Die Shiftas im Dorf gerieten in Bewegung, denn es sollte ein arbeitsreicher Tag werden. Sklaven bereiteten das Aufladen der Lagerausrüstung und des Plünderguts vor, das sie nach Norden schleppen sollten. Die bewaffneten Männer schlangen hastig ihr Frühstück hinunter, um dann nach ihren Waffen und dem Zaumzeug der Pferde zu sehen, ehe sie von dem Dorf zum letzten Überfall auf das Lager des englischen Jägers ausritten.

Häuptling Ntale aß beim Feuer seiner Lieblingsfrau. „Beeile dich, Weib", sagte er. „Ich habe noch einiges zu tun, ehe wir losreiten."

„Du bist jetzt Häuptling, laß das die anderen machen", crinnerte sie ihn.

„Das erledige ich selbst", erwiderte der Schwarze.

„Was ist so wichtig, daß du es selbst tun mußt und daß ich mich mit der Zubereitung des Morgenmahlzeit beeilen soll?"

„Ich will den Weißen töten und dem Mädchen sagen, es soll sich für die Reise vorbereiten", erwiderte er. „Mach' ihre Mahlzeit fertig. Sie muß etwas essen, sonst stirbt sie uns."

„Laß sie sterben. Ich möchte sie nicht in der Nähe haben", erwiderte die Frau. „Töte beide."

„Halt dein Maul!" fuhr er sie barsch an. „Ich bin der Häuptling."

„Wenn du sie nicht tötest, tu ich es", erklärte die Frau. „Ich werde nicht für eine weiße Hündin kochen."

Der Mann stand auf. „Ich gehe, den Mann zu erledigen", sagte er. „Wenn ich mit dem Mädchen zurückkomme, ist das Frühstück fertig!"

Die Waziris

„Das wär's!" keuchte „Kanone".

„Ich bin frei!" rief Jezebel.

„Und meine Kiefer sind ausgerenkt", erwiderte Danny.

Schnell wandte Jezebel sich um und machte sich an den Fesseln zu schaffen, die Dannys Hände zusammenhielten, ohne sich die Zeit zu nehmen, ihre Fußfesseln zu lösen. Ihre Finger waren ganz gefühllos, denn die Stricke hatten die Blutzirkulation teilweise abgeschnürt. Sie konnte nur langsam und unsicher nesteln. Beide hatten den Eindruck, daß sie nie fertig würde. Hätten sie gewußt, daß Ntale sich bereits mit der Ankündigung von seinem Frühstück erhoben hatte, er werde „Kanone" töten, so wären sie außer sich gewesen. Doch sie wußten es nicht, und vielleicht war das besser so, da zu Jezebels anderen Handicaps nicht noch die nervliche Anspannung hinzukam, die das Wissen um die Wahrheit fraglos hervorgerufen hätte.

Endlich waren „Kanones" Hände frei. Nun machten sich beide an ihren Fußfesseln zu schaffen, die weniger fest geschnürt waren.

Schließlich erhob sich „Kanone". „Das erste, was ich jetzt tun muß, ist, herauszufind'n, worauf ich gestern geleg'n hab. Es war ein vertrautes Gefühl, und wenn ich mich nicht irre - mal seh'n!"

Er stöberte unter den schmutzigen Lumpen an der Wand der Hütte herum und richtete sich einen Augenblick später auf mit der Thompson-Maschinenpistole in der einen und seinem Revolver, Gürtel und Halfter in der anderen Hand - ein breites Grinsen auf dem Gesicht.

„Endlich mal 'n Lichtblick nach langer Zeit", sagte er. „Nun ist alles o.k., Schwester!"

„Was sind das für Sachen?" fragte Jezebel.

„Das ist die andere Hälfte von „Kanone" Patrick", erwiderte Danny. „Nun könn'n die dreckig'n Ratten komm'n!"

Noch während er dies sagte, zog Ntale, der Häuptling, den Fetzen am Eingang zur Seite und blickte herein. Das Innere der Hütte war noch ziemlich dunkel, so daß er auf den ersten Blick das Mädchen und den Mann an der anderen Wand nicht stehen sehen konnte. Seine Gestalt hingegen hob sich sehr gut gegen das zunehmende Morgenlicht jenseits des Eingangs ab, er war für sein ins Auge gefaßtes Opfer gut zu sehen. Danny sah, daß der Mann eine schußbereite Pistole in der Hand trug.

„Kanone“ hatte bereits den Gürtel angelegt, nahm nun die Maschinenpistole in die linke Hand und riß den Revolver aus dem Halfter. Alles geschah schnell und lautlos, so schnell, daß Ntale, als Danny feuerte, noch gar nicht erfaßt hatte, daß seine Gefangenen keine Fesseln mehr trugen. Das erfuhr er nun auch nie, wie er zweifellos auch den Knall des Schusses nie vernahm, der ihn tötete.

Im gleichen Augenblick, als „Kanone“ feuerte, ging das Krachen seines Revolvers in dem gellenden Geschrei und einem Schuß des Postens am Tor unter, den der anbrechende Tag eine feindliche, sich an das Dorf anpirschende Streitmacht hatte erkennen lassen.

Als Danny Patrick über den toten Häuptling stieg und ins Dorf hinaus blickte, erkannte er einiges vom dortigen Geschehen. Er sah Männer hastig zu den Toren laufen und auf die hinter den Palisaden aufgeschütteten Wälle klettern. Er hörte einen Hagel von Kugeln gegen die Palisade prasseln, Holz splitterte und barst und erfüllte das Dorf mit einer schreienden, in Panik geratenen Menge.

Seine Sachkenntnis solcher Ereignisse sagte ihm, daß nur die Geschosse von Hochdruckgewehren das dicke Holz der Palisaden durchschlagen konnten. Er sah die Shiftas auf den Wällen das Feuer mit ihren antiquierten Musketen erwidern. Er sah, wie Sklaven und Gefangene sich in einer Ecke des Dorfes zusammendrängten, die vom Feuer der Angreifer weniger erreicht wurde als andere Teile.

Er fragte sich, wer die Feinde der Shiftas wohl sein mochten. Seinen vergangenen Erfahrungen zufolge ergaben sich nur zwei Möglichkeiten - das war entweder eine rivalisierende „Gang“ oder die Polizei.

„Hätte nie geglaubt, daß es dazu komm'n würde, Kleines“, sagte er.

„Wozu, Danny?“

„Ich hasse, dir zu sag'n, worauf ich gehofft habe“, gestand er.

„Sag es mir, Danny“, bat sie. „Ich bin nicht böse.“

„Ich hoffte, die Burschen da drauß'n wär'n Bull'n. Überleg dir das nur mal, Kleines! Ich, 'Kanone' Patrick, hoff', die Bull'n würd'n auftauch'n!“

„Was sind Bullen, Danny?“

„Na, das Gesetz, die Polypen - meine Fresse, Kleines, warum stellst du nur so viele Frag'n? Bull'n sind Bull'n. Und ich will dir sag'n, warum ich hoffe, sie sind's. Wenn die 's nämlich nicht sind, dann ist das 'ne rivalisierende Bande, und dann komm'n wir aus dem Reg'n in die Traufe.“

Er trat auf die Dorfstraße. „Na schön“, sagte er. „Da tut sich Danny Patrick also mit der Polizei zusamm'n. Du bleibst hier, Kleines, und legst dich auf dein'n Brotkorb, damit niemand von dem Geschmeiß dich findet, während ich hinausgehe und blaue Bohn'n verteile.“

Vor dem Tor drängte sich eine große Schar von Shiftas und schoß durch die Öffnungen auf den Gegner davor. „Kanone“ kniete sich hin und legte die Maschinenpistole an. Dann erscholl das tückische Tr-r-r wie das einer riesigen Klapperschlange, und ein Dutzend der dicht stehenden Shiftas fiel tot oder schreiend zu Boden.

Die anderen wandten sich um, sahen „Kanone“ und erkannten, daß sie sich zwischen zwei Feuern befanden, denn sie konnten sich noch gut des letzten Males entsinnen, als sie die tödliche Wirkung dieser entsetzlichen Waffe mit angesehen hatten.

„Kanone“ entdeckte Ogonyo unter den Gefangenen und Sklaven, die sich nicht weit von seinem Standort zusammendrängten. Bei seinem Anblick kam ihm eine Idee.

„He, du großer Schlacks da!“ Er winkte Ogonyo zu. „Komm her! Bring alle Kerle mit. Sag ihn'n, sie soll'n sich alles schnapp'n, womit sie kämpf'n könn'n, wenn sie von hier abhau'n woll'n!“

Ob Ogonyo auch nur einen kleinen Teil von dem verstand, was „Kanone“ sagte, erscheint fraglich. Gleichwohl schien er den Hauptgedanken erfaßt zu haben, und kurz darauf hatte sich die ganze Schar der Gefangenen und Sklaven, die Frauen ausgenommen, hinter Danny versammelt.

Das Feuer der Angreifer war etwas schwächer geworden, seit Dannys Schreibmaschine gesprochen hatte, als hätte der Führer jener anderen Gruppe diese Stimme erkannt und ahnte, daß weiße Gefangene im Dorf von seinem Gewehrfeuer vielleicht gefährdet wurden. Ab und zu nur krachte ein einzelner Schuß, auf ein bestimmtes Ziel im Dorf abgefeuert.

Die Shiftas hatten ihre Geistesgegenwart in gewissem Maße wiedererlangt und bereiteten ihre Pferde und Lasttiere ganz offensichtlich für einen Ausfall vor. Sie waren führerlos und ohne Orientierung, und ein halbes Dutzend von ihnen brüllten gleichzeitig Ratschläge und Anweisungen.

Genau in diesem Augenblick rückte Danny mit seiner bunten Schar, die mit nichts anderem als mit Stöcken und Steinen, vereinzelt auch mit Messern und einigen Schwertern bewaffnet war, welche sie hastig aus den Hütten ihrer Entführer entwendet hatten, gegen sie vor.

Als die Shiftas erkannten, daß sie nun auch von hinten ernstlich bedroht wurden, eröffnete „Kanone“ zum zweiten Mal das Feuer auf sie. Das nun auf dem Dorfplatz einsetzende Durcheinander verschaffte den Angreifern innen wie außen einen neuen Vorteil.

Die Shiftas kämpften untereinander um die frei laufenden Pferde, die nun verängstigt im Dorf umhergaloppierten. Nachdem es einigen von ihnen gelungen war, aufzusitzen, sprengten sie zum Dorftor, wobei sie diejenigen niederritten, die zur Verteidigung dort geblieben waren. Einige öffneten das Tor mit Gewalt, und als die Reiter hinauspreschten, wurden sie von einer Schar schwarzer Krieger empfangen, die weißen Kopfschmuck trugen und moderne Hochdruckgewehre in den Händen hielten.

Die angreifende Streitmacht lag teilweise in Deckung eines niedrigen Bergrückens, und als sie sich nun erhob, um die fliehenden Shiftas zu empfangen, hallte laut der Schlachtruf der Waziris über dem Kampfgetümmel.

Tarzan, Kriegshäuptling der Waziris, war als erster am Tor, und während Muviro und eine kleine Abteilung sich mit den wenigen Reitern befaßte, denen es geglückt war, das Dorf zu verlassen, griff der Affenmensch mit den restlichen Waziris die entmutigten Reste von Capietros Bande an, die innerhalb der Palisade geblieben waren.

Von Feinden umringt, warfen die Shiftas die Gewehre weg und flehten um Gnade. Bald darauf wurden sie in einer Ecke des Dorfes zusammengetrieben und unter die Bewachung einer Abteilung Waziris gestellt.

Als Tarzan „Kanone“ und Jezebel begrüßte, bekundete er seine Erleichterung, sie unversehrt vorzufinden.

„Sie komm'n genau zur richtigen Zeit“, sagte Danny zu ihm. „Diese alte Schreibmaschine hat vielleicht einen Munitionsverbrauch! Der letzte Feuerstoß hat die Trommel geleert. Aber sag'n Sie mal: Wer sind diese Freunde von Ihn'n? Wo hab'n Sie die denn aufgetrieb'n?“

„Das sind meine Leute“, erwiderte Tarzan.

„Irgendeine Gang!“ rief „Kanone“ bewundernd. „Aber sagen Sie mal: Hab'n Sie irgendwas von Old Smithy gesehen?“

„Er befindet sich in Sicherheit in meinem Lager.“

„Und Barbara, wo ist sie?“ fragte Jezebel.

„Sie ist bei Smith“, erwiderte Tarzan. „Sie werden sie beide in einigen Stunden sehen. Wir machen uns auf den Rückweg, sobald ich meine Dispositionen betreffs dieser Leute getroffen habe.“ Er wandte sich ab und begann, unter den Gefangenen der Shiftas Nachforschungen anzustellen.

„Ist er nicht schön!“ rief Jezebel.

„Heh, Schwester, hör' mit dem ewigen Schönfind'n auf!“ warnte „Kanone“. „Denke von jetzt an immer daran, daß ich der einzige schöne Kerl bin, den du kennst, egal wie meine Visage aussieht!“

Schnell trennte Tarzan die Gefangenen nach Stammeszugehörigkeit und Wohnort und erteilte ihnen Anweisungen, während er seine Pläne erläuterte.

Die Waffen, die Munition, das Raubgut und die Habseligkeiten der Shiftas wurden unter den Gefangenen aufgeteilt, nachdem den Waziris erlaubt worden war, die Kleinigkeiten an sich zu nehmen, die sie haben wollten. Die gefangenen Shiftas wurden unter die Bewachung einer großen Gruppe von Gallas gestellt mit dem Befehl, sie nach Abessinien zurückzubringen und dem nächsten Ras auszuliefern.

„Warum wollen wir sie nicht hier hängen?“ fragte der Anführer der Gallas. „Dann ersparen wir uns die Verpflegung, die sie für den langen Rückmarsch in unser Land brauchten, und außerdem viele Mühe und Sorgen bei ihrer Bewachung. Der Ras wird sie ganz gewiß hängen.“

„Bring' sie zurück, wie ich es dir gesagt habe“, erwiderte Tarzan. „Sollten sie dir jedoch Schwierigkeiten bereiten, dann verfahre nach Gutdünken.“

Es bedurfte kaum mehr als einer Stunde, das Dorf zu evakuieren. Alle Lasten von Smith waren wiedergewonnen einschließlich Dannys kostbarer Munition und den Reservetrommeln für seine geliebte Thompson. Man verteilte die Packen auf Smiths Träger, die wieder unter dem Befehl von Ogonyo standen.

Als das Dorf leer war, wurde es an dutzend Stellen in Brand gesteckt, und als der schwarze Rauch in den blauen Himmel stieg, schlugen die verschiedenen Gruppen ihren jeweiligen Weg vom Schauplatz des Geschehens in die Gefangenschaft ein, jedoch nicht bevor die verschiedenen Anführer zu dem Herrn des Dschungels gekommen, vor ihm niedergekniet und ihm für die Befreiung ihrer Leute gedankt hatten.

Der letzte Knoten ist geschürzt

Lafayette Smith und Lady Barbara hatten die plötzliche Umwandlung der friedlichen Szene in Lord Passmores Lager miterlebt. Sie war ihnen ein Rätsel. Die Krieger waren den ganzen Tag in Bereitschaft gewesen, als erwarteten sie ständig einen Alarm, und sie warteten auch noch, als die Nacht hereingebrochenen war.

Anzeichen für die Ruhelosigkeit waren deutlich zu sehen. Im Lager wurde nicht gesungen und kaum mehr gelacht, ganz anders als die Tage zuvor. Das letzte, was die zwei Weißen sahen, als sie sich zur Nachtruhe zurückzogen, waren die kleinen Gruppen von Kriegern mit weißem Kopfschmuck, die um ihre Feuer hockten, die Gewehre griffbereit neben ihnen. Sie schliefen, als Alarm gegeben wurde und die geschmeidigen, schwarzen Krieger lautlos in die dunklen Schatten des Waldes tauchten, wobei sie nur vier zur Bewachung des Lagers und der zwei Gäste zurückließen.

Als Lady Barbara am Morgen aus ihrem Zelt trat, war sie überrascht, das Lager nahezu verlassen zu sehen. Der Boy, der die Pflichten ihres persönlichen Dieners und Kochs übernommen hatte, sowie Smith und drei andere Schwarze waren noch da. Alle gingen ständig bewaffnet umher, doch ihre Haltung ihr gegenüber war dieselbe geblieben, deshalb empfand sie nur Neugier und keine Besorgnis angesichts der veränderten Bedingungen, die einem gleich beim ersten Blick auffielen.

Als Smith einige Minuten später zu ihr kam, war ihm die seltsame Metamorphose gleichfalls ein Rätsel, die die lachenden und scherzenden Träger und Askaris in buntbemalte Krieger verwandelt und so klammheimlich in die Nacht hinausgesandt hatte. Auch konnten sie ihrem Boy nicht die geringste Information entlocken, der zwar noch immer höflich und freundlich war, durch einen seltsamen Kniff des Schicksal jedoch plötzlich der englischen Sprache nicht mehr mächtig zu sein schien. Dabei hatte er sich am Vortage noch damit gebrüstet, sie zu verstehen.

Der Tag zog sich träge dahin, und auch am Nachmittag war kein Anzeichen einer Veränderung festzustellen. Weder Lord Passmore noch die fehlenden Schwarzen kehrten zurück, alles war rätselhaft wie eh und je. Die zwei Weißen schienen an der Gesellschaft des anderen jedoch Vergnügen zu finden, deshalb verging für sie der Tag schneller als für die vier Schwarzen, die während der ganzen heißen, schläfrigen Stunden warteten und lauschten.

Plötzlich trat eine Veränderung ein. Lady Barbara sah, wie ihr Boy aufstand und in einer Haltung gespannten Lauschens erstarrte. „Sie kommen!“ sagte er in seiner Muttersprache zu seinen Gefährten. Nun standen alle und hielten die Gewehre bereit, obwohl man hätte annehmen können, sie erwarteten nur Freunde.

Allmählich war der Lärm von Stimmen und marschierenden Männern auch für die ungeübten Ohren der zwei Weißen deutlich zu hören, und etwas später sahen sie die Spitze der Kolonne durch den Wald auf sich zukommen.

„Da ist ja „Kanone“!“ rief Lafayette Smith. „Und Jezebel ist auch dabei. Komisch, daß sie zusammen sind.“

„Bei Tarzan von den Affen!“ sagte Lady Barbara. „Er hat beide gerettet.“

Ein leichtes Lächeln lag um die Lippen des Affenmenschen, als er die Wiedervereinigung von Lady Barbara und Jezebel sowie zwischen Smith und „Kanone“ mit ansah. Es verbreiterte sich ein wenig, als Lady Barbara nach den ersten lebhaften Begrüßungen und den Erklärungen sagte: „Schade, daß unser Gastgeber, Lord Passmore, nicht da ist.“

„Er ist da“, sagte der Affenmensch.

„Wo?“ fragte Lafayette Smith und blickte im Lager umher.

„Ich bin Lord Passmore“, sagte Tarzan.

„Sie?“ fragte Lady Barbara.

„Ja. Ich bin in diese Rolle geschlüpft, als ich nach Norden kam, um den Gerüchten über Capietro und seine Bande nachzugehen, des Glaubens, sie würden nicht nur die ihnen drohende Gefahr nicht ahnen, sondern auch in der Hoffnung, sie würden auch meine Safari angreifen und ausplündern, wie sie es mit anderen getan haben.“

„Meine Fresse!“ sagte „Kanone“. „Das muß aber dann ‘n Hammer für sie gewes’n sein!“

„Deshalb haben wir Lord Passmore nie zu Gesicht bekommen“, sagte Lady Barbara lachend. „Ich dachte schon bei mir: ein schwer zu erreichender Gastgeber!“

„Ich habe sie die erste Nach hier zurückgelassen“, erklärte Tarzan. Ich ging in den Dschungel, bis mich niemand mehr sah, kehrte aus einer anderen Richtung zurück und betrat mein Zelt von hinten. Dort habe ich die ganze Nacht geschlafen. Am nächsten Morgen habe ich mich ganz zeitig auf die Suche nach Ihren Freunden gemacht - und wurde selbst gefangen. Doch alles ist gut ausgegangen, und falls Sie für jetzt keine besonderen Pläne haben, so hoffe ich, daß Sie mich in meine Heimat zurückbegleiten und dort eine Weile als meine Gäste bleiben werden, bis Sie sich von den doch recht harten Erfahrungen erholt haben, die Sie in Afrika machen mußten. Aber vielleicht möchten Professor Smith und sein Freund ihre geologischen Forschungen fortsetzen", fügte er hinzu.

„Na ja, ich... Wissen Sie, ich bin doch schon halb entschlossen, meine Arbeit in Afrika aufzugeben und mein Leben der Geologie von England zu widmen", stammelte Lafayette Smith. „Wir, oder ... hm ... wissen Sie, Lady Barbara..."

„Ich werde ihn mit nach England nehmen und ihm das Schießen beibringen, ehe ich ihn nach Afrika zurückkehren lasse. Durchaus möglich, daß wir später wieder herkommen."

„Und Sie, Patrick? Bleiben Sie vielleicht zur Jagd hier?" fragte Tarzan.

„Von wegen, Mister", sagte Danny mit Nachdruck. „Wir geh'n nach Kalifornien und kaufen dort eine Garage und eine Tankstelle."

„Wir?" fragte Lady Barbara.

„Gewiß", sagte „Kanone". „Ich und Jez."

„Tatsächlich?" rief Lady Barbara erstaunt. „Meint er es ernst, Jezebel?"

„O.k., Kleines. Ist das nicht Spitze?" erwiderte die Goldblonde.

Inhaltsverzeichnis

Die **MARS**-Romane von Edgar Rice Burroughs

Die Prinzessin vom Mars ★

Die Götter des Mars ★

Der Kriegsherr des Mars

Thuvia, das Mädchen vom Mars

Die Schachfiguren des Mars*

Der Großmeister vom Mars *

Ein Mars-Kämpfer*

Die Schwerter des Mars*

Die Kunstmenschen des Mars*

Llana von Gathol*

John Carter vom Mars*

★Bereits erschienen
* Deutsche Erstveröffentlichungen

Alle Bände neu übersetzt, komplett und ungekürzt.

Die **TARZAN**-Romane von Edgar Rice Burroughs

TARZAN bei den Affen ★
TARZANs Rückkehr ★
TARZANs Tiere ★
TARZANs Sohn ★
TARZAN und der Schatz von Opar ★
TARZANs Dschungelgeschichten ★
TARZAN der Ungezähmte ★
TARZAN der Schreckliche ★
TARZAN und der goldene Löwe ★
TARZAN und die Ameisenmenschen ★
TARZAN, Herr des Dschungels* ★
TARZAN und das verschollene Reich* ★
TARZAN am Mittelpunkt der Erde* ★
TARZAN der Unbesiegbare ★
TARZAN triumphiert* ★
TARZAN und die goldene Stadt
TARZAN und der Löwenmensch
TARZAN und die Leopardenmenschen
TARZANs Suche
TARZAN und die verbotene Stadt*
TARZAN der Prächtige
TARZAN und die Fremdenlegion*
TARZAN und der Irre*
TARZAN und die Schiffbrüchigen*

★ Bereits erschienen
* Deutsche Erstveröffentlichungen

Alle Bände neu übersetzt, wobei die einzig autorisierte Ausgabe - komplett und ungekürzt - von Ballantine Books New York zugrunde gelegt wurde.